当你想我的时候

Dang Ni Xiang Wo De Shi Hou

刘咏夏 著

北京日报出版社

图书在版编目（C I P）数据

当你想我的时候 / 刘咏夏著 . -- 北京 : 北京日报
出版社 , 2019.10
ISBN 978-7-5477-3452-0

Ⅰ . ①当… Ⅱ . ①刘… Ⅲ . ①长篇小说—中国—当代
Ⅳ . ① I247.5

中国版本图书馆 CIP 数据核字 (2019) 第 164905 号

当你想我的时候

出版发行： 北京日报出版社
地　　址： 北京市东城区东单三条 8-16 号东方广场东配楼四层
邮　　编： 100005
电　　话： 发行部：（010）65255876
总编室：（010）65252135
印　　刷： 北京欣睿虹彩印刷有限公司
经　　销： 各地新华书店
版　　次： 2019 年 10 月第 1 版
2019 年 10 月第 1 次印刷
开　　本： 880 毫米 ×1230 毫米　1/32
印　　张： 8. 75
字　　数： 210 千字
定　　价： 39. 80 元

病历

WHO AM I

目录

终究还是要别离

来成为陌生人吧

01

育豪靠在列车的窗口，沐浴着午后的阳光，车厢舒缓而有序地震荡，乘客无不伴随着摇晃泛起困意。单独出行的他始终无法安心入睡，于是一次又一次地翻看自己的那本病历。封面上写着的姓名与后文夹着的肠癌确诊通知，即便不断地翻来覆去也不会有任何一个字变得模糊。

他忽然想起许多年前收到美术大学录取通知书的时候，他也是这样难以置信地反复翻看，只不过那时的心情与现在全然不同，母亲的想法都被暂时抛之脑后。彼时过于肆无忌惮的愉悦在现在想来着实讽刺，育豪一声不吭地撑到站。

已经太久没有回来过了。迎面而来的是清爽的山风、稀薄的人流与灿烂得无法遮挡的阳光，初秋的空气中酝酿着浓烈的草的香气。育豪提着行李箱站在车站门口，一时间感到恍惚。

十八岁离开的时候，车站简陋得多，那一天的天气好像也是这样晴朗。

育豪走到路边随手拦了一辆计程车，打开车门时有一瞬间的停滞。车上已经坐着陌生人，与繁华的都市不同，计程车支持拼车在这里也是共识，他只是稍微愣了一下报了地址就上车了。

车窗外的景色随着车轮挪动缓缓改变，育豪小心翼翼地收起手机环顾四周。后座的另一边，一个小女孩默不作声低垂着头坐着，相貌和体型看起来大约十四五岁，穿着宽松肥大的脏粉色套头连衣裙、灰扑扑的运动鞋与厚厚的白袜子，裙摆之间露出两截干燥的小腿，手上拽着的沉重编织袋隐隐露出了柚子的影子。

好久没吃柚子了。育豪突然想到，过去在家那是大哥最喜欢吃的东西。大哥不管多大都最爱吃酸的食物，小时候家里就种着一棵柚子树，甜的都归育豪。想到这些，往事就像开闸后涌出的水，他静默地坐着。车开了半个多钟头，窗外的景色不动声色地推移改变。停车后育豪下去得很慢，把后备箱的行李一起取下来后才发现小女孩也是在这里下车。

育豪推动行李箱刚迈动步伐，便听到编织袋拖拉着地面发出细碎而刺耳的响声，他被这噪音拉着回过头，看到小女孩开始艰难地拖着沉重的袋子行进。他长久地注视，一时间也忘记这样的行为是否失礼。女孩一步又一步地走着，好像什么都不会使她停滞。

“我帮你吧。”不由自主地伸出手后，他听见自己说。

02

游戏里的角色再一次在“K·O”的字幕下跌倒，一丝不剩的血条昭示着再也不会站起来的事实。正驰头痛地摸了一把空空如也的口袋，不顾同伴径自起身的同时草率地骂了一句脏话。随着他掀开门口的帘子大步走出去，方才身旁打出漂亮联合机一招必杀的眼镜男孩也跟上，追到略微年长几岁的表哥身边站定。

“斗啊——”正驰开口，“你为什么这么擅长街机游戏啊？”

两个男生站在门口沉默了好一阵子，阿斗才小幅度地躲在镜片下面打量身旁人的表情。他说：“也不是所有的都会，我不太会《日落骑士》。”

正驰猛地回过头望向阿斗，他龇牙咧嘴抬手又用力地放下，一脸不爽地骂道：“你这家伙，还真是欠揍啊。”

两个男生站在游戏厅门口看着车来车往，时间接近傍晚，厚重发黑的云彩如同军队在向着天际长驱直入，感觉马上就会下雨。正驰说：“回去吧。”他们这才踢着步子开始往家走。路上遇到几个正驰的同学穿着校服从学校的方向骑脚踏车过来，正驰叉腰与对方聊天的过程中阿斗就站在一边看着远处发呆。托爽朗爱笑的个性的福，正驰的人缘很好。临分手的时候，名叫小克的女生说道：“刚才在你家附近看到你妹妹和一个陌生人一起，你家有客人吗？”

“我妹妹？”正驰狐疑地开始回忆今天妹妹的日程安排，顺便回头问了阿斗一句，“阿斗，正花今天在忙什么？”

阿斗正在踢飞脚边的石子，漫不经心地回过头来想了一会儿，说：“她没说，不过前几天她写日志的时候说等她学校运动会放假的时候想去街上买东西。”

最开始的几秒钟，正驰在疑惑为什么阿斗能够漫不经心地关注到这么多微不足道的事，不过不论怎么盯都还是看不穿他的心思，阿斗所做的反应也不过是在长久的注视中有些不好意思地肢体僵硬起来。对于他来说，寄人篱下所产生的谨慎与细致太过于理所当然，不过对于个性粗率的正驰来说，大概的确是难以理解的吧。

突然之间，远处的夕阳化成橙红色沉郁的水，被污渍一般的云层挤压埋藏。空气很闷，几只离群的飞鸟“嚯”地拍打着翅膀升起来，转瞬变成天边盘桓的黑影。

03

几个礼拜以前。

妈妈来过电话以后，天气不知不觉就凉爽了下来，差不多一周一次的联络中，除却日常的麻烦意外，这位已经因工作所迫许久没有回过家的监护人头痛地交代了另一件新的任务。她从小令人头痛的弟弟本来早该在加拿大安家立业，却突然以与妻子要离婚且就孩子问题有纷争为由头把他那个在加拿大出生并持有加拿大国籍的儿子直接丢回国内。要知道妈妈对自己的孩子都无暇顾及，更不用说这个素未谋面的侄子了。

“也就是说，有一个表兄弟要住到家里来，对吗？”正花会意得很快，这一点总是令所有长辈安心。

一向强势的女性也不由得放软语气："辛苦你了……话说回来，正驰最近怎么样了？有没有闯祸？有没有好好地去学校上课？"

"哥哥他啊……"话说到这里，正花侧过头去偷偷瞟了一眼正四仰八叉倒在地板上一边把手伸进衣服下抓挠，一边呼呼大睡的兄长，然后又感到目不忍视地把头转了回来，"还是和以前一样呢。"

电话挂断之后，正花才长长地叹了一口气，晚上要做晚餐，现在要去给那位即将到来的表兄弟收拾空的卧室。想到这里，经过横躺在地上的男生时，她忍不住踹了他的腹部一脚。

正驰剧烈地呻吟一声，捂着腹部在痛苦中挣扎着睁开眼睛，缓了好久才艰难地起身低吼："姜正花！对你宝贵的家人做什么呢？！"

"闭嘴！只会给人添麻烦的家伙没资格做家人，"敞开的门里传出正花愤怒的回吼，"陌生人！"

蜜柚

01

柚子树每年秋冬时会结出果实，浑圆明黄，垂在开阔的叶片与修长粗糙的树枝中间。味道最初大多都是酸涩的，大哥最喜欢这个时候摘柚子。育豪后来还时常想起那时候的大哥，总是爽快地微笑，仗义又爱护弟弟，喜欢酸口喜欢得要命。育豪离开家的时候没有告诉任何人，毕竟母亲对他要去念美术大学的事可以说是反对到了极点。

深夜，他一个人蹑手蹑脚带着沉重的行囊一步一步走在去往车站的路上，身后忽然有拉长的影子覆盖到脚下，他心中一惊，但却步履不停。什么都不能让他停滞，他这样想着。下一刻，大哥的声音从身后传来："育豪，我帮你吧。"

大哥送他到了车站，临走时依然清爽地微笑，告诉弟弟照顾好自己，转身之后的脚步已然轻快，可是育豪还是湿了眼眶。下一次见面会是什么样子？

但他绝对没有想到会是这个样子。面对大哥的黑白照片与写着"姜育听"

的灵位，育豪心里这样想着。除此之外，他也没有想到会以这种方式回到家。

转过身去，他环视四周几乎已经大变样的室内以及隐约还夹杂着记忆影子的大致布局与线条，他勉强地回想着自己曾经在这里写过作业，又或者自己和大哥曾经喜欢把篮球安置在这个墙角。他再侧头，窗外那棵柚子树光秃秃的，看起来好像停止生命已久。余光扫到隐约熟悉的东西，低头一看是窗台上一个黑色的笔记本。他有些激动，以至于忘记询问主人能否查看就率先伸出手去。翻开来，里面详细地记录着这一周要做的事情，其中属于今天的位置端正地写到了要去街上买柚子。很多年前，家里就有这个习惯。

回过神后，育豪抬头看见女孩子正站在不远处有些戒备却又好奇地看着自己。他蹙眉，不知道应该先做自我介绍还是询问兄长的事情。

事情的发生太过突然，他在出车站后乘坐的计程车里偶遇了这个初次见面的女孩子，下车后出于热心帮她抬了一袋柚子回去。没有想到的是，越跟着小女孩走越感觉路上的风景熟悉。正担心家乡变化太大找不到路的他只庆幸了短短几秒钟，因为很快他就发现，这条路他实在走过太多次了——这是他回家的路。

故乡偏僻，民风淳朴，所以许多人家白天几乎都大门打开，小女孩也没什么警戒心地请他进去喝茶，完全没有顾及他愈发混乱的脸色。他所到的正是他自己的家，可是进门后迎面见到的却是一张黑白的遗照，育豪走过去时全身都在发抖，他感觉自己马上就会瘫软下去。在最后确确实实看清大哥的脸时，世界突然彻底安静了。他感觉有点抱歉，这样的心情又是满满当当浸润着酸涩的，浑身上下都无比沉重。他意外地没有半点眼泪。原来大哥已经去世了。

就去陪你，他忍不住想。大哥，我马上就去陪你。

转头视线触及小女孩时思绪又陷入新的疑惑，他不认识她，母亲不知所踪，但是他已经通过大哥的遗照确认了他家还依然住在这里。他记得自己离家时大哥和嫂子已经有一个四岁的儿子，家庭成员中没有女孩。

他不知道这是哪里来的小孩，小女孩此时此刻也疑惑地打量着自己。育豪犹豫了好久，他最后还是挣扎着开口了：“你好，我是姜育豪。”

02

那人朝自己伸出援手的时候，正花觉得终于得救了，分明只是一件小事，可是还是会很感动。正花一面在心中痛骂自己那个没用的亲哥，一面惊讶地迎着光看向那个陌生男人的脸，他背光站着，五官模模糊糊却让人感到心里有什么东西在涌动。正花用力地点头道谢答应。

男人轻而易举地拎起了装满柚子的口袋，按照她指的方向走去。

她不是擅长聊天的类型，不过还是礼貌性地发起了一些话题。她怯生生地问这个陌生的好心人：“请问您到这里来做什么？”镇子虽然生活节奏慢而且环境足够自然，但并没有开发旅游资源，因此来这里旅行一般是不太可能的。可是只要是镇上的居民一般都会有些面熟。

对方似乎正在走神，过了好一会儿才反应过来：“你是在问我吗？”

“嗯！”正花突然觉得有些不好意思，“假如您不想说也可以不回答的……”

“我过来……”男人迟疑了一下，最后还是说下去，“其实我是回家。”

正花有些诧异，不过还是没有再追问，毕竟刚才那个问题他好像就已经回答得有些困难了。接下来的这一句正花倒也不觉得他在说谎，这个看起来三十岁出头的男人脸上没什么皱纹，眼睛很明亮，使人容易放松警惕。

路上遇到了许多从高中回来的学生，看到那些说说笑笑的人，又想到正驰，正花忍不住长叹了一口气。拎着袋子的男人也随着她的视线看向那些骑着脚踏车的孩子，他向正花问了一句：“他们是大该中学的学生吗？”大该中学是市内距离这边最近的私立高中。

“是的。”正花认真地回答。得到正花肯定回复的男人若有所思地点了点头。

到家以后正花小跑上去开好门，回过头却发觉客人意外地愣在门口。她没有多想，立即邀请对方进家喝杯茶，又赶快接下口袋提到厨房。等她端着茶走出来，发现陌生男人正在客厅里对着父亲的遗照直直地站着，动作不像是祭奠，可是脸上的神情却没有那么简单。

正花不敢发出声音，只见男人注视好久，然后如梦初醒地环顾四周，最后目光落到窗台上放着的家里的日志上。他毫不犹豫地伸手去翻，动作熟练得好像他的生活也曾有过这样的笔记本。

最后他终于看向她，他们这一次对视时，正花总算是仔细地打量了一番他的面孔。他的肤色不是很白，整张脸上最出众的还是那一双眼睛。他们对视，正花霎时感觉到脸颊发烫。对方终于开口，男人纠结了许久，他说：“你好……”

“我是姜育豪。你叫什么名字？”

记忆中鲜花枯萎，唱片破碎，正花看见记忆中父亲栽倒下去摔倒在地面上的片段重复剪辑演绎。她的笑容僵住，望向育豪一动不动地吐出一个音节：“欸？”

时间再往前推移，她知道自己记得这个名字。爸爸的名字叫姜育听，她说：“我的名字叫姜正花。”

其实正花是知道这个小叔的存在的。奶奶不是很喜欢主动提起小叔，但是爸爸和妈妈却对此并不忌讳，甚至在夫妻吵架时爸爸还会装模作样地还击说：“你再这样我就去找育豪！再也不回来了！”

“姜育听你是不是想吃耳光？！”妈妈总是会翻个白眼懒得理他。因为大家都知道，小叔离开以后就和家里失去了联系，但不知道为什么，爸爸总是坚信他有朝一日一定会回来，所以并不太担心。

“你聪明绝顶的老爸呢，从小就是个天才。你奶奶年轻的时候考上了中文系，但是因为没有钱就没去上大学。你爷爷很早就走了，你奶奶很看重孩子，所以就寄希望到自己的孩子身上，希望他的宝贝儿子能够有一个考上中文系！”

“可惜你老爸我因为太天才了，觉得学校的科目太无聊，逃学一直逃到被高中开除。别说中文系了，就是大学的门我都踏不进去啊！还好我还有一个弟弟。”

“不过你小叔叔也不是一盏省油的灯！这小子比我这个大哥还恐怖，直接背着我们去参加了艺术招生考试，最后还考了美术大学，然后就离家出走去上学了，到今天都没回来。”

小时候听爸爸说这些的时候，她总觉得难以想象那到底是一个怎样的家人，问起哥哥，他也态度恶劣。“那个时候我才三四岁啊，你指望我记得什么？！”正驰说话和爸爸几乎是一个吊儿郎当的腔调，“不过那个时候他总背着我去河边玩，天气很好，还会带着狗，玩得很开心。”说到这里的时候，正驰平日那张面对妹妹总是懒散与不屑的脸上也浮现出点滴虔诚的神色。

“他叫什么名字？”正花停顿了一阵子又问。

“他？”正驰回过头，已经恢复原本的样子打了个哈欠，“我记不太清了，好像是叫……姜育豪。”

而此时此刻，自称“姜育豪”的男子就站在她的对面。正花惊惶地将男子上下打量了一番，她吞吞吐吐地吐出略显惊诧的音节，手脚都开始不知道往哪里放比较好，到最后只能撑住旁边的桌子挣扎着挤出几分皱巴巴的笑脸：“原来是你。”

育豪愣了一下，似乎对于正花的回复感到难以置信。不过他很快就点了点头，很诚恳地说：“是我。”

“小叔。”正花说道。

03

穿着条纹衬衫外加针织背心和黑色牛仔裤的男子坐在餐桌那头握着茶杯

走神，另一端女生有些不安地抱着手臂，粉色的连衣裙被拉出大大小小许多褶皱。听见门响，他们不约而同抬头看向这边。

正驰推开家门的时候看到的就是这样的一幅情形。他先是呆滞了一下，目光很快聚焦在妹妹以外的那位客人身上。看了好一阵子，他眯起眼睛不由得伸出手去："你……"

那人也看向他，他们就这么对视了几秒钟，正驰突然有些不敢相信地笑起来："姜育豪？！"

育豪一怔，虽然还有些难以确定，但嘴上已经条件反射式地吐出回话："给我叫叔叔啊，你这个臭小子！"

"我的天，真的是你啊！"正驰兴奋得要跳起来，走过去一把捉住育豪的手大力地拍了一下他的肩膀。

"正驰？你都长这么大了？！"育豪感到惊讶的同时也回拍过去，勉强地在陌生的五官中辨识出过去的影子，"你还记得我这个叔叔啊！"

"当然记得了！像我这样的天才！其实是因为之前也偷偷看过奶奶藏起来的相册啦！"正驰放声大笑，回头又看了一眼在一边因他们的久别重逢目瞪口呆的正花，"正花啊，你过来。这是小叔啊，就是你以前总是不停地问起来的小叔啊！"

"哥哥……"对于正驰这样的直言不讳，正花有些想要打他，"我已经知道了……"

"哦，姜育豪，给你介绍一下！"正驰对待叔叔似乎完全没有要当作长辈尊敬的意思，"这是我妹妹正花。"

正花窘迫地抬起眼睛，看到育豪那双眼睛被笑意填充着看向自己。她心下一惊，育豪已经弯腰俯下身来配合她刻意压低的视线高度。育豪说："你好。我是……是你小叔叔。"

"小叔好。"正花扯起笑容。

这就是传说中的小叔。

正花趁着正驰和小叔说话空隙去切了柚子过来，看到柚子的时候育豪似乎有一瞬间的恍惚，不过很快又被正驰拉回去，正驰兴高采烈说得眉飞色舞，正花就抱着托盘坐到一边，阿斗不知道是什么时候回来的，从门口经过时跟正花摆了摆手。正花点头，跟着出去以后发觉阿斗已经去厨房洗手。她问："今天他又拉着你去做什么了？"

"还能去哪里，"阿斗朝正花微笑，"那是客人吗？"

"是小叔。"正花头痛地回答。

"小叔？"阿斗虽然是正驰正花的表兄弟，但却对他们父系这边的关系不清楚。

"不错，"正花感到复杂，也就不和他说其中的详细，"反正你知道是我爸爸的亲弟弟就好了。"

阿斗若有所思地点了点头，正花再一次别过头去时时关照着屋里。正花侧头，正好听到里面正驰的一声惊呼："什么？你今天就回去吗？！"

"嗯……"育豪低低地回答，"我明天早上还要上班。"

"什么啊！见你拎着箱子我还以为你打算搬回来住了呢，亏我还高兴了一下！今天就要回去那你带什么箱子啊！叔，你也太不够意思了。我们三个在家可无聊了，说起来还没把阿斗介绍给你，他是我那个舅舅的儿子……"

正驰开始向外张望，阿斗感到脊背发凉，看向正花，正花脸上是积雨云会聚的神色。

育豪及时打断他："正驰，你们的妈妈呢？还有奶奶呢？"

这个问题出现时，不论是房间里的正驰，还是房外的正花与阿斗都顿了一下。正驰的动作突然凝滞，然后他收回手去，脸上没有笑容但也还是轻松依旧。"你不知道啊，"他说，"爸爸过世了，奶奶病了以后就住在疗养院。妈妈去上班了，一个月都难得回一次家。"

育豪看着正驰少有正经的表情。虽然在外面看到遗像与灵位的时候对于这个回答已经有了准备，但真正听到侄子提起，还是有一会儿伤感与惘然。他好一阵子才缓过神来，淡淡地回答："是这样啊。"

气氛顿时陷入一种难以往前又不便后退的境地，阿斗稍微冷静些，侧过眼睛悄悄地看了一眼正花，正花皱着眉，抓准时机开门进去。她避开正驰只盯着育豪："小叔，马上就开餐了，留下来吃饭吧。"

"啊，我……"育豪看起来似乎想要回绝，可是正驰在这种时候总是能够毫不辜负妹妹期望的上前帮腔："是啊，叔，你总该留下来吃个饭吧，而且你应该还要去看奶奶吧，我待会儿去给你找一下她的疗养院地址和联系电话。"

几乎只是一瞬间的停顿，阿斗故意从门口探出头来打破僵局："正花，饭已经煮好了。"

"啊，好的！"正花从呆滞中醒过来，惊叫一声冲出门去。阿斗一面走进来一面朝育豪有些青涩地点头打招呼，正驰立即介绍阿斗，顺带利落地替育豪做出决定："饭都准备好了，那就一起吃吧！"

育豪这一次也不知道怎么推托，被正驰推搡着起身去往餐桌旁边。走过去的过程中正驰揽着育豪走到前面，看着侄子那张意气风发的年轻脸颊，有那么一瞬间，育豪以为自己看到了大哥。

04

晚餐进行到中途，天空渐渐下起雨来。雨滴越落越大，育豪看向窗外对归程有点担忧，可惜正驰及时捕捉到他的眼神并立即进行了拦截："小叔，你怎么突然回来了？"

"是有些年了。"育豪吃着侄女烹饪的菜，此时此刻心下对于回家也有些微妙的感觉，可是却巧妙地避开了问题，"家里变了好多。"

"嗯，"明明是有些沉重的话，可是从正驰口中说出来，却意外的很轻松，"爸爸也不在了，对不起啊。"

"你为什么要道歉？"育豪不由得抬头。

"我们都跟你道歉吧，"正驰爽朗地笑起来，"你回来就是这副样子了，真是怪不好意思的。"

育豪看着不知道该说是缺心眼还是懂事的侄子以及一边始终沉默的侄女，还有那边不太认识听起来也和自己关系不太靠近的陌生眼镜男孩，拿着筷子动弹不得。

事实证明，这样的久别重逢是绝对不可能顺利的。育豪咽了一口唾沫，就在这时，他的手机响了。打开短信提醒，结果他看到今天晚上要乘坐的火车因为恶劣的交通状况取消的信息。正驰热心又吵闹地询问是什么，他有点头痛地实话实说后，正驰立即会意地接应："那今天就住下来吧？明天走能行吗？"

"明天早上的话，也不会有什么影响。"育豪说。

"咳，"阿斗拿着饭碗咳嗽了一声，"还有空房间。"

正花立刻拍下筷子起身："我……我去收拾！"

"我来帮你吧。"阿斗也收起碗筷。

育豪迟疑，在正花和阿斗离席以后问正驰："你们就这么三个人住在家里吗？"

"嗯，"正驰漫不经心地继续进食，看起来好像对这样的生活早就习以为常，"没什么不好的，正花比较忙，不过都是因为我爱偷懒啦。"你也好意思说。育豪这么想着站起身拎起行李顺着刚才正花和阿斗离开的方向走，凭借记忆，他知道这条走廊里有一个卧室——在之前，那是母亲用的房间。

站到门口时正花刚好抱着一床被子走出来，她和这个突然出现的亲人相见也不过几个小时而已，紧张得说话都结巴："那个……小叔，床就简单地铺了一下，被子我去套一下新的被套就好……你可以把东西放一下。"

"谢谢你，"育豪几乎没有察觉到小女孩的异常，只是诚挚地看着她的眼睛说，"正花。"

正花骤然愣住，好几秒钟过后，她看着育豪缓慢地牵动了嘴角。她的眼睛微微闪着，像秋天澄澈的湖水，稚嫩的嘴角开始向上提，她微笑起来。"不……不用谢的，小叔。"她这一次看起来熟练多了，"大家都在盼望你回来，我们是一家人嘛。"

育豪看着这个青涩又干净的小女孩，头脑内嗡鸣着空了一下。他忽然想到，自己真的已经十多年没有回过家了，这也是这么久以来他第一次见到自己的家人。

虽然物是人非。

他微笑点头，走进了房间。

正花走的时候带上了门，因此育豪得以一个人在房间里安静下来。不知道是不是错觉，他总觉得周遭还是充斥着母亲身上的气味，说不清是什么味道，总而言之令人放松却又本能地排斥。口袋里有正驰给他的疗养院地址，他听正驰说了母亲患上老年痴呆症的经过，那个总是精明又严厉的母亲终究还是输给了时间。育豪坐在那里想了很久，才打开行李箱把要换的衣物取出来，之后从外侧的口袋里抽出那本写着他名字的病历。

他坐下，有些无力地把那份东西抽过来像在火车上时一样翻动。不论翻来覆去多少次，他的名字和“癌症”两个字都绝对不会发生半点改变。

再去见一见母亲吗？虽然回来，心里想的是见见大哥，但也一定是要见妈妈的。再来一次吗？实在是没有想到会这样。疗养院到底去不去？

他在心里纠结，外面传来正驰的喊叫声：“姜育豪！轮到你洗澡！”

“叫叔叔啊！臭小子！再这样我揍你！”他叹了一口气起身，随便取了几件衣服去洗漱。

浴室还是在以前的位置，不过设施已经改善了很多。洗澡是淋浴，台子上整整齐齐摆放着洗发露和沐浴液，还有一块小小的香皂。他洗过澡出来，显然下一个是阿斗，他已经取下眼镜抱着手臂穿着单薄的外衣拿了浴巾在外面等了。育豪有点不好意思，作为成年人居然让一个孩子等在外面："不好意思，我洗了很久吧？"

"没有。"看到育豪出来，阿斗立刻直起身，"是我自己要先来等的。"

"你是……我嫂子弟弟的儿子对吧？"育豪勉为其难地从白天正驰的叙述中提炼出男生的身份。

阿斗点点头，很有礼貌地回答："之前我在加拿大。我家里出了一些事情，所以现在我过来借住一段时间。我也是上个星期才来。"

"欸？等一下，"育豪突然意识到什么，"那你是加拿大人？"

阿斗似乎没有想到他会这么问，但还是开口："国籍上是的，现在在这里也是拿着旅游签证……"

"你多大了？"育豪忍不住提起兴趣。

"我比正花小四个月。"阿斗轻声地回答。

"原来是这样，"育豪想着，他看向阿斗的眼睛，不知道为什么，他说话总有种用力的味道，"你真的很厉害。"

05

两年多以前，那时阿斗还没有出现在这个家里，育豪也在外过着独自一人波澜不惊偶尔想起家人的生活，正驰和正花两兄妹跟随爸爸妈妈和祖母勉强算是和平地住在这里。

那时正驰刚考上高中没有多久，他个子很高，体育全能，成绩即便不努力也能够混迹在年级中游，平日认识的人中除非是忌妒，没有人与他关系不好。当然每天都必须面对彼此真实面目共同生活的家人自然不同，每当朋友们看着充当正花手机锁屏的家庭合照上的正驰时，都会双手合拢眼睛冒出星星来，正花就忍不住一个一个戳破她们的幻想："那家伙在家会超级大声地放屁的。"

"欸？！"小女生痛苦的惊叹声响起。

"他还最爱看黄色杂志，"正花漫不经心地收起手机说下去，"而且最喜欢脑子笨身材好的女孩。"

"怎么这样……"哀怨此起彼伏。

正花看到目的达到，苦笑着补上最后一击："还有他吃饭的时候喜欢说话喷东西到别人脸上、臭袜子乱扔在沙发上、捉老鼠做宠物……"

"求求你了！正花大人！快停下吧！"女孩子们立刻求饶，"拜托给我们留一点幻想的空间啦！"

他们兄妹二人一个在高中部，一个在初中部，每天去上学却不经常一起。正驰习惯和朋友一起骑脚踏车，正花则步行或是由爸爸骑车接送。偶尔爸爸也会要求正驰去送正花，不过正花总是以"哥哥这种人渣太丢脸了"为由严词拒绝。还好正驰心比较大，当时抱怨过不满转头就会忘掉，正花也不是真的嫌弃，有时起床晚了也会直接毫不客气地跳上正驰的后座让他载她去学校。

祖母随着年纪增长逐渐开始糊涂，时常拄着拐杖跑到院子里揪住育听的耳朵质问他怎么还不去把育豪接回来。育听一面赔笑一面大呼小叫："妈，是你自己赶育豪出去的啊！我现在也联系不到他！"

"你就说！他回不回来！臭小子！看我不罚他抄课文！"记忆在病痛中

不知不觉混淆，祖母错以为自己还是当年的中年妇人。

回想起那时还算无忧无虑的生活，正花手上的动作渐渐放慢。在一边看小说的阿斗抬头看着她，望见她奇怪的表情，于是开口阻止她继续消沉下去：“姐。”

“嗯？”正花立即抬头朝阿斗微笑，“怎么了？”

“被套需要帮忙吗？”阿斗问道。

“不用啦，你晚上没吃什么吧。”正花反而体贴起来，“要不要再吃点什么？”

阿斗扬眉，摘下眼镜擦了擦：“我去洗澡。”正花也不再客气，抱起套好的被子走出去。她去的时候看了一眼浴室还亮着灯，可是进那间卧室前还是不由得屏住呼吸敲了门。自然是不会有人回应的，于是她直接走进去，放下被子时就在床上看到了那样东西——病历。

小叔为什么会突然回来？正花下意识伸出手去把那本写着“姜育豪”的病历本拿起来，碰到以后便不假思索地展开，曾经被翻开多次的页面不等翻动便自动到位，正花看到作为一切源头存在的那一页，她看到了那个词语。

把浴室让给阿斗以后，育豪穿着提前准备好的拖鞋擦着头发走出来。回到房间时里面空无一人，他走进去坐下，解锁手机以后百无聊赖地打开堆积如山的短信开始查看，其中百分之二十是各种没有意义的广告，百分之四十是来不及确认已阅的验证码短信，还有百分之四十来自同一个人。

“你在哪？”

“你在哪？”

“你不会是死在上班路上了吧？！”

“我脑补了三万多字的你在路上遇到心上人然后逃班私奔的爱情故事剧本。”

“哦……老板说你请假了。”

“发生什么了？”

“求求你，跟我八卦一下嘛，入职以来一直保持全勤的姜育豪到底为了什么事请假一天啊？！”

“怎么了？”

透过这些啰唆的信件几乎可以想象到手机对面那个人一脸无聊得要疯掉的表情，育豪开始编辑回复，却又怎么都想不到如何开口。很可惜，这位对他的行踪兴致勃勃的并不是女性，而是公司里坐在他对面的同事起臣。

育豪与起臣是公司的同期，他们应聘面试时就在一组。当时育豪以为自己已经很多话了，在会场遇到起臣的时候，才知道他根本算不上什么。两个人几乎包揽了整场面试的声音来源，恨不得当场租个舞台做相声表演。其实这个公司并不算育豪有把握的单位，可是没过多久他就收到了后续来信，并且最后顺利入职。上班第一天，他遇到起臣，二人坐在对面桌面面相觑，遇到各自人生少有的一次无言以对。

二人就此成为朋友，工作上是拍档，下班后也偶尔一起去喝酒。

育豪删删改改好几次，最后还是发送出去那几个字——“我回家了”。

06

不论是确诊前还是确诊后，育豪都是睡得很轻的那种类型。其实按理来说，他大概会是大家眼中绝不可能患病的人。他一直以来喜欢并且擅长运动，只要是田径项目都很擅长，饮食也一直是健康的。睡在母亲曾经睡过的房间，清晨的日光还没亮起，他就醒了过来。

一夜无梦。

他穿好衣服起身，尽量轻地推门时却已经听到了声响。声音来自厨房，勉强可以听出是火的跳动以及炊具的碰撞。他试探着推门进去，就看到正花已经穿着围裙在忙碌。经过昨天的相处，正花面对他时已经不再那么拘谨，只是平静地打了招呼："小叔你起来了，没有洗漱用具的话我已经准备了一套放在洗手台上，等一下就吃早餐。"

"嗯，谢谢你。"育豪点头。

早餐是清淡的面条与荷包蛋，育豪开始吃饭时阿斗从楼上走下来，看起来有几分困倦，但仍客气地问候了一声。育豪本来打算等正驰下来再走，没想到坐了一会儿以后阿斗也坐过来吃早餐，顺道开口仿佛不经意地提起："表哥一般中午才起床。"

育豪大吃一惊，一方面震惊阿斗怎么会知道他在想什么，另一方面震惊正驰居然这么迟才起床："他不要上学吗？！"

"呃，这个嘛……"阿斗那张波澜不惊的脸上也浮现起难做的表情，他支吾了一阵无法作答。

等到正花出来育豪再次提问时才得到答复。正花漫不经心地给自己布置好餐桌开始吃面，仿佛她说的所有事都是再平常不过的常识："他早就不去上学了。"

"为什么？！"育豪满腹疑惑地问道。

"呃，"正花也和阿斗一样僵持了一下，"谁知道呢，他两个月没去上学了。"

这个缺少成年监护人的家庭显然有什么更深的问题在平和的表象下虎视眈眈，育豪差一点就深陷进去，不过他很快甩了甩头逼迫自己不要多想——现在可不是能够关心别人的时候。

刻意放慢速度地吃过早餐，正驰却迟迟没有下楼。育豪看了一眼手表，首班车的时间差不多了，他只得起身与阿斗点头权当作打招呼，接着又跑到厨房去与还在刷锅的正花道别。"正花。"他从厨房门口探出身子。

"啊，小叔！"正花的手还滴着水，她甩了甩转过身来，笑容布满圆圆的脸上，下一刻居然顺势说出育豪想说的话，"你要走了吗？"

育豪微笑："嗯。家里的事情都辛苦你了。"

"没有很辛苦啦！"正花向日葵一般的姿态很惹人怜爱，"小叔也辛苦了！"

育豪笑着下意识伸出手去揉了揉她的头，刚打算转过身，又意识到什么插了一句嘴："我哪有辛苦什么……"

"治病。"刚脱口而出正花似乎就后悔了，她抬手有点慌张地捂住嘴，想了想还是垂头有些惭愧地解释，"对不起，小叔。昨天帮你拿套好的被子进去，结果就不小心看到了你放在床上的病历……"

那一瞬间，有什么东西在育豪的脑袋里炸开。他看着正花，浑身都僵硬起来。被知道了，他本来是没打算让任何家人知道的，虽然说癌症并不等同于死亡，可是那也绝对意味着一场交杂着痛苦与眼泪的持久战。他没有计划把这些几乎是陌生人的家人卷进来。

小女孩相互纠缠在一起的手因为刚才冷水的浸泡而露出不自然的红色，明明应当稚嫩圆润的双手沾过油渍所以黏着肮脏，但是她的脸却满载着孩子才有的善良与纯真，就那么坦然真诚地看着育豪。她说："癌症的话，治疗一定会很辛苦吧……小叔，你这一次回来什么都没有说，感觉也像是不想我们知道吧。家里没有可以让你依靠的人，真的很对不起。"

为什么在道歉？

育豪迟疑地看着小女孩，一片混沌的脑海中掀起的巨浪诉说着这样的问题。为什么在道歉呢？被驱逐出家也好，这么多年没有家人陪伴也好，生病以后也没有和任何人倾诉也好，为什么现在是由这样一个不熟悉的小女孩来道歉？

为什么是正花道歉呢？

独自在医院得到确诊的消息以后，他一个人走回到空无一人的家，孑然一身地倒在床上。

存款勉强够手术的费用，接受化疗与否另说，加上治疗还需要一些，能否康复不说，光是最为简单普通的生活也会遭到破坏。再也不可能回到以前平常的生活了。育豪一度为此感到什么东西在他的世界里塌陷，不过绝望铺天盖地过后，他又以男人最基本的坚强重新安慰自己，没关系，不能回去就不回去吧。

又不是没有失去过。

他早就失去过太多东西了。离开故乡的那个夜晚，他仰头看向遥远的天际升起来的曙光，更加清楚地感觉到身为一个小男孩的孤独感。那时他就已经失去了很重要的东西。

真的要治疗吗？

思绪回到现在，育豪长久地看着低下头去说“对不起”的正花。他说：“没关系。”

“小叔，”正花抬头朝他微笑，“以后有空的话回来家里和我们一起生活吧。”

育豪呆滞地看着正花，他一时失声，好久以后才勉强地侧过头去开口，单单只是一个字却仍旧很沉重：“好。”

07

乘坐列车回到市内，育豪并没有着急去上班。租住的房子到期，所以目前他也只能去住旅店。育豪慢慢悠悠地走在繁华的街道上，莫名地感到松了一口气。原本回去以前他其实是怀揣着很多不安的，担心母亲会不会不让他进家门，担心大哥对他的想法会不会有所改变，也不知道家庭经历过改变会有什么样的不确定因素。

可是如今一回去，居然已经发生那么多变动。妈妈和大哥都不见了，认识的人只剩下正驰，还多出两个不认识的小孩。

记忆突然触及临走时名叫正花的小女孩无比诚恳地道出的那句“对不起”，他突然有些恍惚，不管是自己的反应还是这么多年的离家出走，他隐隐约约总觉得有些东西正在浮出水面。

当初想要学习美术的时候，他不是没有和母亲正面提起过要求。他的美术启蒙大概要牵扯到学校里的那位美术老师。美术老师是一个年纪四十岁左右的中年男子，人很和蔼，即便学生吵吵闹闹也不会生气。他一开始只是无聊而已，认真地完成了一次美术课的课后作业之后，那位老师主动找到他说：“你很有天分，要是能好好学习一下就好了。”

那位美术老师的态度似乎一直是这样，不欺不瞒，也不强硬不逼迫，只是这么一说，权当作已经知会，他淡淡地给了学生好的建议，转身就走。那就是育豪学习美术的开端，他逐渐开始了解美术。是时才是高一，他学习成绩一直在年级里数一数二，参加美术艺考的人还没有那么多，他放学后偶尔会绕道去学校的图书馆翻看一些画册，不知不觉就产生了学习美术的想法。

当他在属于他、大哥和母亲三人的餐桌上旁敲侧击时，母亲冷冰冰地横了他一眼说了四个字：“想都别想。”

这么一次尝试也仅仅是打消了育豪正面突击的念头，对于他这种个性来说，他是绝不会善罢甘休的。

不过在得知他考上美术大学的母亲将那一巴掌扇落到他脸上时，他才意识到并不是一切都能够如他所愿。

他看到了母亲因夙愿无法实现而流下的眼泪，可是比起那一滴泪，更加汹涌的是他内心绝望与悲愤的浪潮。他看到母亲干燥的嘴唇缓慢地翕动，她看他的眼神最终还是没有动摇。她什么都没说，决绝地转过身去。

育豪站在原地，感觉世界悄无声息。他似乎在等待着什么。

我在等什么？

站在喧嚣的十字路口，育豪突然忍不住开始思考这个问题。但是在身后的人突然搭上他肩膀的一瞬间，这些多余的想法就烟消云散了——是什么都不重要，反正他的缺口似乎已经填满了。他轻轻地回头，起臣立刻夸张地高声喊起来："你怎么了？怎么今天又请假，还特地约我也逃班出来？"

"我几乎不请年假，心血来潮想累计起来一次性用掉，不行吗？"育豪本能一般开始说笑着反驳，一把抓住他压在自己肩膀上的手拽着他穿过马路。

起臣慢悠悠地走在他身边。他与育豪虽然是同期，家境也相似，但是个性与外貌都有很大的不同。育豪的五官称得上是端正，长相总令人想到正直之类的词汇，他的脾气也相应地有些过于直率。而起臣则毫无疑问是一个漂亮的男子，他相貌英俊，打扮考究，举手投足又足够绅士，大学同样念的是美术专业，但身为艺术研习者的生活却比育豪自由张扬得多。倘若是女孩子，他们一定都会想和育豪这样的男人结婚，却又都对与起臣谈恋爱梦寐以求。

走到街角的咖啡店，起臣一言不发径自走了进去，不出意外的是育豪也会意地跟上。起臣给自己叫了一杯拿铁，又给育豪要了一杯美式咖啡。他们端着咖啡走到落地窗边坐下，育豪端起来一边搅拌一边抿了一口，一时间又不知沉浸到什么思绪里去。起臣及时叫醒他说："你到底有什么事情想和我说？”

育豪回过神来，他的目光与语气都很轻松，面对挚友轻而易举地将一切和盘托出：“我得了癌症。”

听到这句话的起臣一脸难以置信地上下细细打量起育豪，他迟疑许久，然后才开口。只是张开嘴也没能说出话，顿了顿闭上，又张开来，这样反复了好几次，他说：“你……打算怎么办？”

“能怎么办。”育豪撑着下巴漫不经心地作答。

“你先前说回家也是为了这个事情？”起臣对育豪的家事有一点了解。差不多入职两个月后，正好遇上新年假期。起臣除却退休的爸爸妈妈，家里还有一个一直没嫁出去的姐姐。三个人整天围着他一个人转。为了能够度过一个可以安心休息的假期，起臣花了一笔钱给父母和姐姐报了一个国外旅游的旅行团，趁着这个时候打算好好休息。没有想到公司临时有一个项目出问题，成套的广告海报都要修改，所有同事几乎都在享受假期，落单的起臣迫不得已只能回去加班。走进空空荡荡的办公室，他看到已经坐在里面一板一眼画图的育豪。

这一次意外加班给他们带来了一些相处的机会，育豪本身对自己家人的事情也没觉得有多少隐瞒的必要。起臣问起来，他也就说了。

“我回了一趟家，不过我妈被送去疗养院了，我大哥过世了。现在家里就几个孩子在住，我也不太熟。”这么说着，育豪甚至也有点同情自己，于是抬手心虚地摸了一下鼻子，“不小心让他们知道我得病了，幸好我们还比较陌生，他们……算是没有多管我。”

虽然是一段时间之前的事，育豪也看起来已经释然，但起臣还是轻声说：

“你大哥的事，节哀顺变。”

“我有点难过，不过更多的还是比较难相信。”育豪回答，“我就离家十多年，没想到会真的再也不见了。”他走的时候育听也还只是一个正直壮年的青年人，谁能想到会永远化成一张黑白的照片呢。

起臣犹豫，托着下巴喝了一口咖啡：“你现在在哪里治疗？”

“在体检的医院取药，不过动手术的话我还在考虑。”育豪就这么风轻云淡地说着。

“考虑？！”起臣一下子没忍住撑着桌子错愕地站了起来，“这还要考虑？！”

“手术又不是没有风险！后面还要化疗，这必须要做一系列的治疗计划。”育豪笑出声，起身把他压下去，“当然还是要考虑一下的！”

起臣仔细一想，觉得育豪说的也有道理。不过癌症这个消息的冲击力是不言而喻的，他踌躇了许久，深思以后认真地对育豪说：“有什么需要，你都可以找我。”

“谢谢。”育豪一抬头，脸上赫然是一方窄窄的微笑。

“说起来，你久违地回了家，家人怎么样？”

提到这件事，育豪倒是头一次有些愣住。他想了想，记忆依次从三个孩子的脸上淌过。正驰的五官是分明的，耳朵很宽，时常发笑，感觉有些像可爱的小狗。正花大概是总照顾哥哥的缘故，与他恰好相反，习惯于阴沉着脸，可是笑脸很真挚，只可惜笑的时候眼睛里也时常酝酿着沉郁的风云。阿斗则戴着眼镜，大部分时候都保持沉默，暗暗地观察他们，需要的时候会突然挺身而出。

“都是很好但我比较陌生的……”育豪本来想说“孩子”，可是又马上想到短短回去这一趟的所见所闻，以及他们那称得上异常的生活，他临时又改口，“人。”

08

假期结束以后，育豪向上司提交了辞呈。他没有说明自己的具体原因，因此临走时上司还百般追问他是不是要跳槽。他客气礼貌地微笑着否定，却始终没有说出真相。收拾了办公座位上的东西，他穿过办公室去往电梯旁，大家都忙碌地敲着自己的键盘，没人注意到他。只有起臣不动声色地抬起头，穿过厚厚的文件与茫茫的人头看了他一眼。

这一天是复诊的日子，育豪回旅馆放了一下东西就去往医院。患病以前他虽然有过一些异样，但自己都没有放在心上，直到确诊，才意识到厄运降临。目前他只不过是承受一些普通的病痛，在药物的帮助下勉强克服。

医院的医生总是笑眯眯的，让他不禁想起高中时的美术老师，所以显得格外亲切。

这位医生在他刚确诊时给过他不少安慰，并且也是向没有家人又缺少友人的他劝说进行手术的唯一人选。进去之后依然是惯例，检查和取药。手术自然不可能拖太久，但医生也还是尊重他的意见。育豪与医生聊了一些，临走时，医生突然说道：“你之前好像说过你没有家人？”

“啊……”育豪停顿了一下，想了想回答，“最近和他们重新联系上了。”

医生继续微笑，他说：“今天我听外面的护士说，有自称是姜育豪家人的小孩过来找你哦。”

育豪愣住，努力使自己平静以后有些怀疑地摇了摇头，他淡淡地自言自语说“怎么可能呢”，走出去时却还是忍不住拦住了一位护士：“请问一下，今天是不是有几个小孩子过来找人。”

“什么？”对方正在工作中，难免有些不耐烦，“我下午才来值班的，不知道。”

果然没有这回事。育豪隐隐松了一口气，他盘算着接下来什么时候去一次疗养院。穿过门诊楼朝前走，通过走廊抵达大厅时，身后突然有人拍了拍他的肩膀。很难形容育豪回头看到正花时的心情，他吓了一跳，第一反应是自己在做梦，之后他的理智又立刻告诉他这绝不是白日做梦，那么最合理的解释是他病糊涂了，他从来不知道肠胃的癌症也会影响到脑子。

“小叔！”小女孩额头上浮着一层薄薄的汗，兴奋地抬手攥住他的袖口，仰头笑着说，“终于等到你了！”

伴随着那漫长的等待与最后一句灼热的宣告，将一直以来独身一人的男子吞没的是大片大片蓬勃的烟雾。他感觉自己被动容的茧丝死死束缚，动弹不得。他也不想动弹，只是这一刻，他突然感觉鼻子发酸。

“欸？”育豪控制不住自己抬手去抵住正花的脸颊两侧左右来回晃动了几下，确认这是真的。

“上次我从你的病历上看到了你的医院和主治医师，你来看病的时候我们吃饭去了！幸好你的主治医生发了短信给我们！”正花笑起来的时候有点得意的样子，她又重复了一次那句话，“终于等到你了！我接到消息就立刻跑过来了！”

育豪这一次才确信这是真的，正花真的来找他了。他问：“你一个人？”

“哥哥和阿斗在对面的麦当劳，我们一起过去吧！”正花的表情根本不容人拒绝。

来到店里，育豪看到了正在喝着可乐的正驰与一旁站在落地窗边目视他们过来的阿斗。育豪霎时说不出话来，坐下后四个人沉默了许久，育豪与正驰坐在一侧，阿斗和正花坐在对面，脚下堆放着口袋。

育豪问：“你们来做什么？”

“叔，”正驰不太经常这么叫育豪，他出生的时候育豪也还只是一个高中生，所以家人也就任由咿呀学语的他直呼育豪的大名，可是此时此刻，他就这么顺理成章地叫了他叔叔，这倒是让育豪有点意外，“你生病了为什么不告诉我们？”

“……”育豪再一次陷入无法开口的境地，他先是看了一眼正花，告密的正花立即心虚地低下头，他左右为难地安静了一阵子，最后有点抗拒地回答，“我打算迟一点再说的……”

“哈哈，”出人意料的是正驰居然干笑了两声，他此刻的发言权与态度倒是切实地显现出了他在家里长孙的地位，“姜育豪你在骗人吧？你这一次离开家，就不打算再回去了吧。”

育豪被说中，尴尬地扭头看向窗外。他的确没有觉得那个陌生的家还有待下去的必要。不知道为什么，汹涌的情绪少有的萌生了不再克制的念头，他突然没有预兆地开口：“和你们说了又有什么用处吗？回去又怎么样？”

这是这么多天以来他第一次把自己心脏最底层那一块黑色的自暴自弃的念头一点点刮起来暴露在外界。他是患病的那个人。他才是最难受的那个人。他已经什么都没有了，过去为了一点点梦想与咽不下去的那口气，他离开了家，暂时地抛弃了家人，可是现如今，只是简简单单的“癌症”二字就会让他失去一切。他还没有成熟到可以完全判断自己的所作所为是对是错，只是难得地想要去对过去作出的决定简要地尝试着确认一下，然而回到家后，他才得知那些他丢弃过的东西再也不会回来了。

哥哥死去了，妈妈老年痴呆而且住进疗养院。过去的就是过去了，他曾经以为触手可及的东西像是海上浮浮沉沉的一叶小船，在他不经意时已经看不见影子。

负面情绪的潮水退去之后马上浮现的是理智的海岸，育豪忽然意识到自己也许说了什么无法挽回的话。不管自己怎么辛苦，又怎么对家人有不满的情绪，面前的这三个也只是孩子而已，他们都比自己年少太多，这一切也不是他们的错，他不应该对着他们乱发脾气。

育豪十指扣在一起开始考虑反悔和道歉的话，没有想到的是下一秒，正驰突然站起身来郑重其事地宣布道："回家吧！"

"啊？"育豪一脸狐疑地抬起头看向他。

"以后我们会不停地来找你的。你现在是病人，需要人照顾。"正驰轻而易举地就做了决定，仿佛刚才育豪一时失态说错的话从来没有进入过他的耳朵，他就那么直直地用食指指向育豪，"没有办法用魔法给你治病或者让老爸和奶奶变回以前的样子，对不起哦。但是现在，我们是你的家人。"

虽然是满不在乎的口气，可是正驰坐下调整座位的一瞬间，脸上还是有一丝悲哀一闪而过。

育豪攥着拳头出神，正花垂着头一直没有说话的机会，阿斗一来本身是慎重的个性，二来也自觉算是外人，所以没敢说话。就在四个人沉默下来的时候，正花突然像是想起什么一般睁大眼睛抬起头。她说："小叔——"

育豪抬头去看她："怎么了？"

“那个……我们是来给你送东西的！”说着正花在阿斗的帮助下从桌子下面把编织袋拿上来，三下两下把口袋打开，里面是几只金灿灿的柚子，“这是上次买的柚子里面比较甜的。”

育豪感觉自己变成一只说不出话的木偶，又像是回到幼稚怯懦的孩童时期，他诧异地看着那几只柚子，遥远的记忆深处映出哥哥灿烂的笑脸。“阿斗不太吃柚子，我和哥哥都比较喜欢吃酸的，剩下的甜的要是小叔你爱吃就好了。”正花说着，一旁的正驰配合地抱起手臂冷哼一声，“所以我们给你送过来了。”

甜蜜的柚子，永远失去的宝物，以及对着成年人信誓旦旦地说出“我们是你的家人”的少年，这就是令育豪此时此刻湿了眼眶的一切。

先生

01

秋日珍贵的金黄重重叠叠缠绕着路面与树枝向四周延伸，育豪再一次携带着行李站到自家门口的时候，敞开的门里面正乱糟糟地吵成一团。

育豪犹豫了一下是否要开口打个招呼再进去，不过看样子里面的那群孩子是没有闲暇来理会他的，于是他索性一不做二不休径自推门走了进去。他第一个看到的是阿斗，阿斗抱着一只箱子，里面盛满了乱七八糟的杂物。育豪再一次细细打量这个相对来说更加陌生一点的男孩子。

阿斗个子很高，黑发泛着一点阴沉沉的橄榄绿，架在鼻梁上的眼镜是有些老套的粗框镜。他身材很消瘦，面颊有些向内凹陷，甚至有些病态的味道。这让育豪不由得为他捏了一把汗。庆幸的是，阿斗的眼睛实在是很明亮。

“您好……”阿斗迟疑了一下，看样子是不知道要怎么称呼他好，“他们在里面。”

“嗯，今天你们这是在干什么？”育豪拄着行李箱问道。

“本来是在做大扫除，结果……发生了一点挺值得高兴的事情。”说到这里的时候，阿斗微微笑起来，很是和善地朝他重重地点了点头，“育豪叔叔回来了就更好了。”

育豪会心地笑起来：“谢谢你。”在阿斗走上楼梯后，育豪便顺着声响走进后面的院子，然后他就看到了站在那棵枯死的柚子树下的兄妹俩。正驰握着一柄接得很高用来清扫天花板的扫帚，抱着手臂一脸不屑地在趾高气扬些什么。而正花戴着口罩和帽子，身上穿的衣服明显很脏很旧，大概是为了方便清扫。她面对哥哥的态度则显得自然很多，翻着白眼，比平时多些孩子气。

育豪靠在门边看了好久，那对兄妹始终保持着对对方不太友善的态度交谈着。育豪听不清他们在争论什么，但是看得到正花开始伸手去推搡正驰，而正驰也很不客气地开始还手。两个人作势要打起来，育豪上去不是不上去也不是，只听一道平静而干燥的嗓音在身边响起：“你们想干吗？”

侧过头映入眼帘的是少年眼镜底下熟练又无可奈何的表情，阿斗说：“育豪叔来了。”

“姜育豪！我去！”“小叔！”

正驰和正花不约而同地高喊一声，两个人立刻兴高采烈地跳了过来，眼睛里像是闪着小星星，育豪看着这两个窜过来的侄子侄女自言自语道：“泰迪和萨摩耶……”

“什么？”正驰投过来两束冷漠的目光，“姜育豪你是不是说了什么？”

“没有！臭小子，要好好叫叔叔知道吗！”育豪一巴掌拍在正驰头上，转头看向正花，“正花，最近家里怎么样？”

正花双手握拳放在下巴下面，很是可爱热情地回答：“什么都很好！小叔你要回来住了吗？！”

育豪望着他们沉默了一会儿，然后点了点头说道：“我暂时辞职了，房子也到期了。我打过电话给嫂子，她说下个月的时候会回来。接下来还打算去看你们的奶奶，所以这段时间想先暂时住回家里。”

“太好啦！”正花跳了起来，正驰一脚差点没把亲妹妹踢飞出去：“傻乐什么呢，没见过你对我这么上心。”

“哥，你真的很恶心。”正花反驳。

阿斗接下育豪手里的行李领着他往之前的房间去：“叔叔你先休息。”

育豪也拿这两个人没办法，苦笑着和阿斗一起进去。走过楼梯口时他忽然想到什么问着：“你刚才说发生的令人高兴的是什么事情？”

“啊，那个。”阿斗说着就笑了起来，笑意沾着睫毛上下摆动，“后院里那棵柚子树突然复活了。”

阿斗半天都没有听到身后长辈的回应，等回过头才看到育豪痴痴地站在原地张大嘴巴。他走上去晃了两下手问“怎么了”，育豪吃了一惊般咽下唾沫问：“真的吗？”

“是真的。”阿斗肯定地点头。

话没落地，育豪已经转头飞奔回去。他越过还在打打闹闹的正花和正驰跑进院子，抬头就看到那棵上次见到时死气沉沉的柚子树真的开始发出了新芽，树干的颜色也开始改变。后面三个孩子跟上来，只听正驰在身后没精打采地解释：“那场大雨后就开始这样了，我觉得是生命奇迹，正花她觉得是有天使，所以说天使到底是什么啊……”

“不然要怎么解释啊，生命奇迹和天使好像没有本质差别吧！”正花不满地瞥了一眼兄长，“阿斗你说是不是？！”

“……”阿斗沉默着。

但是育豪什么都听不见了。他无比热诚地抬头看着那重新开始呼吸的树木，在那片缥缈又快乐的过去，育听撑着正值青年的柚子树灿烂地笑着朝他喊道：“育豪！大哥罩着你！”

在那个记忆里，有他想要珍惜的一切。

不知不觉，有眼泪悄无声息地落下，腹部横冲直撞的痛楚在拼命把他从那个美好的回忆里拖拽出来。他屹立不动，只是泣不成声，下一秒就昏倒在地。

02

几天以前。

在旅馆里吃完最后一只甘甜可口的柚子，育豪以有些邋遢的姿态盘腿坐在床上，呆滞好久之后拍打了自己的脸颊决定脱离这种堕落的休息生活。他拿出手机翻找到上次从正花那里问来的嫂子的电话，踌躇好久还是拨打了过去。

第一次见到嫂子是在育豪初中的时候。大哥育听没有按照母亲的希望以考取大学中文系为目标好好读书，反而无恶不作成天游手好闲，最后被教导主任亲自送回家。育听一不做二不休跑去参军，几年后退伍回来在家开设网上商城贩卖女性服装。嫂子是他在服兵役期间认识的。那时军队也偶尔放假，因为家乡比较远所以他通常懒得回家，索性就近旅行。

在一次短期休假中，他住在大学城附近的旅店。就在入住期间认识了后来的妻子。

听说两个人第一次见面倒是不太愉快。住的对面房间，女方房间出现老鼠，吓得跳到走廊大呼小叫，对面房间的育听试图见义勇为，冲进去结果被巨大的老鼠吓到昏迷。等到育听醒来，已经在女方房间里以极其难看的睡相过了一夜。

醒来后立刻遭到强悍女大学生的拳打脚踢，在顽强抵抗后还被迫低头道歉，可以说是十分可怜。不过等打骂结束，育听乖乖巧巧可怜巴巴地跪坐在床下委屈地低着头，只见勉为其难消气的女大学生叉着腰站了一会儿，突然从牙缝里挤出几个字："那个，名字。"

"欸？"育听满脸疑问地抬头。

"你叫什么名字？"女生抱着手臂十分倔强地别过头。

育听问："你该不会要报警吧……"

"谁……"后来他的妻子、如今青春靓丽的女大学生脸上飘起可疑的红晕，"谁说要报警了，你快告诉我！"

然后他们就恋爱了。紧接着育听退役后就带女方回家，嫂子做了很久的家庭主妇。在这个家庭中，充当父亲角色的育听大部分时候都忙于工作，偶尔带着儿子玩耍，却又经常犯下许多类似于"居然带几岁大的小孩爬树"的错误，被母亲和妻子共同谴责说是"只能带坏正驰"。而孩子他妈又太过严厉，动不动就被完美遗传父亲秉性的正驰气得半死。因此，当时正在读高中的育豪也负责了许多正驰的管教工作。

那个时候家里还养了一条混了一些金毛品种的狗，体型很大，叫作斑斑。大哥和嫂子在家因为一些鸡毛蒜皮的小事大打出手的时候，育豪通常就抱着正驰与斑斑排排坐。他说："这对笨蛋夫妻什么时候能考虑一下我们的感受就好了，是吧，斑斑？"他回过头，斑斑呜咽一声转过头用闪闪发亮的眼睛看着他。母亲从身后走过来："去让那对笨蛋夫妻停下来。吃饭了。"

其实有一件事育豪从没有说过，家里唯一一个提前知道他要离家出走的人就是嫂子。事出偶然，他半夜收拾行李中途去阳台上收一件衣服，等拐弯出去时正好看到穿着睡衣的嫂子。两个人在漆黑的夜色中四目相对，育豪还在盘算要找什么理由，没想到嫂子立刻转身像是什么都没看到一样离开。

第二天他起床时，餐桌上摆放着饭盒，里面是他爱吃的米饭与腌制的泡菜。饭盒上有一张沾着嫂子笔迹的纸条，极其简单地写着"路上吃"。

不过很显然嫂子也有告诉大哥，不然育豪在离开时也就不会被育听追上要送他一程。

"喂，请问您是？"

电话接通，嫂子的声音与之前并没有什么不同，正是因为太过熟悉，又时隔多年，所以在一刹那间令育豪慌了神。"育豪？"结果那边的女性竟然猜出他的身份，"是育豪吗？育豪，是你吧？"

摇摇欲坠的嗓音就像不断无助摆动的手臂。育豪不由得开始害怕那声音消失，于是慌慌张张地抽出手去握住它："是我！嫂子，是我。我是育豪。"

嫂子立刻做出了反应："你在哪里？我听正花说了，要不要住回家里去？"

"我……"育豪刚开始犹豫，嫂子还是一如既往的强势并且不容人反驳。她紧接着说下去："住回来吧！……虽然我现在不常在家，但是正驰还有正花都在的。住回去的话，虽然他们年纪很小，但还是能够给你帮一些忙的。"

育豪一时被堵得严严实实说不出其他话来："我会考虑的。"实际上他心里想的是——怎么可能让他们帮忙。

然而他万万没有想到的是，就在几天后，他真的就直接得到了他们的帮助。

03

再一次醒来时，出现在视野中的是雪白的天花板与高高在上的输液管。

育豪花了几十秒钟来回忆昏迷前发生的事与现在他所处的地点与状况。随着头部的摆动，床边坐着的高瘦男生立刻站起身来以垂直的方向正对上他的视线。少年面颊上挂着一点不屑，单薄的嘴唇拉开嘴角挂着一点本就处在那里的笑。他毫无感情起伏地问："醒过来了吗？请回答，我是谁？"

"姜正驰。"育豪也用同样的口气回答，"你们谁送我来医院的？"

正驰看着他支起身体，最后一下又伸出手去扶他："我们叫了救护车，刚才已经缴费了。我们还是有一点存款的，请放心。"

"立刻就还给你们，我没事了。"育豪顺势就要拔掉针头下床，"你去叫护士我们办理出院手续。"

"出院？！"正花就在这个时候走了进来，她手里拎着两大只塑料袋，里面装满了蔬果、速食罐头以及牙刷洗洁精之类的生活用具，"谁要出院？"阿斗正跟在她身后，提着差不多成分的口袋有些茫然地走进来，听到正花抬高的分贝后推了一下眼镜。

正驰看向正花的方向哼了一声，有些满不在乎地歪头回答病床上的育豪道："别想了，出院？等着手术吧。"

"什么？"

“小叔，我都听医生说了。”正花把购物袋往柜子上用力一放，郑重其事一字一句地说道，“你要做手术才行！”

除了家人以外，育豪身边没有接触过太多女性。大学时谈过一次恋爱，最后也是无疾而终，女人对他来说总是有些过于模糊。但是不论是母亲还是嫂子，这两个与他相处时间最长的女人都给他留下了固执的印象。

然而此时此刻，面对还完全算不上女人的侄女，他再一次充分地感觉到了这一印象的重现。

固执。

即便只有十四五岁，也固执透顶。正花抱着手臂与坐在病床上的育豪对峙起来，正驰和阿斗都迫不得已坐在旁边等待。育豪虽然不得已要承认自己也的确有朝做手术的方向偏移，但是这一下的松口，他完全是受不了面前三个人的逼迫才答应的。

正花一脸刀枪不入的认真表情，阿斗在窗边站着看学校发的教科书，正驰则反坐在椅子上很是焦急地抖着腿。

手术肯定是需要做的。已经听主治医生说过治疗流程的育豪对于手术心里也有数。手术前需要很长一段时间的调理，帮助身体达到适宜迎接手术的状态。本来迫于身体的痛苦和变化也迟早会同意，只是心里本来就存留着一份保守治疗的心情。

“……”育豪在漫长的沉默过后十分艰难地开口，“我知道了。”

“答应了？”正驰充满欣喜地抬起头，为自己终于结束傻坐在这里能够赶快回家吃饭而感到高兴。

阿斗也回过头来，推了推眼镜很是镇定地看向他们，仿佛早就料到会有这样的情况发生。正花站起身子，很是期待地问：“也就是说小叔你愿意手术了吗？”

“嗯……你们可以不管我的。”育豪百般考虑还是以最后的骨气说道——虽然被三个中学生胁迫接受手术的他根本已经没有任何尊严可言了。

“不了。术前术后的照料工作，哥哥都会做的！”正花就这么直截了当地说着，甚至摆手以推荐的动作示意身旁的正驰。

正驰一脸诧异：“为什么是我？！虽然照顾小叔也是情理之中我不会拒绝啦。”

“大概……”站在窗边的阿斗迈开步子走过来，“是因为表哥你不去上学吧。”

“哈？！”正驰像空当接龙一般快速地回头看向亲妹妹。

正花毫不客气地给予了证明：“没错，你又不去上学，我和阿斗都要读书，你不负责照顾小叔谁负责？”

听到这两个人这么说，育豪也不由自主地把目光抛向了正驰。他看着他说：“那就你吧，以后就麻烦你了。”

正驰无言以对。

04

为什么我们要上学?

这个问题或许所有学生都曾经或多或少地考虑过。学校是我们青春时代耗费最多时光的场所，去往学校的目的很简单，当然是为了学习。可是在那里我们能够真正学到的是什么呢？活在这个世界上，人所接触最多的就应该是人才对。人与人之间的关系，是脆弱而微妙的。

那种东西我们能在学校学到吗？

正驰再一次想起这个问题的时候，已经有半个月没有去过学校了。当时他正四仰八叉地躺在起居室木制的地板上，左手边放着果汁，身体右侧是满满当当堆积如山的漫画书。他就那么毫无形象可言地抓了抓几天没洗的头发，打了个哈欠坐起身来大叫："正花——"

房间里完全无人回应，正驰起身绕到厨房喝了一口水看到墙壁上的石英钟才想起来正花去上学了——她升上高中以后和他念的是同一所学校，也就是大该中学。临时过来的阿斗在国外一直接受的是加拿大的教育，刚回来那段时间也没有去上学。不过有一次正驰妈放假回来，想到他不知道要耽搁多久学习时间，在家也很没有意思，于是给他办理了大该中学的借读，刚好还与正花同班。这间学校是私立学校，也正因此，借读手续办理起来相对来说没有那么困难。阿斗入学后难免有些跟不上国内的教学进度，不过大家心里都默认他在旅游签证过期以前一定会离开，于是对他这半个外国人的语文、政治等文科成绩基本上都是睁一只眼闭一只眼。

逃学的第一个周末，班主任曾经来过正驰家里家访。他家的情况学校老师心里都清楚，事实上他们家也不算是特例，单独或是和老人一起在家做留守儿童的学生，每个学校多多少少都有一些。

不管老师说什么，正驰都一副没精打采的样子。他不喜欢总是说教人的老师。班主任老师无奈地抬头，正花正抱着刚收好的干燥衣服从院子外面进来，厚重的衣服几乎把她整张脸都盖住。这样一幕情形太过于直白地揭示这家人的生活状态，班主任也无能为力，只能撤退。

即便通知他们的母亲，那位事业上尤其忙碌的职场精英女性也是有心无力，终日忙得不可开交，根本回不去家里。对于唯一的儿子忽然开始抵触学校的前因后果，她是有所耳闻的。劝解了好几次无果，最后她也不得不放软态度："你的人生可不是到此为止的啊。"

正驰一直以来还算是比较听母亲的话，大概就是因为母亲的时时关心，因此还是一直徘徊在被学校开除的边缘。高中不是义务教育，他大部分时候以病假的名义不去，偶尔到了什么重要期限例如考试还是会按时露脸，成绩不说名列前茅，至少也能拉高平均分值——这与正驰考前几乎每天都学习到深夜脱不开干系。学校也只把他当作怪谈。

"妈妈很操心你。"正花有时候会突然站到如同咸鱼一般躺平在地面上纳凉的正驰身边说道，"哥，偶尔你也为妈妈着想一下吧。虽然是学校里的那些人不好，可是……可是你能这样坚持多久呢？"

是啊。我能这样坚持多久呢？

这个问题不记得是第几次像是礁石探出海面时一样出现，正驰被困意压得身体后仰得要摔下去，但又立刻因失重而吓得俯身醒过来。脸上盖着的漫画书"嚯"地掉落到地面上，正驰气喘吁吁地环顾明亮的四周，四面清一色都是白色，穿着病号服的育豪坐在窗前一脸无语地盯着他。

已经坚持两个月了！他突然想到梦境最后那个问题的答案。他已经坚持这个样子两个月了！

"坐着也能睡着，而且还在看漫画，真厉害啊。"育豪面无表情地挖苦道。不知道是不是受没大没小的正驰感染，他与正驰说话时总是不由自主懒得理会礼貌与客气之类的东西。

"我大发慈悲当作你是在夸我。"正驰没好气地伸了个懒腰，又弯腰把翻落在地的漫画书捡起来随意地扔到床上。

育豪拿起漫画书随意地翻了翻，男孩子爱读的漫画无不是冒险、友情与勇气之类的故事。他问："你喜欢漫画？"

"嗯，"正驰回答，"也就随便看看，说起来小叔你是学美术的？"

育豪抬头："你连这都知道啊。"

"拜托，能把奶奶气成那样的重要事件，要是还不知道的话我也未免太缺心眼了吧。"

"话说回来，你有没有问医生我什么时候可以出去？"育豪合拢漫画书问道，"还要去看你奶奶。"

"嗯。准备时期不需要完全住院，每天的点滴打完，按时吃药就可以了。"正驰说着，抬起手机看了一眼之前收到的短信，"和疗养院提前约好的是这个周末，我已经和护士了解过，那一天我们上午就能结束。学校也放假了，到时候正花和阿斗会叫好计程车，我们一起过去看望奶奶。"

提到母亲，育豪其实还是有些紧张的。他扭过头看向窗外，外面随着秋日的微风摆动摇晃的树影，似乎拉动的正是他的心。

离开以前他对母亲曾经大声地怒吼过："你根本不在乎家人！你只在乎你自己！你还不如一个陌生人！"

下一秒，母亲的巴掌就落到了他的脸上。他猝不及防吃了一记耳光，抬头看见母亲发红的眼圈，她用那种无比痛苦的眼神注视着他。那样的目光就像是一把小刀，一刀一刀把他的心脏切成片。可是因为生着锈很钝，所以许多刀切下去之后肉与肉依旧藕断丝连，痛得他说不出话来。

他们说母亲患上了老年痴呆症。

那么坚强又精明的女人，居然也会糊涂到认不出至亲的程度。当年父亲离开家时，母亲一滴眼泪都没有流，也没有回娘家，而是继续带着孩子在这个家里生活。许多人都知道父亲是回工作的地方与其他女人一起生活了，可是母亲却把父亲作为一个男人应该承担的责任全部揽了下来。

见面的话要说什么比较好呢？

当年突然离开，一定让你伤心了吧。我在一刀刀被切割的时候，母亲也是同样的吧？没有想到回来的时候，我们都变成这副样子了。过得好吗？哥哥死的时候，很痛苦吗？我却没有回来。

真的对不起。

母亲，对不起。

05

起臣不喜欢医院。

一般人应该都不会喜欢，毕竟过来医院一般都不会有什么好事。第二次在医院发生坏事大概是在高中的时候，他在回家途中发生了车祸。步行穿过十字路口时，一辆货车横冲直撞行驶过来把他撞飞，身体横着飞出去以后剧烈地碰到地面，滚动碾压皮肤被拉扯撕裂。等他再一次醒来就是三天后，他整整昏睡了三天。醒来时看到父母和姐姐满脸忧伤关切的表情，他突然之间感到伤心。

他感到伤心，因为在他的世界里，他一直认为在医院所发生的第一次坏事就是他的出生。

起臣的童年大半时间在沉默中度过，他不爱说话，也极少露出笑脸，医生诊断是先天的抑郁症。

他的父亲母亲以及姐姐都是充满爱的人，对于这样的心理疾病自然会鼓起勇气正面挑战，为了他的治疗费尽心思，母亲甚至为此辞职在家照顾他，父亲也屡屡改变工作，姐姐更是因为家庭中心的偏移经常遭到忽视。一家人的生活以他为中心萌生巨大的风暴，等到他治疗结束差不多恢复正常，才发觉家与家人已经因为这场源自于他的自然灾害变成一片荒野与受灾群众。

温柔的爸爸、和蔼的妈妈与亲切的姐姐无数次对重新站起来的他说："这不是你的错，我们都是心甘情愿为你付出的。你不是一个亟待解决的问题。"

我不是一个问题吗?

电梯门打开的瞬间，消毒水味扑鼻而入侵入他的意识。起臣这才发觉已经抵达自己要去的楼层，于是快步出去，临走没有忘记转身与刚才攀谈过的护士小姐微笑着道别。在对待异性的礼节上，他总是分毫不差，做得滴水不漏。

按照之前收到的短信走进单人病房，一时间房间里的三个人都不约而同齐刷刷地看向他，不知道是不是错觉，那几个显然还是孩子的角色好像眼睛里闪着野兽狩猎与保护欲爆发时才有的红光。

起臣揉了揉眼睛，眼前的景色这才变回正常的模样。躺在病床上面无表情生无可恋的是他就职以来的挚友姜育豪，按照以前所了解的状况，唯一的女性，也就是此时此刻坐在床边用过高的医院床头柜写作业的是侄女正花；站在床边打游戏、身高比起臣高半个头的是正花的亲哥哥正驰；站在窗户旁边戴着眼镜看书的是和正花同岁的表兄弟阿斗。

看到起臣，育豪终于打起了精神。先是把自己的家人介绍给了起臣，又把起臣向自己的家人介绍了一圈："你们也叫他叔叔就好。"

做完相互介绍以后不知怎么的就有点尴尬，其实按照以往育豪与起臣在一起是绝对不会冷场的，但是一想到正驰、正花和阿斗三个局外人也在场，怎么说话都有点左右为难。结果就这么僵持着，头一个打破死寂开口的还是正驰。正驰的一局游戏正好结束，他抬起头来打了个哈欠，扫视一周之后没头没脑地开口："叔叔。"

"嗯？"育豪应声的同时发现起臣也看了过去，于是补充道，"你是叫我还是叫他？"

"叫你们两个。"正驰偏着头说道。

"干吗？"育豪问着，起臣也别过头笑眯眯地说："什么事？"

"起臣叔叔和育豪哪个比较年长啊？"正驰举手提问。

"我比较大。"起臣接应。

"那么的话，"正驰擅作主张，"起臣叔叔就是二叔。"

"欸？"起臣皱眉夸张地抱不平，"可是一般都是比较小的人沦为第二吧？"

育豪看过去："啊，用了沦为这个词语。你很看不起数字二啊？！"

"没有。不要污蔑我。"

"表哥的意思大概是二大于一。"见正驰没有解释的打算，阿斗及时地开口给了这些成年人一个理由。

起臣转移视线凝视这个自始至终只有过这一句发言的阿斗，长久的观察过后他偷偷在骚乱中靠到育豪耳畔郑重地说道："这真是恐怖级别的厉害啊。"

06

尾随护工穿过一条长长的走廊，育豪总觉得心里惴惴不安，正驰走在他旁边时不时出于对他身体的担心抬手搀扶。走在前面的是正花，与负责照顾祖母的护士熟练地攀谈着。在几次不由得慢下脚步来以后，正花有点担忧地回头看了一眼："小叔，真的没事吗？"

"嗯，"育豪艰难地看了一眼身边的正驰，"我没事。"

"奶奶在楼上，我和护工姐姐先去把她带下来。小叔你就先在楼下休息吧。"即便育豪已经给了肯定的回复，但正花还是担心地做了这样的安排。育豪一想也好，于是同意了乖乖在楼下等待。

等到正花和护工消失在电梯里，育豪才一秒破功地抓住正驰的手臂咬牙切齿地问道："怎么办？！"

"什么怎么办？"正驰搞不清状况，狐疑地反问，"你想上厕所？"

"不是！"育豪真的很想一耳光把总是在状况外的正驰扇醒，"我紧张啊！"

"……你紧张什么？"正驰满脸的不能理解。

"我……"育豪一下子居然被噎到不知道如何跟这个缺心眼的男孩解释，他踌躇了半天，选择了一个比较易懂的说法，"我很多年没见我妈了。"

然而正驰再一次毫不顾忌地沉默了，他就那么木然地看着育豪，像只巨型犬一般挠了挠微微卷曲的头发："所以呢？"

育豪不明白他的意思，被逼得有些无话可说，于是收拢手臂留下一句"我去上个洗手间"就走了。阿斗也是头一次来这间疗养院，有些新奇地左顾右盼，刚才又听到育豪和正驰的对话，于是找了个借口跟上去。

育豪站在小便池面前的时候阿斗也走了进来，顺理成章走到他身边站定。阿斗突然说："表哥没什么恶意的。"

“嗯，我知道。”育豪拉着拉链回答。

“那个，虽然我和育豪叔的经历肯定不能比，不过……”说到这里的时候，阿斗扬起头，眼睛在日光中格外明亮，“假如说育豪叔是时间上与母亲距离很远的话，我就是空间上很远。现在我爸爸妈妈要离婚了，但是我妈妈还在俄罗斯没有回加拿大。”

第一次听到这些，育豪有些出神地看向男孩年轻的面颊。“但是……”阿斗继续说下去，“但是每一次见面的时候，我都能够很清楚地感觉到我妈妈爱我。不管离得有多久、有多么远，不会改变的才是家人吧……所以我觉得您没有必要那么紧张。”

吐露这么沉重的事情却是为了安慰他，育豪淡淡地微笑，走出洗手间的时候才回复：“我知道了，谢谢你。”

结果刚走出去他就在门口撞到正驰，正驰吹着口哨走来走去，见到他出来立刻迎上去问：“身体有没有什么意外？”

“没，”育豪如实回答，“小便目前还好。”

“知道了。”说完这一句，犹豫过后正驰还是再一次开口，“奶奶……已经什么都忘了。”

育豪没有明白他的意思，弯曲着一边的眉毛问：“什么？”

“我是想告诉你，你担心的那些只会是杞人之忧。”正驰解释，“奶奶她得病以来记忆就一直在混乱和衰退，来这里之前的那段时间和你离家出走的事情她差不多已经忘光了……甚至以为爷爷还在家里。”

育豪怔了怔。那一段记忆迅速如同海鸥抵死撞击灯塔一般飞来，拼命在某一个发亮的空缺挣扎。爸爸还在的时候，他们还没有住到这里来，有关那个男人的记忆，连他都有些模糊了，只记得母亲总是满满地给出抱怨与恨。

他还没回过神来，远处通往电梯间的走廊里已经响起了轮椅滚动的声音。越来越近，直到到达门口，育豪才清醒，没有做好准备全然惶恐地看过去。

率先进入眼帘的是正花微垂着的头，她乖巧懂事地低着头一言不发。护工弯下腰去交代什么，顺着那熟练而轻巧的动作，育豪不由自主地就见到了那个人。

他们已经分别太久了。轮椅上坐着衰弱的老妇人，四肢消瘦得羸弱病态，稀薄的头发已全然雪白，身上是一套碎花的裙子与浅色的条纹外套，只有那仰起的脸颊上，线条分明的五官略微显现出岁月碾过之前的形状。不加掩饰地说，育豪心里第一个用来比对那张脸的是母亲在他心里最美的时候——那个时候他还是个孩子，母亲也还没有被父亲抛弃，脸上总是挂着爽快热情的笑容。那时母亲还有很多斑斓的梦与丰沛的爱，他和哥哥年纪还小，还坚信着那些东西绝不会轻易从母亲身上消失。然而很快在父亲离去之后，那些东西就真的像被磨灭一般暗了下去。母亲开始奢望她的两个儿子能够背负着她的爱成为她新的梦。

与那张笑脸尤为相似的面孔终于出现在了眼前，育豪感觉膝盖发软，瑟缩着走上前，却真的在很近的地方走不下去。他一度轻蔑地觉得母亲只不过是比自己先出生二十多年而已。母亲的视线朝他飘了过来，那是多么熟悉的目光，熟悉到每一条皱纹都因之而褪色消失。

育豪张了张嘴想要喊“妈妈”，可是喉咙却干涩得说不出话。他只能支撑着自己的身体与母亲对视，良久，老妇人僵冷迷惘的表情略微松动，他知道她知道了什么。

老妇人看着他，嘴唇苍白干燥，可是那一缕笑容就是从那里开始的。她的嘴角缓慢地上抬，最后真的笑了起来。

育豪知道母亲的确病了。只是这一个笑容，就已经把一切状况全部告诉了他。他朝着母亲艰难地迈动步伐，但是刚走一步膝盖就失去作用一般崩溃，他直直地跪倒下去。想要站起来，母亲就在前面，一定要站起来。想要知道她记不记得他，想要知道她难不难过，想要知道她会不会原谅他。育豪就这么想着用尽全身力气试图站起，结果一道干涩苍老的女中音骤然响起——

“育豪。”

育豪愣了半晌才抬头去看眼前的母亲，她的相貌已经与过去有太多不同，但是那神情却几乎一模一样。他就那么呆呆地注视着母亲，他知道母亲还记得自己，没有想到的终归还是到来了。“你回来了。”她说。

“妈妈，”喊出这个久违的称呼时，育豪莫名觉得自己其实已经准备了太久太久，原本这个称呼后面一定还会跟着“大哥”的，只是现在一切都迟了。他长长地吸了一口气，眼泪无声地落下，“我回来了。”他这么一字一句令人安心地说出口。

她是在长子死去前一年开始犯病的。育听去世更是加重了她的病情，她真的开始忘记一切。

看着眼前突然梦幻一般登场的次子，老母亲所见到的却是十多年前的影像。她张开干瘦的手臂，身体的每一个关节都在痛，可是她奋不顾身地想要拥抱她的孩子。她用嘶哑的声音说道：“去叫你大哥和爸爸，要吃晚饭了。”

07

学校是人们进入职场以及独立参与社会前必须适应的场所，每天上学前，看到自己像是废人一样没用地倒在床上昏昏欲睡的哥哥，正花的内心深处经常也会冒出几句不为人知的感慨——我也不想上学。谁喜欢上学呢？可是别说这样的行为，仅仅是这样的话她也绝不会说出口。

正花的词典里就没有“任性”这两个字。

父亲过世了，母亲被迫外出工作，兄长与其说是不可靠倒不如说只是单纯的缺心眼而已。她必须要担当起责任。

在学校有几个朋友，可是光是从她们会被正驰这种徒有其表的家伙迷惑这一点来说，正花就知道她们不是一个世界的人。平时可以三三两两同行，但深入的牢骚也还是需要吞回肚子里。阿斗回国以后跟着他们一起生活，一开始突然有差不多年纪的男性一起生活她还感觉有点紧张，不过一则正驰也在，二则阿斗的一言一行实在是从不逾矩，他们慢慢也就熟络起来。

作为家人一起生活，面对的烦恼与愉快也大多是共享，所以两个人的共同语言自然增加。听到正花对兄长“不想上学”这一观点的感慨，阿斗忽然发表观点道：“我很喜欢上学。”

“什么？！”正花大吃一惊，硬生生把“世界上居然有人喜欢上学”给咽了回去。

“嗯，学校很有意思，”阿斗说，“我还挺喜欢的。”

正花感到难以置信：“你是说加拿大的学校吗？”

“加拿大的很好玩，国内的也很有趣。”阿斗撑着头严肃地回答，“我的汉语和对国内的了解都是我妈妈教的。我妈是考古学家，以前，偶尔会在家里单独教我一些语文之类的科目，那个时候我就常常想象国内的学校是怎样的。”

第一次听到阿斗讲述他以前的事情，正花萌生了兴趣，捧着脸凑过去问道：“可是舅妈不是很忙吗？”

“嗯，但是我十岁前还是经常在家的。”阿斗说。

“是这样啊！”正花若有所思地点点头。上课铃就在这时响起，她和阿斗同班，座位也就在并列的两个组。等到正花回过身，霎时就有纸团飞过来砸中她的后脑勺。她回过头，有平时相熟的男生正在朝她挤眉弄眼。正花捡起纸团打开，看到上面写着歪歪曲曲的字体——“你们刚才在聊什么？”

我们？正花回想了好久才恍然大悟是在说她和阿斗，于是把回答写在那段字体下面：“随便聊聊啊。”写完以后她把字条端端正正地折好放到后座上。很快没过几分钟，她又被纸团砸中，这一次纸条上又增加了新的话：“你们是真的在同居吗？”

同居你个大西瓜。正花很想翻白眼，“唰唰唰”地写上“我们是表姐弟当然住在一起”，本来折好想要再次传过去，但是突然又觉得自己根本没必要和无关的人解释那么多，最后还是索性撕碎扔进抽屉。而老师这时把她叫起来回答问题，问题很难，正花思索了一番也没能解答出来，然后挺直了腰面色平静地回答：“对不起，我不知道。”

数学老师看了她一眼，摇摇头让她坐下。在她听话照办的途中没有忘记叮嘱她两句：“姜正花同学，你上次月考的数学成绩实在让老师不敢恭维，还要再加把劲儿啊。”

她坐下，眼睛明亮，心里感到尴尬又难为情，但也只能不好意思地低头笑了笑：“谢谢老师，我知道了。”

坐下去以后，身旁的阿斗突然转着笔旁若无人地开口：“答案是 x=4。”他就这么目不斜视地说出来，也不知道究竟是和谁说的。不过正花知道他说话的对象是自己。阿斗就是这种人，回答问题的时候不会给你帮助，在你难堪以后告诉你，但是他绝对没有半点想要让你难堪的意思。

每周一三五放学后只要育豪还在输液就要立刻去医院，而且周一和周五还需要先回家做好晚餐再去。正花总觉得这对于阿斗来说有点不公平，感觉麻烦他陪他们这样折腾是亏欠了他。与阿斗在一起正花觉得这些话都可以直说，于是直接告诉他："假如你觉得很辛苦的话可以留在家里休息的。"

"不用，我也可以帮一些忙。"阿斗说，"而且我们都是一家人。"

最后一节课铃声过后，正花和阿斗拿起早就收拾好的书包一起离开教室，身后的小男生似乎没料到他们跑得这么快，赶忙起身来到门口堵住路，过去的路途中还绊到课桌差点摔了一跤。他靠在门框左侧一脚踩到另一边拦在门口："等等！"

"你干吗？"正花感到莫名其妙。阿斗站在她旁边一言不发。

"姜正花！做我女朋友吧！"小男生高声发表爱的真情大告白，"我喜欢你！"

正花眉头一皱张大嘴巴："什么？！"身后教室里的同学们除了阿斗依然面无表情以外全都安静了一下，继而爆发出雷鸣般的起哄声。正花回头扫视一圈，一脸不满地叫道："吵什么吵，"又折回头来看着眼前的男同学义正词严道："能不能不要捉弄我啊？！"

"谁捉弄你了？"男生也有点着急，"我是认真喜欢你！以后就和我一起吧！"

"不行！"对于正花这种几乎一切都合乎中学生守则的女孩来说，高中生谈恋爱就是大逆不道，"我不和你一起！你不是我喜欢的类型！"说着，她就冲出去，为了避免误会都没敢抓住阿斗，只是回头给了他一个"赶紧跟上"的眼神，再推迟就来不及做饭了。阿斗也明白她的意思，他撞开男生冲出去后就快速地跟上。

小男生穷追猛打，不会轻易放弃，跟着他们俩冲出去站在走廊上大声喊道：“姜正花！那你喜欢什么类型？”

正花的脚步顿了顿，她居然不由得仔细考虑起来。在此之前，她从来没有想过这样的问题，谈恋爱什么的，都是长大以后的事情。然而这种事情在紧要关头越去细想就越混乱，她感觉脑子里乱糟糟的，什么男性的影子都在重叠撞击，脑袋快要烧起来的那一刻，她快刀斩乱麻地回过身去以战斗的姿态站立着吞吞吐吐地回答：“我喜欢比我先出生、愿意帮我的类型！”

走廊另一端所有跟出来看热闹的同学几乎都愣住了，面面相觑搞不清状况。正花转过身拉着阿斗就跑，不过这一次，露出诧异表情的居然是阿斗。他张着嘴眼神疑惑地看向坚定地朝前奔跑的女生，突然之间想说的一切都被忘记。

跑到校门口时，阿斗去取脚踏车，正花还为刚才突如其来的告白事件感到慌张，抬臂用冰冰凉凉的手去给脸颊退烧，身后突然有人拍她肩膀。正花回头，看到是高年级的美术老师。那是一个已经接近退休年纪的男老师，鼻梁上架着一副无边的椭圆形眼睛。他说：“请问你是姜正花姜同学吧？”

正花没有和这个美术老师打过交道，于是怯生生地点头：“是的，我是，老师您好。”

“你也好，”美术老师客客气气地微笑，脸上的皱纹看起来很慈祥，“请问一下，你的叔叔是不是姜育豪？”

小叔的名字猝不及防突然出现在来路不明的对话中，正花有些警惕地盯着对方的眼睛：“是……”

“那就对了。”美术老师看起来好像安心了一些，“那个，我是他高中时的美术老师。我听说他最近回来了，而且好像在住院，不知道他身体是出了什么问题，要不要紧呢？”

原来是来关心小叔的身体，正花松了一口气。阿斗这个时候也正好推着脚踏车从单车棚里出来，看到正花在与陌生的老先生说话，他一时也不知道该站在原地还是贸然上去。正花回头看向车链滚动作响的方向，招了招手要阿斗过去，接着她对着美术老师恭敬地说：“小叔他……目前身体状况不算太好，前段时间确诊了癌症。所以现在在准备手术。”

“癌症？！”美术老师显然吓了一跳,这始料未及的回复让他陷入了沉思。

正花与阿斗急着要走，只好匆匆道别，正花贴心地告知了医院和病房，并且擅自附言说道：“您有空的话可以去看看小叔，假如您去探望他的话，他应该会很高兴的。”

与此同时的医院里，正驰在病床边听到手机铃声掏出来看，是正花在阿斗自行车后座上发来的有关可能会推迟到医院的短信。他收起手机告诉育豪这个消息：“正花他们刚放学，今天也许会迟到。她要我们饿了先吃水果。”

在看电视的育豪点了点头，忽然想到什么询问道：“说起来，正驰你为什么不去学校？”

“为什么要去学校？”想到那个地方，正驰几乎是无法控制地冷笑了一声，他抱起手臂靠到墙边，“我不喜欢学校。”

育豪不动声色地看向他的表情，他继续问下去：“可是你在以前还是有去上课的吧，所以说是不是发生了什么事情？”

他猜中了。育豪侧过头注意到正驰脸上表情一瞬间细微的变化，他无声无息地咂嘴倾斜起目光，像是驱赶着叶面上的昆虫抵达另一边的树叶。我需要知道发生了什么，育豪心里想着。

良训

01

大富翁和 UNO 哪个比较好玩是这个秋与冬交界边缘上正驰困扰的问题之一。起臣每天只要下班就一定会来医院，他那只名牌的公文包里装着大大小小各种好玩的道具，最为史诗级的一次是他居然在那么小的皮包里塞进了一整个正规规格的围棋棋盘外加两只棋缸。正驰喜欢大富翁和 UNO，他们两个人总是拉着育豪一起比赛。正驰、正花两兄妹与阿斗都对起臣一口一个“二叔”，叫得他很有成就感。

托了这两个活宝的福，育豪在手术备战时期没有那么紧张压抑。

阿斗在一开始的时候也是有参赛资格的，但是不知道为什么他对于这种游戏总是擅长得像是加载了外带作弊软件，久而久之他就遭到另外三个男生的联合禁赛要求。

起臣有的时候要加班来不了，正驰就会一直重复翻看少年漫画。比起莽撞热血的男主角他更喜欢冷酷理智的男二号，虽然按照正花的话来说“和哥完全是两个极端”。

“男生，”阿斗坐在一旁喝着热茶，突然镇定自若地抬头以好像完全不在意的口气问出十分刻意的问题，“正花你喜欢怎样的？”

正花倒是没太在意，接到问题以后就立刻认真地思考起来。正驰和育豪把目光抛过去，正驰一个没忍住开口反问：“阿斗，你什么时候对这种问题关心了？”

“呃，”阿斗难得有掌控不住的神情，斟酌片刻给予还击，“因为正花在学校被男生说了奇怪的话。”

正驰果然瞬间中招，起身撸起袖子就要冲出去：“是谁？！谁敢对我姜正驰的妹妹胡来！我一拳打死他！”

不过正花的思路也及时被正驰的突然兴奋打断，迫不得已中断思考去阻止哥哥大发雷霆。阿斗还是在意，所以只好主动出击问：“正花你很喜欢育豪叔叔这样的吧？”

正在喝水的姜育豪把一口茶水全都喷了出来，阿斗一侧的眉毛上扬，带着一些歉意解释：“我不是那个意思，就只是说这个类型。”这句诠释出来才免于话题流向奇怪的走向，大家都松了一口气开始细想，正驰心直口快：“要说类型的话，我也挺喜欢叔这个类型的……当然最喜欢的还是我自己。”

“你要不要脸的？”育豪说。

“小叔当然很好，”正花朝发起问题的阿斗点了点头，“没有人不喜欢小叔吧。”

“啊，话说回来。但是我觉得二叔也很好。”正驰看起来兴致满满，主动发掘了这次聊天的主题，“之前二叔有给我看过他前女友们的照片，我觉得都挺好看的，感觉二叔很有一套。”

这话说出来正花也点头，阿斗一声不吭地看过去。

育豪蹙眉："什么？起臣到底有多少女朋友？"

"你是他正室吗？还查岗查情史的。"正驰对育豪沉甸甸的恶意立刻伺机溢了出来，"也就三四个吧……我们居然在背后讨论别人的八卦，真是太无聊了。"

"是啊，"育豪懒洋洋地躺下，"那你还不去学校？"

"呸！"正驰大声骂道，"我才不去学校！"

起臣就在这时西装革履背着公文包拿着手机走进来，鼻梁上还架着刚结束工作没来得及取的金丝细边眼镜，很是好奇地问："正驰这么大声干吗？你们刚才在聊什么？"

"没什么，"育豪回答，"正驰刚刚说觉得你是他的理想型。"

"我作证，小叔没撒谎。"正花举手狂踩亲哥哥。

阿斗歪了一下头表示："是这样。"

起臣马上坏笑起来，坐过去一伸手就把正驰圈进了臂弯："迷恋我也没什么难为情的啊！"育豪和正花都感觉后背发冷汗毛耸立，正驰倒是也不在意，立即问起了今天玩 UNO 还是大富翁。

"二叔想吃什么？"正花叹了一口气起身，"我们要回去做饭了。"

育豪的手术在工作日进行，原本正花和阿斗想要请假去医院陪同，但愣是被起臣以各种理由回绝了。他说："我和正驰都会在，你们两个人好好上课。等到晚上放学再过来，我请你们吃晚餐。"

他那温柔得无可挑剔的面容使人根本说不出反驳的话，正花和阿斗都只能乖乖点头答应。正花那么固执的人都不能不服，正驰对起臣的敬佩犹如滔滔江水，甚至在心里给他封了"女性杀手"的称号。

进入手术室以前，起臣站在育豪床边问他："怎么样，你害不害怕？"

“不怕啊，有什么好怕的。”育豪忍不住放声大笑，“不就是把癌变的部分切掉，丢掉那种东西没什么好害怕的。”

“谁问你这个了。”起臣也被他逗笑，明明问的是手术本身，结果反而被改变了性质。他看着育豪，沉默片刻心头汇聚起一种奇怪的情绪。

手术进行了四个多小时。育豪恢复意识时睁开眼睛，一开始是感觉有一道人影在自己周遭晃来晃去，他用他麻醉过后仍旧溃散的大脑胡乱地思索这是谁。不论对上他身边的哪个人感觉都不太相似，育豪还在狐疑，只见那个人影突然注意到他的异常而俯下身来。

女性植过的睫毛夸张地忽闪忽闪，漂亮的妆容下面是一张隐藏着女性强势又关切的脸，她的披肩发为了避免麻烦被灵活地束起，看到育豪睁眼散漫的表情，女人的眼泪大颗大颗地掉了下来。

是谁？育豪还在迷惑，只听到她转身朝后面召唤：“育豪醒了。”这声音还是很耳熟的，育豪迷迷糊糊地想着，紧接着就听到了正花的呼喊：“妈妈，你不要太激动了……”

“就是啊。”接着是正驰的声音，“妈，你稳重点啊！”

女性原先带着哭腔柔弱的嗓音立刻变得凶恶起来：“姜正驰你是不是想吃耳光？！”

女人斥责正驰的画面与记忆里嫂子朝大哥吼叫的光影完美地重合起来，育豪疲惫地闭上眼睛，嘴角却难以控制地上提。他无力地张了张嘴吐出等同于呼吸的声音：“嫂子。”

02

正驰与正花的妈妈、阿斗的姑妈、育豪的嫂子回来了。

这个顽强如同金刚的女人回来时正赶上育豪的手术，在确认育豪状况以后她以流星的速度先去疗养院探望了一次婆婆，并且还帮着护工给婆婆在入冬之际洗了一次澡，然后她又去了一趟大该中学，先去了一年级了解正花和阿斗的情况，然后就直奔三年级的教导处就正驰的问题与年级主任直接沟通。一切结束过后就已经过去了两天，她再一次回到医院病房探望育豪。

这几天育豪处在麻药散去的过程中，第一天晚上痛得要死，全程痛苦得大汗淋漓。嫂子陪在旁边一直紧张得不能入睡，起臣熬夜过来陪他，坐在他床边陪他说话。正驰被他妈妈赶着回去带正花和阿斗休息，于是不在那里。起臣与育豪的嫂子临时碰面挺尴尬的，但是不愧是两位职场精英，即使尴尬也聊得很是和谐。

毕竟是异性，所以大多数照料工作还是由起臣来完成。坐在育豪床边，起臣知道育豪痛得睡不着，于是和他有一搭没一搭地说话。他说："你记不记得你入职面试人事部问你录取优势的时候说了什么？"

育豪气若游丝："什么？"

"你说你没有家人，"想起来起臣还不由得发笑，"可以把时间和精力都放在工作上。"

"哈哈哈，"育豪干笑了几声，"你怎么知道的？"

"我和你同一场面试啊，你不记得了？"

育豪艰难地摇头，他冲起臣微笑："面试太多，不记得了。"

"那个时候我们这个专业的都是广撒网吧。"起臣慢悠悠地回答，"我那个时候也是，只想着赶紧找到工作不让家人担心。"

"你的家人很关心你？"

"是啊，"不知道为什么，说这句话的时候起臣坐在病床上微微往后仰着身子，“很关心，可以说是太过于关心了。”

“是吗，可是平时你总是什么都做得很好，让我以为你是那种不需要人担心的类型呢。”躺在病榻上的育豪低低地回复。

听到这话的起臣沉默了一会儿，继而垂下头来看向他，他说：“能这样评价我，真的很感谢你。”他笑起来，就像是受到最佳夸赞的普通男孩子。

“不过以前我都觉得家人没什么了不起的，”育豪想着，突然之间在黑暗中笑了一声，“但是现在，突然觉得有也非常不错。”

起臣歪着头回答：“你说得不错，他们都是很棒的孩子，是很好的家人。”

“现在他们也把你当家人看了啊。”育豪说，“还叫你二叔。”

狭窄的一方窗户边围满了形形色色不同的三年级学生，叽叽喳喳却又不敢大声说话怕惊扰到里面，他们说说笑笑，仿佛窗户里边正发生着最有趣的热闹。他们正交头接耳着，忽然有声音从背后传来：“喂，里面在干吗？”

“欸，你不知道吗？”那个学生得意扬扬地晃着手，头也不回地说着，“是那个姜正驰的妈妈来找教导主任了哦！”

当他还一无所知地继续想要扒开前面的人往前看热闹时，身旁的同伴却都不约而同一脸惊恐地戳起了他的肩膀，他一脸不爽地骂着“干什么啊”，回过头，霍然出现在身后的脸的确是一张值得周围人紧张的脸——身穿学生制服的姜正驰一脸无所谓地在他身后踮起脚来也以差不多的姿势往里看：“是吗，我妈来了啊——”

“正……正驰？！”身后的同学诧异地惊呼道，“你……你今天来上学了？”

“嗯！”面对比自己矮一个头的同学，正驰不得不俯下身微笑。

“姜！正！驰！”就在这时，走廊尽头传来女生的高呼，大家一齐朝那边看，可以望见穿着同样制服、梳着马尾辫的女生精神满满地朝这边跑过来。正驰保持着原有的微笑向她挥了挥手：“早上好啊，小克。”

“早上好！”名叫小克的女生在靠近之时紧急刹车，笑意上翻，连带着一点滚烫的羞涩，“你来学校怎么都不告诉我？”

正驰发笑，这个时候倒是有点不给面子了，歪着脑袋懒懒散散地说道：“为什么要告诉你啊？！”女生接不上来，他立即把注意力重新放回窗户上去。

有没有搞错啊，他可没有听说老妈会来学校啊？

他头痛地凭借自己的特殊身份挤到前面去把额头抵在窗户上，仔细往里瞧，可以看到长发披肩的职业女性穿着昂贵的西装外套和半身裙正在与茶几对面坐着的教导主任愉快地说着什么。一想到自己那个固执得像牛一样的老妈一回来除了小叔的问题居然就是操心他，他就烦得不得了，而且照以前的惯例，他肯定又会因为这件事被妈妈责骂好几天。

正驰火大得不得了，看到妈妈与教导主任谈笑风生，他一个没忍住用额头撞向了窗户。说实话他也没想到声音会那么大，一撞上去，教导主任和妈妈全都看向了这边。正驰只好尴尬地一笑，说着“你们别管我，继续，继续”就退了出去。

所以说他到底在干吗啊？！因为太担心了竟然还特地跑到学校来？！正驰平静的表面下蕴藏着十足的不满，迈开腿走回教室去，他站在门口看了一会儿课表，觉得没意思所以打了个哈欠，心想着逃课算了。上完第二节课正驰就站起身来，随便收起书包吊儿郎当地往外走，同学们都清楚他的套路，还有人开玩笑问他明天是不是不来上课。小克倒是主动上前去说道：“正驰，你明天会来上课吗？”

“明天啊，”正驰爽朗一笑，又恢复没表情的样子，“要看心情吧。”他其实没太多心情和这些同学聊天。

刚走到门口，走廊尽头突然传来一阵嬉笑声。成群结伴的几个男生正往这边走来，正驰用余光瞥见后立即转身想走，没有想到身后那几个人已经看到他了：“正驰！姜正驰？”

正驰冷着脸长叹了一口气，装作听不见大概是不太可能了，于是他只好无奈地转身，看到对方的瞬间笑容一秒上泛：“哈喽。”

“啊！真的是你！”他们很快殷勤地跑了上来，“这几个月都没碰到你，所以一直没和你说得上话。”

正驰挠着头强撑起笑容：“啊，是吗？有什么事找我吗？”

“啊，还不就是上次那回事啦……”男生们似乎也有些不好意思。

正驰心里“咯噔”一下，果然是为了那件事，其实他心里早就有答案，可是看着眼前这几张嬉笑着全然不明白他到底在意些什么的脸，他又无话可说起来。正驰转过身子直面着他们，良久以后，他还是露出笑意。那笑容如同融化的三月冰雪清澈见底。

正驰说：“哦，是这样。”语毕他立刻冷着脸转身离开，不顾身后接二连三地叫喊着他的名字，上蹿的火苗在他胸腔里舞动，假如要是那些人胆敢拍他肩膀的话，他不能保证自己能够忍住不再次一拳打过去。

但是这一次拦住他脚步的并不是身后的那些孩子，而是面前的女人。母亲站在他面前，单手握着挂在肩上的提包，她脸上画着一如既往精致的妆容，看了看他又眯起眼睛扫了一眼身后聚集着的男孩子。她没有叫正驰的名字，只是低低地问：“朋友？”

“不是。”正驰肯定地回答，在与妈妈肩膀齐平时一只手揽住她强行把她往后推去。妈妈被他推搡着往后退，转过身后加快脚步和比她整整高半截的儿子一起往前走。“又要逃学？”她问。

“嗯……”正驰抬头深吸了一口气，“你和教导主任谈过了？”

妈妈发出一阵细碎的笑声，她淡淡地问：“你打算什么时候回来继续上学？”

“啊，又是这个。”正驰皱起眉头，随便呸了一口，“烦死了。”

妈妈扭头看向他：“整天‘烦死了’‘烦死了’的。上学是每个人都做的事情，就算你……遇到那种事觉得不开心也不例外。”

“我就是不想去啊！不管你说什么我都不！”说到这里，正驰的声音也放大起来，他不耐烦地接二连三地快速回答道，“老爸不也没有好好上学吗？他那种小聪明我也有，活下去的话绝对不会成问题的。”

下一秒，他就被巨大的力量恶狠狠地推过去撞到学校楼梯间的墙壁，脊背和后脑勺用力地砸过去发出闷响，他吃痛地龇着牙倒吸一口凉气：“搞什么啊？！很痛啊！”

“吵死了！给我闭嘴！”妈妈突然如同火山爆发一般在上课铃响后的学校角落里大肆倾泻起不满来，“你知道什么？！你就敢说你爸爸？！不准给我随随便便地提起他来啊！你懂什么？！他死了！他死了你知道吗？！”说着这些话的时候，妈妈那张永远高高扬起、无比高傲又充满力量的脸此时此刻就像是龟裂的陆地，不知何时产生的缝隙渐渐被炙热滚烫的岩浆填满，她痛苦地垂下头去，双手慢慢地盖上脸颊：“他死了……我不停地去想到底是哪里出了差错……才会害他死掉。”

爸爸死的那一天正驰不在家。他去上学了，而正花却因为初中放学时间早而回到了家中。她原本正坐在餐桌边写作业，妈妈在厨房里做菜，爸爸则翻着体育新闻的报纸。突然之间不知道为什么，他站起身来伸了个懒腰往前走，起居室里他能看到的人只有正花。正花没有发觉爸爸的异样，一直埋头做着功课。“正花，”只听爸爸突然说，“你要听妈妈的话，照顾好哥哥。”

正花茫然地抬起头，然后就看到爸爸栽倒下去。爸爸就那么直直地倒了下去，身体僵直、一动不动，他再也没有醒过来。

妈妈听到正花凄厉的哀号跌跌撞撞地跑出来，站到起居室门口时先是愣了一下。正花的尖叫与哭泣声实在是太痛苦了，她从没有听到过，甚至也无法想象那个年纪的小女孩能够发出这样尖锐悲恸的声音，妈妈扶着门框看见育听倒在地上的身体。她想要过去，可是腿却无论如何都动弹不得，结果重重地摔倒在地，双臂却还止不住地摁住地面拼命前进。她也哀怨地哭喊，用尽全力直到爬到他身边，她颤抖着俯下身去听他的呼吸与心跳。

悄无声息。

她用最后的理智去打了急救电话，直到救护人员冲进家里，她咬紧牙关等候在他身旁。正花像是再也不能停止痛苦一般俯身把心脏贴在膝盖上跪倒着。为了防止正花的情况再恶化下去，加上也不能让年迈的婆婆一个人在家，因此女人没有让女儿跟上，而是独自一人陪同丈夫去了医院。

已经定论的事实并没有发生任何改变，姜育听在那一天傍晚以猝死的方式离开了这个世界。

正驰回到家的时候，昏暗的家中没有点亮任何一盏灯，他进门的时候见到妹妹像是死去一般浑身瘫软地躺在地面上，棕榈一般昏黄的光单薄而孤冷地跃入室内，像是匕首插在小女孩的身体上。

他坐下去倒在她身边问怎么了，她什么都不说，他只好趴倒下去捻开她的头发挨着她的耳朵问。她呜咽不出声，只有眼睛像是破掉的孔一般源源不断地渗出温热的泪来。她说：“爸爸死了。”

“我一直在想到底是哪里出了问题。”年轻丧夫的女人面对着儿子，用手掩盖着脸痛哭，“是我那一天不应该让他读体育新闻报，还是我不应该让他和正花单独待在起居室？是我应该叫他出去工作，还是我应该提早就认识他，比他入伍还要早、比他退学还要早，早到可以叫他不要从高中退学？或者说，我就不应该认识他？”

“不让我认识他也可以啊！”到最后，女人终于这样号啕起来，“只要他能够不死掉。”

正驰手足无措地看着软弱下去的妈妈，只得蹲下去伸手抱住她，以颤抖的声音说道：“妈妈，不要再哭了……”

“那你就答应我啊！不要像你爸爸那样！”妈妈握住他的肩膀，十分用力地扣住，用全部的力量抱住他不让他轻易离去，“一点都不要像他！现在，立刻！你答应我！”

“妈妈……”正驰把下巴扣在她的肩膀上。

“你答应我啊！”

正驰抱着这个无比哀痛的女人，感觉自己被什么东西钳制着，悲哀的呻吟声把他折磨到疲惫得无以复加。“我答应，”他无力地回答，“妈妈。”

03

“做化疗吗？”被问到这个问题的时候，育豪几乎没有犹豫就立马做出回复：“不做。”他对于这些痛的事情本就很想避开，手术的疼痛感还存留在身体里，突然又接收到常识上就等同于剧痛的这样两个字。

对于这个人的到来，育豪是有些始料未及的。毕竟有关故乡的记忆都实在是太过遥远了。他很多年没有和家人联系，也太久时间没有回过故乡。那个人来到的时候，他正在和起臣下井字棋，两个人你一步我一步下得正开心。正驰突然说旷课时间太长打算回一趟学校，所以没有在场。只听见房门被敲了敲，一个消瘦苍老的、穿着规规矩矩的麻布条纹衬衫与皮带扎着的西裤的男人走了进来。最开始育豪没有认出他来，起臣也眯起眼睛打量来人，试探着开口问道："请问您找谁？"

"是……是姜育豪同学吗？"男人字正腔圆地询问病床上的育豪。

几个月来,育豪也瘦了许多,但记忆却没有消逝半点。他忽然认出了对方："老师？！"

育豪没有想到高中时给过他美术启蒙的美术老师居然会在这个时候来探病。

坐下以后老师倒是说了许多。说自己去找正花和阿斗的经过，又说刚刚来没有想到他已经换了病房,所以左右打听才得知他新的位置。"听说你住院，我又什么都不知道。刚才过来……听护士说了。"已经头发花白的老师疲惫地说道，"很不容易吧。"

"还好……"育豪听到这里，不知道为什么有点难为情起来，"前些日子才动过手术。"

"啊，那真是……辛苦你了。"美术老师的皱纹深深聚拢，露出悲哀的神情，"孩子。"

父亲早就离开家里，母亲也失去了太多关于他的记忆，育豪听到"孩子"这样的称谓时，居然感觉身体有一阵不适应感从内向外蔓延开来。只是片刻，那感觉的副作用令他很悲伤，而悲伤又使人不由自主地温柔起来。

“谢谢，老师。”育豪垂下头去，抬头时淡淡地微笑，“您如今还在工作？”

“是，再过几年就要退休了。现在还来得及教完你的侄子侄女。妹妹正花，哥哥是叫……正驰对吧？还有也是你们一家兄弟的阿斗。”美术老师低声说着，“也都是好孩子呢。”

好孩子吗？一想到那对兄妹以及总是异于常人般冷静成熟的表兄弟，育豪就不由得微笑起来。他说：“嗯。”

“说到他们，正驰很久没有去上学了吧。”老师悠悠提起。

“啊，”育豪环视一周，起臣正好把茶水送上来，他说，“今天他去上学了。”

“原来是这样，”老师接过茶后向起臣道了谢，“那个，其实我也一直都很想好好和正驰谈谈呢，毕竟他被学校处分这件事，我也脱不开干系。”

“欸？”发出这道声音的倒是起臣，但他所说出的，也是育豪此时此刻的疑惑，“正驰有受到过学校处分吗？”

“咦？你们不知道吗？”老师来回看着起臣与育豪说下去，“正驰因为打架斗殴被学校处分的事情。”

04

起臣从来没有去过育豪的家，为了替他拿换洗衣物头一次去，刚下计程车他就站在路口陷入迷茫之中，按着之前育豪说过的路线慢慢吞吞往前走，却发觉岔路真是多得令人惊讶。乡间的小路空空荡荡不见人影，他裹紧大衣走了好久才勉强看到远远地走来一个人。越走越近，他本来想要问一下路，却在看清对方是谁之后发觉已经不必要——“阿斗？！”他大声喊道。

“啊，”阿斗拎着一袋四季豆与玉米，“二叔，你怎么在这里？”

“我来给育豪取换洗的衣服。”

“是这样啊，那你走过了。今天表哥做饭，说是想给小叔炖点汤。所以我出来买玉米。”阿斗说着走到起臣身旁去，“我们一起回去吧。”

虽然家里早餐一般都是正花在做，但是实际上，真正专职掌勺的一直都是正驰。正驰其他的不敢说，做饭倒是真的很好吃，一方面和他没事的时候喜欢看看菜谱有关，另一方面正如他自己吹嘘的，他味觉很好，吃饭也就很挑。正花和正驰吵架的其中一个主题就是正驰嫌弃正花做的东西难吃，正花则谴责正驰自己懒得动手又喜欢指手画脚吹毛求疵。阿斗一般就会在中间默默地吃完饭，然后在两个人要吵得跨过警戒线的时候一声令下：“停下来。”

两兄妹你看看我我看看你，虽然火大得要命但还是暂且忍住。

起臣的突然来到令三个孩子都很高兴，正驰在做饭的时候正花就切了水果送上来，阿斗也坐在一边陪起臣聊天。虽然大部分的时间都是起臣在说，而阿斗充当倾听角色。等起臣回过神来的时候他发觉自己已经在说有关家人的事情了，阿斗依然是那副听着的表情，害得起臣不由得在心里大呼恐怖。

阿斗太可怕了！

他这么想着，正花突然在旁边插嘴：“二叔怎么能这样想，阿斗虽然可怕，但是人畜无害哦。”

“是啊，是啊。”正驰说着一把揽过阿斗，“阿斗人超级好的啊。”

“等一下，你们兄妹俩都会读心术的吗？”起臣发笑。

“因为二叔你什么都表现在脸上了。”正驰解释。

阿斗本人倒是波澜不惊，无声无息地吃着饭。四个人吃过午餐，起臣带着育豪的衣服要回医院，本来道了别就要走，正花在厨房里刷盘子，正驰在捣鼓吸尘机。起臣走到门口，阿斗突然边扣着球鞋边追出来喊：“二叔！”

“怎么了？”起臣回过头，“阿斗，还有什么事吗？”

“我送你去车站。”阿斗的嘴角勾起一点笑。

大冬天在室外等候计程车可不是什么轻松的事情，阿斗带着起臣去坐了巴士。上车以后起臣本来以为阿斗不会上来，没有想到他率先一步跳了上去，还连带着将起臣的车费一起付了。“二叔,你要坐靠窗的位置吗？”阿斗问道。

“谢谢，我随便。”起臣微笑，“说起来，阿斗你真是很温柔的人啊。”

“是吗？”阿斗垂下眼睛坐好，“其实我很想变成小叔和二叔这样成熟的人。”

起臣问：“你怎么会这么想？说实话我和育豪背后都觉得你已经很成熟了……可以说，实在是太成熟了，你这个年纪，成熟当然是好事，但是偶尔任性也是必不可少的吧。”

“任性……类似的话，表哥也说过。”阿斗脸上似乎存在着若有若无的阴沉。

阿斗第一次回国是个雨天。虽然长着一张东方面孔，可是却是第一次踏上故土，在此之前身边所能见到的大多数都是白人。父亲一直不太负监护人的责任，工作似乎才是他的亲生儿子。母亲也很繁忙，从小就在美国出生长大的她很是独立，有着自己的一套价值观，谁都不能撼动。对于这样的父母来说，他作为孩子实在太多余了。

面对一切意外都过于成熟老练，所有发言与行为都基于理智，总是架着眼镜神情冷漠的样子，阿斗是一个这样的孩子。

阿斗对正花的第一印象是很坚韧，不论发生什么事，正花似乎都有能够有条不紊处理的能力。她不容易崩溃，在某些方面，尤其是在对付正驰上又会有一些意外的强硬。阿斗觉得自己与正花很相似。

而正驰，他完全是个谜团。阿斗至今都记得自己回国第一天，正花和正驰来机场接他。正驰刚见面就跟他说了一个笑话，他说：“我们在这里等你等了三四个小时，但是各处的座位都被占满了。所以我就挨个地方转悠着吹口哨，直到他们想上洗手间为止……话说回来，你会中文的吧？”

正花当即就从后面踹了他一脚：“表弟会的啦！”

最初有那么几天，姑妈还没回来的时候，阿斗没有去学校上课，于是就一直和正驰一起待在家里。就在那么短短几天里，正驰与阿斗说了许多事情，大至国家形势，小到他为什么现在停学在家。每天都是正花独自一人忙来忙去，正驰大多都是去游戏厅打发时间，或是躺在家里看漫画。

天气渐渐开始冷起来，有一天中午正驰在家翻出秋裤来穿的时候阿斗正在一旁。正驰问：“说起来，阿斗你没有穿过秋裤吧？”

“嗯，我习惯了加拿大的气候，所以没觉得很冷。”

“这样啊，”正驰若有所思地点头，“你爸妈都没有担心你冷所以拼命唠叨你加衣服的时候吗？”

阿斗的目光有一瞬间的失神。这是这么多天以来第一次有人和他提起这对因为要商谈离异问题所以把他遣送到这里的父亲和母亲，阿斗说：“没有。”

“是吗？”正驰打了个哈欠，“也有这样的父母吗？”

“他们根本就不会在乎我，一年到头都不会想要见我一面，他们就是不要我了，我现在才会站在这里……”阿斗咬紧牙关抬起头，“你以为所有人都有你这样的家人吗？”

“我觉得,”阿斗推了一下眼镜一字一句地说,“你是不是太任性了啊——”

其实说完最后一个字阿斗就后悔了。他平时不是这样的，而且他也知道面前的表哥并不是什么坏人。他曾经面对过许许多多没有礼貌或是满怀恶意的人，但他自始至终都能够把真实的想法隐藏起来不予置评，可是现在面对一个对他其实没有实质性伤害的人，他却忍不住直言相对了。

先前也不是没有听过正驰的事情，加上那高挑的身材，阿斗知道自己绝对是打不过他的。他不由得闭上了眼睛，等待正驰一拳挥来，然而一切却并没有如他想象中进行。

正驰并没有暴力相待，过了好一会儿，他听到正驰的声音。正驰有点迟疑地说：“原来是这样啊，我太任性了吗？”

阿斗错愕地睁开眼睛看着自己认识没几天的表兄，却看到正驰居然挠着后脑勺有些傻乎乎地笑起来。正驰说：“你这么一说，我的确是有点太依赖正花了。”

阿斗没有想到会迎接到这样的反应，于是也有些惊慌失措起来，他犹豫了一下，声带先于头脑一步动了起来，他顺势居然把自己这几天的所思所想全部说了出来，“表姐她是很能让人依靠的类型，但是总觉得，她也还只是个十多岁的中学生而已。大家都是家人，她愿意为家里付出当然很值得感谢，不过要是我们也能多相互帮助就更好了……”

正驰眼睛发亮地盯着他，全部都认真地听了进去，他似笑非笑地点了点头坐下。捧起杯子的时候，正驰好像在考虑着什么，过了一阵子，他开口说：“你说得对。”

“我也就是胡说。”阿斗松了一口气，也跟着坐下去。

“不过啊，”正驰侧过头去看向窗户，“阿斗你回来我们这边以后，总是什么事情都藏在心里，也让我们很担心。正花一直也说希望我多和你说说话，其实你不用那么紧张，跟我们一起的话，任性一点也没关系……当然我本人的确是有点任性过头了。”

那是一个微冷的午后，室内格外温暖，令人感觉一切都毛茸茸的很是柔和。这是阿斗第一次听到这样的话，他长久地看着正驰，终于在哽咽的一瞬间低下头去。

“真看不出来，”听到这里的起臣撑着膝盖严肃地评论道，“姜正草还有这么懂事的一面啊……”

来不及在意起臣给正驰起的外号，阿斗毫无表情地说下去：“不过在那之后他好像也没有半点改变的意思，依然把姐烦得半死就是了。”

起臣放声大笑起来，差点吵到后座的乘客。他说：“不行，你真是太好玩了。”

阿斗的表情渐渐黯淡下去，起臣察觉到什么主动问起来。阿斗说：“姑妈这一次回来，给我带了消息。”

“什么？”

“我爸妈的离婚谈妥了，”阿斗就这么带着纹丝不动的神情平静地说下去，“我跟我妈妈去俄罗斯，确定好时间以后就要买机票了。”

起臣一时噤声，沉默了半晌，他说：“你要走了。”

“嗯，我还没有和表哥表姐说。”阿斗如实坦白道。

巴士在水泥路上行驶着，起臣靠到椅背上拉长声音感慨道：“他们会很舍不得你吧。”

“按照我的了解，要是他们真的不想让我走，给我下安眠药都有可能。”不知道是不是心情太过复杂，阿斗居然难得地开了个玩笑，说完后又自嘲地抬了抬嘴角，“有时候我忍不住会想，要是不是家人就好了。假如我们是陌生人的话，这种时候就不会太难过了吧。第一天见面的时候，我对他们的印象都很淡，那个时候转身就走就好了。可能还是做陌生人比较好。”

“分别是必须的，”巴士刚好到站，停稳以后起臣径自站起身来，“阿斗，好好道别吧。”

05

回来的几天，妈妈都没有陪自己多久，这种情况正花早就已经习惯了。想到这些，她叹了一口气走到窗边开始在黑色的笔记本上写日志。这个习惯是以前从祖母开始就留下来的，家里重要的日程要详细记好，而今天也是送妈妈去机场的日子。

这一项工作一直以来其实是大家一起完成的，但是最近小叔卧病在床，实在是特殊时期。妈妈一边收拾行李一边啰唆着：“现在育豪还那么年轻，身体也受得住，既然医生提出了要化疗的话就一定要化疗。正驰，你一定要好好劝劝你小叔，一定要痊愈了再出院！”

这个时候他们都还没有注意到为什么妈妈没有提出让阿斗也帮忙。

下午妈妈又上上下下把家里打点一番就出发了，最后确定正花一个人去送她。正花其实很喜欢和妈妈单独相处的时候，当着哥哥的面有时候总是没那么好意思撒娇。坐上计程车，正花攒了一肚子的话想要告诉妈妈，比方说家里发生了什么啦，学校又发生了什么啦，还有班上的男生跟自己告白的事情。没有想到的是，刚坐定，妈妈歪了歪就开始睡觉了。睡前妈妈还抱起手臂问她:“正花，妈妈有点累了，想睡一会儿。你帮忙看看路，没问题的吧？”

面对这样的请求，怎么可能拒绝呢。正花默默把委屈咽下去，强挤出笑脸来说：“没问题！”于是妈妈就这么睡着了，而她则抱着妈妈的背包看着车窗外发呆。

已经入冬了，天气越来越冷，街道上的行人穿的都很多。等到计程车渐渐地驶上高速路时，正花也有点困了，可是一想到妈妈睡着，她又逼自己清醒过来。掏出妈妈的手机一看时间，估摸着现在哥哥和阿斗已经去医院了。

正花近乎无声地叹息，妈妈的手机就是这个时候亮了起来。她看到的是一条来自舅妈的短信。平时舅妈用国外的账号，和他们来往都比较少，因此这样一条罕见的消息也就吸引了正花的注意。

舅妈在那条短信里说：“等买好机票我就告诉你。”

舅妈？机票？难道妈妈要去舅妈那边吗？正花有些好奇地点开，解锁的密码她是清楚的，就是爸爸的生日。她也顾不上这是窥人隐私，就这么贪心地一口气往下读。

当看到阿斗的名字时，正花感觉自己整个身体都不由自主地颤抖起来。同样的几条信息，她反复读了好几遍，最后发着抖把手机收起来。妈妈还在沉沉地睡着，鼾声一阵又一阵不稳定地起伏，就像她此刻的内心。

阿斗要走了。

阿斗刚要来的时候她就在电话里听妈妈说过了他家的事情，他爸爸妈妈要离婚了。这不是什么好玩的事情，所以正花有提前拽着正驰的衣领警告他小心点说话。刚开始一段时间阿斗还没有上学，因此跟成天在家休息的正驰相处时间比较长，不知不觉这两个男生的关系已经好得不得了了。

一起上学以后，阿斗在理科和英语上也帮了正花很多忙。正花不是很擅长学习，所以经常看着阿斗除了语文以外的成绩单感慨，到底上辈子是拯救了多少个世界才能拥有这么好的成绩啊。当面称赞阿斗的时候，他总是淡淡地回答“没什么”，可却会主动问正花：“要不要帮你补习？”

习惯了他的存在以后却又要失去，正花双目无神地抱着手臂。

她明白的。正花不敢说自己对别的东西太了解，可是唯独离别这件事，她是很清楚的。

与爸爸的离别和与妈妈的离别是不一样的。妈妈去上班了，还是会再回来。可是自从与爸爸在起居室那一别，他就再也回不来了。正花是爸爸最后见到的人，她觉得自己的心都被那场分别掏空了，可是那什么都改变不了。

俄罗斯是很远的地方。在地图上，它在亚洲大陆的最北端。舅妈还会因为工作去世界的各个角落，她在国内没有家，所以阿斗大概再也不会回来了。

阿斗要去很远很远的地方，我们与阿斗也许再也不能见面了。

嫂子回去上班以后，育豪莫名感觉自己松了一口气。不过一阵来路不明的奇妙氛围倒是在正驰、正花和阿斗三个人中间蔓延开来。

医生一脸无奈地摆弄着助听器站在育豪床前的时候，育豪很想起身从窗口纵身一跃。果不其然，医生来又是与他说化疗的问题，正驰正在床边削苹果，医生看见他，临走时顺口搭讪道：“小同学，你天天守在这里不用上学的吗？”

“关你屁事。”正驰充分展示了令老师头痛的问题学生才会有的特殊气概。

但是等医生和护士们悻悻地离开，关拢门的声音响起后，育豪突然叫道：“正驰。”

“嗯？”正驰咬着苹果望向小叔。

“你啊，”育豪的声音听不出什么感情，“回去上学吧。”

几天前与昔日美术老师的会面中，经由一个话题，他们自然而然地说起了关于正驰的事。年迈的老师咳嗽了两声反问道："你们不知道正驰因为打架斗殴被学校处分的事情吗？"

按照老师的话来说，突发的事件发生在一节美术课后。这位美术老师在学校就职的时间长，已经接近退休了。他依然和十多年前一样负责教授三年级的美术，不过学校学业紧张，这种非考试项目的课堂上，同学们总是习惯吵吵闹闹各做各的事情。

老师偶尔也管，可是大部分时候都会引得不满。他的美术课作业遭到许多同学的消极抵抗，大家在画纸上涂画一些乱七八糟侮辱性的内容，又或是故意在他上课经过座位时伸出脚去绊他一下。正驰那时大概就开始积累不满了，只是没有说出来。终于有一次，在老师用嘶哑的声音喊"安静"过后被比较粗鲁的男学生回吼了"你才该安静吧"。

美术老师一愣，下一秒，正驰就一拳打了上去。自然，打的对象不是老师，而是那个对老师不礼貌的同学。

谁都不知道平日里总是笑嘻嘻的正驰怎么会突然对同学大打出手。对方那男孩子周边还有一圈朋友，纷纷坐不住了上前帮忙，正驰以前打架斗殴就很有一套，立刻迎战。一堂美术课，也就这么毁在了突发暴力事件之中。

学校的调查并没有引申到很久以前同学们的一系列整蛊，而是专注在这一件事情上。虽然是这位同学对老师不敬在先，但正驰以暴制暴的方式也不正确，而后他殴打的几位同学则完全是拉架的无辜者。正驰站在办公室里孤立无援地低着头，问到其他同学的反应，也大多是觉得正驰稍微有点过火了。老师们认为遇到顽皮学生是家常便饭，可是在课堂上打架是极其丢脸和耽搁工作的事，也对正驰给予了批评。

最后的处理办法是，对老师不礼貌的学生写检讨加上警告处分，姜正驰停课一周，并且以影响课堂秩序和打架为理由记过处分。

“老师，”到最后，校领导与其他老师把话筒与聚光灯挥向身为当事人的美术老师，逼得他成为舞台的中心，“您没意见吧？”

年近六十岁的老先生尴尬地拿出手帕擦了擦额头上的汗珠，他知道自己再说什么也不会对事态有帮助，于是只把头栽了下去。

做出如下判决时刚入学的一年级学生姜正花听到消息一路慌慌张张地赶过来，推开门也不知道具体发生了什么就大喘气着喊：“我哥哥不是故意的！”

大人们一齐回头看向她，正驰这才受深渊中唯一的被信任感唤醒，恢复意识以后一言不发转身拎起外套就拽着正花出去。

一个礼拜后，正驰也没有回来上课。接下来，他就一直保持着这样停课的状态了。即便偶尔去，也只是为了和老师交涉延长假期。同学们时常来劝他，继续像以前一样和他亲热地交谈，他也还是回应，但气氛早就回不到以往。

“正驰是个好孩子。”美术老师有些惭愧地低下头，“他太正直了，也太偏执了。认定了自己没有错就绝不改变。这件事学校的处分的确有失偏颇，但是双方都有错，我也不能偏袒他什么。”

当时在场的起臣用余光瞥了一眼陷入沉思的育豪，联想到某人因为被妈妈反对去上美术大学就离家出走多年不回的经历，忍不住低声说道：“和他小叔倒是一模一样。”

育豪点点头：“他还是不够懂事。”

老师没有否定也没有肯定，只是说：“所以假如可以，你帮我也劝劝他吧。回来上课，准备一段时间考试，明年就要毕业了。”

育豪尽量委婉又清楚地表达出回去上学的必要以后，正驰坐在床边握着游戏机发了好几分钟的呆，然后一脸呆头呆脑的样子回答："可是我不打算上大学。"

"那你想干吗？！"

"参军吧。"正驰随意说道。

"那不就和大哥一样？你该不会还打算结婚后就继续回来吧？！"育豪难以置信地质问。

"哈哈哈，怎么可能！回家多无聊啊，"正驰傻笑着摆摆手，"我顶多带一个孩子回来让正花帮我养。"

"我开玩笑的，上学是不可能上学的，这辈子不可能上学的。"正驰站起身，"不过说起来，都这个时候了，二叔怎么还不来？"

06

徘徊漂泊的帆离开港口后在虚幻的海面辗转，形影不离的飞鸟拍打着翅膀在空中纠缠，黯淡的光与深沉的黑影在黄昏的边界亲吻。终究还是要别离。

援手

01

不知为什么正花两眼通红，没有人敢问她发生了什么事，只有正驰不怕死地走到她身后用力地揉了揉她的头。正花拿着锅铲追出去，正驰边笑边跑，最后岔了气倒在地上被踢。育豪好不容易获得允许出门，原本大家都不想让他颠簸，他却自己要求回家，于是坐了好久的车还是回到乡间的旧宅。在这些日子里，起臣也出入了好几次，勉强算得上是熟客。只不过今天他到得很晚，气色也很差，一进门就倒在沙发上一动不动。

就在正花殴打正驰的过程中，其他人全程默不作声，有的人心里沉淀着自己的事情，还有的人正在查看自己的银行余额——

“治病也未免太花钱了吧。”好久之后，育豪这样说。

周围所有人因为这一句话把目光会聚到他一个人身上，育豪左右看了看，苦笑道："本来就是嘛。"

正驰和阿斗去厨房取菜，正花把餐桌布置好，五个人一起坐下来开始吃饭。大家心怀鬼胎都不说话，育豪身为病号却也只能主动开口：“有什么有趣的事情大家说出来一起开心一下的吗？”

一圈人沉默，正驰比较较真儿地开始盘点：“你还是不愿意化疗，我还是不愿意去上学，正花做的菜还是这么难吃。好像真的没有什么好事。”

“闭嘴！”正花在桌下用力踢了正驰一脚，“你不说话没人把你当哑巴！”

“叔！姜正花打我！”正驰整张脸扭到了一起，他抱住脚惊呼，“你们可要替我主持公道啊！”

起臣迟钝地扭头看过去，看样子一时半会做不出回应。“还主持公道，”育豪冷笑两声，“要不是正花在这里，我早就弄死你了。”

在众人的吵闹中，阿斗几次看向餐桌对面想要得到起臣鼓励的眼神，却始终没看到对方抬起头。踌躇良久，他说：“那个，我倒是有一件事要说。大概……不是什么有趣的事情。”

大家把视线偏向他那边，只有起臣慢了一拍依旧垂着头，而正花也不知为何，好像脖子上挂着铅一般抬不起头来。

“那个，”阿斗斟酌片刻说道，“我要离开这里了。”

“什么？！”

表达惊诧的台词从大家口中同时吐出，阿斗留意到正花异于其他人的表情，但却只是接下去解释：“我父母决定好了离婚的事，接下来我就要去俄罗斯和母亲一起生活了。之前我就办过那边的签证，在这里的这些日子很谢谢表哥表姐，也麻烦了小叔和二叔。”

“哪里，哪里。”正驰脸上挂着尴尬的表情接连点头，但是却好像一点也没能听进去，自刚才最初那句话之后就在思考着什么问题。

育豪拦住他继续说下去：“我觉得你应该没有做什么值得阿斗感谢的事

情吧。”

“阿斗你之后就不回来了吗？”正驰问。

“……”结果所有人都沉默了下来。

“好的，我知道了。”正驰识趣地结束了这个问题。

然而他们没有想到的是，那并不是他们在那段日子里最后一次见阿斗，而是最后一次见到起臣。那一顿晚餐结束之后，起臣不知为什么好像打不起精神,就躺在地板上垫着毯子睡了。育豪催了他几次让他回去,他都只是躺着，看样子没睡着，但又好像不想起来。正花给他准备了盖的东西。

等到午夜时分，育豪突然从梦中惊醒。他总觉得莫名受到什么招引慢吞吞地走到起居室，刚探出头就发觉起臣还躺在原地。于是他走上前去坐了下来。靠在起臣身边的时候，他莫名被一种悲伤与温柔的氛围感染，以至于语气和举动也柔软起来。他歪着头说：“你醒着吗？”

起臣在黑暗中悄无声息地睁开眼睛，可是并没有说话。

育豪轻轻地说：“真的不回家吗？”

“不回家。”混沌的月光中，起臣用一碰即碎的声音说，“我不想回去。”

“怎么了？”育豪往后靠抵到墙壁上。

起臣再一次陷入沉默的沼泽中去。育豪坐在挚友的身旁，虽然不了解具体发生了什么，可是直觉也能感受到他此时此刻的无助。坐了一会儿直到确定起臣睡着以后，他才伸了个懒腰打算回去。

育豪起身，转过拐角走到楼梯下面，结果看到阴影之中站着脸颊白皙的小女孩。正花站在那里一动不动，像是悬挂在夜色中的手帕。她直到育豪走近才开口说话：“小叔，你要早点休息哦，化疗也要准备起来了。”

“正花啊，”听到她的话，育豪居然忍不住笑出声来，“你这么晚不睡觉就是来唠叨我的吗？”

“小叔，我只是想照顾好每一个家人。”正花在月色之中显得比平时要弱小很多，她一字一句说着像玻璃碴儿一般刺人的话，可是自己却对于是否伤人毫无感觉，“爸爸走之前的最后一句话是和我说的。爸爸说，要我听妈妈的话，照顾好哥哥。”

育豪猝不及防感觉毛细血管被插进玻璃碴儿，虽然受伤，但是流的血却很少。他抬手拍了拍正花的肩膀：“可是并没有说要操心小叔啊。”

“那是因为爸爸知道小叔一个人也没问题，”正花仰起头，表情寡淡的脸令人想起没有灵魂的人偶，“可是我会担心小叔。”

那一夜过去后的清晨，育豪重新走进起居室的时候就发现起臣不见了。

俄罗斯距离家有多远？又离大该中学有多远呢？

自从得知那个消息以后，再与阿斗面对面坐在桌前写作业的时候总会忍不住胡思乱想。最令人感觉不舒服的是每次正花去想这些，阿斗好像都能够猜到她的想法，继而安抚似的回答说：“我会争取回来看你们的。”

这样的话效果持续了三四天左右，因为育豪的再次入院自然而然地得到中止。

经过检查以后医生提出了化疗的提案，但是育豪又和以前一样开始了既定事实以前的软磨硬泡。坐在病床上，他强逼自己对着自己的后辈表现出乖巧可爱懂事的表情说：“不是有很多肠癌患者都没有做化疗，手术之后就自己恢复好了嘛！”

“可是……”正驰还是带着他每天看漫画玩游戏度日的轻浮，“你是医生开口点名提起来的啊。”

“你没资格说我！”育豪高声指责。

“话说，表哥，”就在这时，一旁受正驰委托正在最后一次帮他刷新游戏纪录的阿斗骤然开口，“临走我有一个请求想麻烦你帮忙。”

“啊？什么？”正驰歪着脑袋。

“一起去上学吧。”阿斗说。

“你说什么？！”正驰一跃而起，其他人也感到意外。

阿斗在游戏回合间隙抬起头，脸上平静的表情稳当得有些莫测，他就那么淡漠地说：“我走以前，麻烦哥你都回去上学吧，不然我是没法安心去俄罗斯的。”

不只是正驰，大家几乎都愣住了。阿斗的表情依旧在冰冷中透着一种微妙的真挚，以至于正驰一下子也没有能够快速地想出反驳的话来。等再反应过来，气氛好像已经不是那么一回事了。正驰逃课的缘由，他是和他说过的。

最初正驰把事情在电话里和妈妈说过一次之后，妈妈的第一反应是沉默，她沉默了好久，最后一言不发地挂断了电话。不过这并不代表她没有给正驰安慰，在此之后对他逃学的纵容基本上就表明了她的态度。正花更不用说，这个平时看起来柔弱，但对偷懒的亲哥哥能够使出全力三段踢的女孩听说之后气得起身就哆嗦着质问：“太过分了！太过分了！对老师态度不对就算了，居然还敢对哥哥动手！打狗也要看主人的！过分！”

“你在说谁是狗啊姜正花……”正驰差点捏断手里的筷子。

说这件事本身并不是为了索求安抚或是同情之类的东西，但是正驰也大概能猜到，跟阿斗说是绝对收获不到像妈妈或者正花这样的反应的。

告诉阿斗这件事差不多是他来的第二天，毕竟明明不是周末，哥哥送妹妹出门去上学，转身又回家躺下的情况着实少见。是阿斗先问的，他先前就有从姑妈那里得知这个表哥的学校年级，所以才感到疑惑，正驰也没打算隐瞒，随口就把事情的前因后果简要交代了。

阿斗一开始是沉默，过了一会儿，他点点头说“原来是这样”。风轻云淡的神色与行云流水般的反应，正驰也不禁笑出声来。“阿斗啊，”他说，“你还真是厉害啊。”

就是这样厉害的阿斗，在临别之际向正驰发出了这样的邀请：“一起去上学吧。”

“呃，啊，呃……”仿佛摁下暂停键的画面持续了好几分钟，正驰还是做了回应，他木讷而僵硬地挪动了两下，之后结结巴巴地回答，“好啊。”

尝试联络起臣试了半天也没得到回音，不知道他最近又在忙些什么，总而言之请他来医院陪育豪是不太可能了。正驰本来心里还在窃喜，以为借此理由就能够继续回避上学，没想到正花立刻从包里掏出了一叠厚厚的钞票：“请护工，我付钱，小叔也没意见吧？”

“非常满意，”育豪手臂交缠在胸前，“少了这个整天打扰我的废人我会更快接受化疗。”

“你哪里来的钱？！”前些天刚讨要零花钱买游戏币遭拒的正驰大吃一惊。

“妈妈给的，”正花友善地微笑，“是给你的‘助学’基金。”

又不是没有去上过学！

回到家以后的正驰盘腿坐在地板上开始苦思冥想，明明他又不是没有去上过学，凭什么要因为突然的上学邀请而感到紧张啊！想到这里时阿斗正好洗完澡擦着湿头发走出来，一副无所谓的样子坐到沙发上说：“表哥，该你了哦。”正驰吓得一起身，不小心腿抽筋了，痛得在地上打起滚来。正花走过还鄙夷地呸了两声。

即便这么想着，第二天正驰还是莫名其妙地在五点就醒了过来。清醒之后感到十分绝望，正驰坐在床上怀疑了半个多小时人生才听到隔壁正花起床的声音。等到他洗漱完毕下楼，却意外地发现正花和阿斗正吃着面条对他的下楼感到震惊。

“我没做梦吧，阿斗，”正花抬手查看着额头的温度，“姜正驰是真的起床了吧？”

“今天是不是什么新游戏发售？”阿斗都呛到了。

“你们可不可以不要表现得那么夸张？！”正驰跑下楼去，用力拿拳头砸向餐桌，“你们居然没有准备我的早饭啊！”

“嗯，自己去做吧。”正花朝他做了个鬼脸，“你这样随心情去上学真的很给人增添麻烦啊！”

家里只有两辆脚踏车，于是这一天正花选择坐在阿斗的后座：“再不坐就没得体验了吧。”这么说着三人一起骑着自行车去了学校。脚踏车飞驰着拐弯的时候，风撩动少年少女的耳朵，惹得他们一齐张扬又快乐地放声大笑起来。

02

“你在哪？”

“你在哪？”

“你不会是死在哪个黑暗的小角落里了吧？！”

“我打电话去了公司，老板说你请假了，听说问的是我，还很热心地说了你请假的时候精神满满地跟他们说你要去俄罗斯旅游呢。”

“干吗非得是俄罗斯啊，一听就是瞎说的好吗？刚好上次听了阿斗的事情随口说的吧！”

短信接二连三地发过去，可是却始终没有得到回音，让他都忍不住开始猜测起臣是不是真的出门旅行去了。他家的住址育豪是知道的，但是先前从来没有去过，现在他的身体看样子也不适合去。

育豪低声地叹了一口气，茶杯里倒映出的自己已经消瘦太多，抬头时护工正好体贴地询问要不要添茶。

放学的黄昏降临后，病房的门突然未经任何预告地打开，正驰穿着松松垮垮的制服背着包走进来，毫不客气地躺倒在座椅上。阿斗仍旧在更新着游戏纪录，一路打个不停，正花拎着餐盒说说笑笑。

“以后要是也能去俄罗斯看阿斗就好了。”正驰突然大声说道。

“问你们一件事哦，”育豪突然提问，“一般人请公司年假的时候，会说明自己要去做什么吗？”

正花把正驰从座位上拉扯开来坐下：“这个问题就由请假专业户来回答吧。”

“我又不是请公司年假！是学校的假肯定会说明的吧！”正驰努力挤回座椅。

“是二叔发生什么事了吗？”阿斗放下游戏机推了一下眼镜。

“没什么。”育豪不动声色地回答。

阿斗办理退学手续之后在家休息了一天就去往俄罗斯，育豪想要去却还是没有动身，正花被正驰以“又要哭哭啼啼”为由制止去送别。正驰独自一人叫了计程车送阿斗去机场。

开始第一次化疗前，育豪最终还是发了一条短信把起臣的家庭地址给了正驰。阿斗刚离开，正驰和正花回归二人生活之后争吵不断，也没有人调和。经常一路吵到病房，害得育豪头痛。看到那条消息以后正驰“垂死病中惊坐起”，拽着正花就出发了。

那间屋子是在比较豪华的住宅区。之前就从起臣本人那里隐隐地感觉到过，他工作以来存了不少钱，搬离家里之后稍微节俭了一些，但大部分时候却又还是和父母姐姐住在一起。而这一次这一间是他自己的房子。正驰有抱怨过育豪为什么不找到二叔平时住的地方，但育豪也没办法。

按照门牌号找到指定房屋的时候，是正花去敲的门。正驰绕着房子转了一圈，回过来的时候还没有人开门。正花耸耸肩表示没人，正驰却朝正花比了一个手势后就开始爬围栏。

“你干什么？！”正花压低声音抱怨。

“他家的暖气有在运作。”正驰解释。

他灵敏地爬了过去，立刻从里面打开放正花进来。正花钻进去后又左顾右盼着问他：“接下来呢？私闯民宅是犯罪你知道的吧？”

“放心好了，只要能找到二叔，就不会是犯罪。”正驰信心满满地说道，语毕便绕到后门爬空调外机钻进窗户里去。

正花也效仿着艰难地爬了进去。房间四处一片漆黑仿佛怪兽的巢穴，冬眠过后动物的腐烂气息扑面而来将人湮没，虚无渺茫看不见人影的空间使人惴惴不安。正驰察觉到正花已经开始有些迈不动步伐，他们在一楼绕了一圈，正花站到二楼的楼梯口后便再也不愿意朝前。在那个角度仅存的视角中可以辨别出那里面是起居室。在久远到不愿意回想的残酷记忆中，曾经有总是爱高声说笑又被儿子与女儿爱戴的爸爸躺在那里，身体僵直、一动不动，再也没有醒过来。

“正花——”正驰握住了妹妹的手。

从那只宽厚的手心里传来足以灼伤心脏的温度，正花脸上没有眼泪，小女孩只是带着惶恐抬起头来看向兄长。这一次，悲剧还没有定论，哥哥就在她身边。正花回握住他。

他们走了进去。正驰在前，正花跟在后面。空空如也的房间中总算出现了人影。起臣正纹丝不动地躺在地板上，他的样子像横陈的尸体，也像那悲哀的过去中倒在地上的育听。正驰刚回过头正花就已经扑了出去。幸运的是在正花伸出手去捧住他脸的那一刻，青年很疲惫地睁开了眼睛。在起臣显示出活着的迹象的一瞬间，正花就哭出了声音。正花死死地抱着他的头俯下身去。爸爸已经死了，她就在他身边，可是她什么都没有做到。

“不要死！不要去死！”正花大声痛哭，声音像是划过天边的飞鸟的尾巴一般凌厉，“二叔！我求求你！不要死！不要再有人死掉了！”

她痛苦的时候习惯俯下身用心脏贴住什么，那是正驰第一次知道。他伸出手臂用力地圈住她的肩膀把她的脸摁进胸口。他说：“正花，二叔没事。不要害怕，正花，哥哥在这里。”

良久，正花听到怀中的那个人也终于好不容易地呜咽起来。他们听到起臣嗓音沙哑地说：“我不想死。”正花勉强地支起身体，看到起臣同样流着眼泪的脸颊上沾着厚厚的灰尘，那仿佛是不治之症的星光。他说：“你们来找我了，是吗？”

“二叔，”正花泣不成声，这一次回答的是正驰，虽然他并不知道起臣这是犯了什么疾病，可是有些事情已经呼之欲出，“我们都一直想你。”

他们蜷缩在黑暗里，身体好像消失了。胸腔中满是苦痛与酸涩，但却又充满了希望。

03

育豪出院后去见的第一个人是母亲，那一天的天气同样也是一如既往的晴朗。他独自在疗养院陪伴母亲度过了一整天，倚在母亲身边，他突然想起自己在离家出走后的这么多年里究竟在等待着的东西。或许是“没关系”，又或许是“对不起”，总而言之一定是家人的一句话。

“妈妈，你说我们要是陌生人会怎么样？”他说，“如果是陌生人，就不会相互麻烦、相互任性，分别的时候不会那么痛苦，相应地，在一起的时候也就没有那么快乐。妈妈，你觉得怎样比较好呢？”

来成为陌生人吧。

他这么想着，微笑。

当你想我的时候

N227

01

这个礼拜没有轮到佐佳做清洁，放学可以早一些回去。爸爸妈妈临走的时候给买的手机已经摔了好多次，四个角都磨得发亮，满是裂痕的屏幕也时亮时暗。回去的时候佐佳在路边的小商店里买了话梅，扔到嘴里又咸又甜。哥哥不太喜欢佐佳吃零食，每次看到她买都要发脾气，明明是个高中生，却像个中年大妈一样热衷于管教小学生妹妹。

大概是因为爸爸妈妈太忙的缘故。

上一次见到爸爸妈妈已经是过年的时候。佐佳一开始都没有想到他们会回家，因为不回来过年这种情况也不少见。除夕那天的白天哥哥就带着佐佳到了爷爷奶奶家里，两个老人和两个小孩一起坐在暖炉边看着电视，爸爸妈妈突然回来了。与其说惊喜还不如说是惊吓，佐佳心里高兴，但爸妈回来以后还是在忙工作的事。哥哥几次想要和爸妈说点什么，都会被他们一个又一个的电话打断。佐佳坐在旁边，也有点不高兴。

从佐佳小学开始，陪伴她的就不是爸爸妈妈，而是比她年长五岁的哥哥。

塑料袋里还剩两三粒话梅，已经要到家了，来不及吃掉。佐佳把袋子塞进垃圾桶径直上楼，门卫室的叔叔跟她打招呼，她有点害羞。

前一天有说好，今天哥哥考试，所以只在学校待半天，中午就会回家。晚上哥哥会煮好咖喱饭在家等她回去，佐佳心情很好，一步踩两阶楼梯跑上去。到家的时候从胸前的小包里掏出钥匙来开门。咖喱估计不会有多辣，因为哥哥每次都会照顾她不怎么吃辣，但是酱汁又香又甜，够佐佳吃三碗饭。她忍不住掏出手机看了一眼时间，确定自己回家很早。

佐佳用钥匙打开门，扑面而来的是奇怪的气味。甜丝丝的煤气味充斥整个房间，家里的摆设井然有序却在视线中模糊。

桌上放着已经煮好正在冷却的咖喱汤汁，佐佳看到哥哥趴在桌边睡得香甜。她手里的手机摔到地上，发出剧烈的声响。

02

佐佳十二岁那年，十七岁的哥哥佐间死于煤气中毒。

爸爸妈妈赶回来给哥哥料理后事，母亲在哥哥送进焚化炉时用臂弯遮挡住佐佳的视线，可是都是徒劳，第一个看到死去的哥哥的人就是佐佳。哥哥忽然消失不见，一夜之间所有事情发生改变。哥哥死掉了，然后佐佳没有了去处。

没有哥哥，佐佳还没有一个人生活的能力。爸爸妈妈如同处理工作事宜一样利索地给佐佳办理转学手续。佐佳没有再回以前的学校去上学，晚上的时候妈妈陪她一起睡觉。可是到半夜的时候，佐佳总是忍不住去推哥哥房间的门。

哥哥没有像她想的那样突然出现在床上，他的卧室里空无一人，就像本来就是那样。

佐佳偷偷地哭。

哥哥没有回来。

佐佳的哥哥是个温柔的人，平时就算是生气，也只是不说话而已。佐佳不喜欢惹哥哥生气，因为她知道哥哥也没有办法。最开始爸爸妈妈走的时候她总是闹个不停，哥哥安慰无果，知道她是在无理取闹，就板着脸不说话，转过身自己去睡觉。佐佳感觉对不起哥哥，偷偷跑到门外面去，听到哥哥在里面抽泣。

那个时候他也还只是个六年级的小学生啊。

手机已经摔坏，连再翻一翻过去哥哥发给她的短信都做不到。佐佳半夜坐在客厅里打开电视机，电视里播放着广告，她伸出手去摸桌上的水杯，意外摸到扁平的长方体。拿到手里她才发现是哥哥的手机。煤气可以杀死人类，却杀不死本来就没有生命的物体。

哥哥的手机，爸爸妈妈已经处理过，里面的电话卡已经被取掉销毁。佐佳把自己的卡插进去，用力地摁开机。哥哥一直比佐佳细心，又比佐佳温柔，东西也往往保存得比她好。明明是同一时期买的手机，可是哥哥的却还是保存得像新的一样。之前她跟哥哥抱怨，哥哥只是和她说等哥哥赚钱给她再买一台。可惜转眼之间，设想变幻想。

短信没法漫游，即使用了手机，还是看不到哥哥给她发过的短信。不仅如此，通讯录里存过的号码也消失殆尽。佐佳弯曲着腿坐在沙发上，把额头抵到膝盖上，好想哭，哥哥说过老是哭会变丑。

如同荒野一般寂静的夜晚，刚刚开机的手机忽然发出清脆的短信提示音。

佐佳吸着鼻涕抬起头，随手去摸手机。屏幕上显示有一封未读短信，不知是不是过去学校的同学来询问转学的事，或者是话费不足之类的扫兴消息，她点开了，看到短信内容简单平淡：

“有人吗？”

佐佳愣了一下，眼泪还在往下掉，脑袋里都是疑问。这是谁搞的恶作剧，在别人伤心的时候打搅最煞风景。佐佳有点生气，刚要扔掉手机，忽然又收到一封，又是来自那个号码：“啊，居然有人收件了，你好啊！虽然有点奇怪，但是总算能够跟人联系上了，这里实在是太无聊了。”

“你是谁？！”佐佳气急败坏地打字过去。

刚刚发送，对方就收件并回复，而且消息还是一长串的：“你好，我也不太记得自己是谁了。”

“你就叫我 N227 吧，毕竟好像只有你这台手机能收到我的电波。”

“我现在好像在外星球一样的地方，能不能救救我？”

这是什么乱七八糟的？N227 是佐佳手机的型号。对方莫名其妙的发言仿佛火上浇油，佐佳更加生气，红着眼睛抬手就要使用拉黑功能，对方却在最后一秒又发来一条消息：“老是哭的话，会变丑的哦。”

佐佳手指僵硬，在手机屏幕光的照耀下好像变成了神话中的石像。她动作迟钝，结结巴巴叫不出声。望着发件人，她忽然想起了这个号码代表着什么。她是记得这个号码的，应该说她从小到大只记得这一个手机号码。那是哥哥的号码。她抬起手指缓慢地回复了一条消息过去。

“你是我的哥哥吗？”

03

以前佐佳很喜欢和哥哥玩这个游戏。佐佳问哥哥：“哥哥，你是我的哥哥吗？”

佐间往往都在忙着做家务，一开始都糊弄着回答：“不是你哥我是谁？”佐佳就撒娇说：“你是不是哥哥啊？你确定你不是长得像哥哥的外星人，或者是其他坏人？”

佐间总是放下手里的事用手狠狠地压她的头，笑着回答她："少胡思乱想了，你哥就是我，我就是你哥。"

摁下发送的那一刻，佐佳感觉用尽了身体里的力气，然而对方的回复又迅速又锋利，不带一丝温柔与和蔼："我不是。"

佐佳看到那三个字的时候才感觉到了崩溃。哥哥已经不在了。哥哥真的已经不在了。她埋下头去又要哭，对方忽然又发过来："虽然我真的不记得我有没有妹妹，但是你也别哭啊。你哥哥去哪里了？"

佐佳挣扎着回复他："我哥哥死了。"

"对不起啊，"自称N227的人回复，"不过那你怎么还以为我是你哥呢？"

"……我哥哥也说，老是哭会变丑。"

"我不知道你在哭啊，对不起，我就随口一说来着。"对方的口吻笨拙又简单，和哥哥一点都不一样。

"可是你用的是我哥哥的号码。"

"我在这个鬼地方就捡到这一部手机，里面有张卡。对不起，可是我真的不记得我有个妹妹。"

佐佳更想哭，他不是哥哥。她一个字一个字敲过去："那你说，你到底是谁，你是在什么地方捡到卡和手机的。"

对方难得地沉默了好一会儿。几分钟过去以后，佐佳收到信息，对方说："其实我不在人间。"

"可能连地球都不在，你能救我吗？"

佐佳久久地看着屏幕，她回复说：“救你个头。”

04

佐佳一天没有来上学，美枝很着急。

佐佳两天没有来上学，美枝非常着急。

佐佳三天没有来上学，美枝急得快要疯掉了。

在学校总会有这样的人，当提到甲的名字，就会想起乙，提到乙就会想起甲。佐佳和美枝就是这样的关系。做仰卧起坐的时候，给佐佳压住脚的一定会是美枝，给美枝压的一定是佐佳。她们是最好的朋友。

佐佳和美枝原先是同一个幼儿园的。当时佐佳很胖，而且有过一段时间鼻炎，脸上总是挂着鼻涕。大家嫌弃她脏，经常不和她一起玩。美枝家里有钱，喜欢穿碎花蕾丝小裙子来上课，是大家心目中的公主。她们两个人原本是两个极端的存在，但是说不出为什么，美枝经常刻意去留意佐佳。

最开始是为什么，她已经不记得了。总之有一次佐佳被大家推到沙池里像球一样滚来滚去，美枝看得很难受。她想去帮帮她，但是那个年纪的孩子并没有那么大的勇气。美枝只能隔着窗户看佐佳自己一个人痛哭着爬起来。

就在这个时候，有个小学生模样的男生跨过白色栅栏从幼儿园外面爬进来，然后从沙池里把脏兮兮的佐佳拉了出去。美枝看着佐间小心翼翼地用干净的袖子帮佐佳擦干鼻涕和眼泪，心里忽然变得非常安心。后来佐间一个人去找了幼儿园的老师。

他一个小学生站在幼儿园办公室里义正词严地跟成年人据理力争，从此之后他的妹妹再也没有受过欺负。

然后上小学被分到一个班的时候，美枝主动跟佐佳打了招呼。

她从来不避讳这段回忆，每次讲起来还要像老妈一样搂住佐佳，把脸压在她头上摩擦着说："本小姐一定会保护你的。"她们是最好的朋友，是最佳拍档，不论什么都没法把她们分开。

可是佐佳在三天之前忽然开始不来学校了。

一开始以为是生病，第二天还没来的时候美枝跑去问老师，可是老师只是摇摇头什么也不说。第三天的时候，老师在讲台上简单地解释说佐佳转学了。美枝瞬间崩溃。

佐佳是叛徒。

居然丢下美枝一个人！佐佳是叛徒！

美枝是这么想的。

她们俩从小在一个幼儿园，上了小学也自然而然成为好朋友。可是现在有人先行逃走，实在可耻至极。放学以后美枝便急急忙忙想去佐佳家，路过卖零食的小商店时，她忽然看到了熟悉的身影。

是佐佳。

佐佳正悠闲地买着话梅、干脆面和跳跳糖，平时她哥哥会管她，她从来没有一次性买过一份以上的零食。看着佐佳怀里堆起来的零食，美枝不知道为什么脱口而出的不是责怪，她说："你怎么买这么多零食？"

“啊，是美枝。”佐佳露出笑容。

美枝用有点担心的口气说下去：“你吃这么多，你哥哥知道了会骂你的。”

“已经没关系了。”佐佳说。

“啊？”

“已经……没关系了，”佐佳低头的一瞬间，眼泪突然掉下来，“我哥哥死了。”

面对最好的朋友，佐佳又一次号啕大哭起来。扑到美枝怀里的时候眼泪还是一直止不住地流下来，佐佳忍不住想，假如哥哥能回来就好了，就算没法换他回来，稍微能够跟他说说话也好啊。好想跟他说她很害怕，告诉他她希望他回来。

“哥哥，我好想你。拜托你回来。”

在美枝的鼓励下发送短信的佐佳还是有些举棋不定，抬头问美枝这样真的好吗。美枝一边摆弄自己的手机一边回答说：“用我的手机打这个号码是空号，但是空号却还能发短信给你，你不觉得这绝对是幽灵做的吗？”

“世界上哪有什么幽灵，”佐佳撇撇嘴，“而且他说他不是我哥。”

“那又怎样！他和你哥肯定有联系！”美枝言之凿凿，“这么神奇的事情发生在你身上！你一定要抓住机会，好好打探你哥哥的消息！没准你哥哥就回来了呢！”

短信回复得很快，对方恶劣的口气暴露无遗："我都说了我不是你哥哥了，到底要怎样你才相信。"

佐佳刚要生气，他又发来一条："怎么了，是不是发生了什么事心情不好？"

"没有，只是遇到朋友，被说一定要回消息给你。"

"对嘛，"对方真是厚颜无耻，"多跟我聊聊天又不是坏事，没准还可以救我出去。"

佐佳不想再回。跟他说话自己根本得不到好处，她站起身来跟美枝道别："懒得理这个神经病了。美枝你该回去做作业了吧，我也要回家了。"

"欸？！"美枝明显没有想到会这么快分开，"等一下！等一下！我叫你等一下！"

佐佳急刹回头："怎么了？"

"那个，"美枝难得地有点吞吐了，"你转学了？"

"对啊，"佐佳的声音里带着一点沉重，但是却舒缓平静，"爸爸妈妈要带我去他们那边了。一个星期之后就走，所以以后我都不会去学校了。"

美枝用力望向佐佳，试图从她那双眼睛里看出些什么来，可是她什么都没有找到。佐佳的表情依旧平静，但在那平静之中隐藏着忍耐悲伤的表情。想了好久，美枝只是干巴巴挤出一句话："你……这个样子和你哥哥好像哦。"

佐间究竟是怎样的一个人？

回到家的时候，佐佳一边咀嚼话梅一边思考起这个问题来。哥哥一直是个很可靠的人，只要和哥哥在一起，佐佳就什么都不用想，什么都不会怕。每次一起出去旅行，不管去哪里，佐佳都不需要了解信息，反正跟着哥哥走就可以。哥哥总是会提前规划好路线，订好餐厅和旅馆。佐间从来不会跟妹妹倾诉自己的苦恼，他是妹妹的盔甲，不能动容，也不可能脆弱。

哥哥不会悲伤，不会害怕，也不会寂寞。

佐佳拿起手机给那个奇怪的家伙发去了信息：“N227。”

“嗯？你发短信给我啦。”

“要不要说说你现在所在地方的样子啊？”

05

一个人一直待在荒野是怎样的呢？

读完对方发来的回复信息以后佐佳忍不住想。

因为长久地盯着手机屏幕，眼睛已经发花。就在阅读信件的那段时间里，窗外的夕阳已经被灰黑的夜晚代替。从昏暗的房间里可以看到外面其他住户家中的灯光，又暖又明亮，像是萤火虫的尾灯在闪烁。饭菜的香气从外面飘进来，在空空荡荡的房间中凝结出酸涩的苦痛。又想要哭了，佐佳想，自己还不够像哥哥啊。假如是哥哥，一定不会怕寂寞的。

她也一样，一直一个人待在荒野。

佐佳被自己感动得想哭。

爸爸妈妈第二天白天才赶回来，跟佐佳一起吃午饭。家政阿姨暂时不在，妈妈炒了蔬菜和肉，吃饭的时候爸爸问："佐佳怎么一直在看手机？"

"啊！"佐佳赶紧放下手机，"我在等朋友的消息。"

"朋友？交朋友了吗？我好像知道。"妈妈端着菜出来，"是叫作……小莉吧？"

"是美枝啦，妈妈。"

爸爸妈妈对佐佳的事并不了解，可是为了和她保持一种父母与子女的亲热，他们总是刻意要和她说些像是很熟悉的话题，即使内容完全错误。每次搞错，佐佳总是要不耐烦地指出来，而哥哥不会。

佐间总会配合爸爸妈妈说下去，他的笑容温度刚刚好，不冰不凉，又不会烫伤别人。

妈妈回过头来，有些抱歉地笑笑："哦，是美枝吗？"

"嗯，"佐佳稍微低下头，谎言自动从口中吐出，"不过小莉也是我的朋友。"

"对不起哦，刚才吃饭去了。说起来你不用吃饭吗？"

"不知道，"N227 回复得很快，"没有饥饿的感觉，这么多天一直不吃不喝也什么事都没发生。其实好像不睡觉也没关系，不过为了打发时间我还是会睡觉。"

佐佳有点好奇：“晚上不睡觉没关系吗？”

“晚上？”男生打字的时候或许在笑，“这里没有白天和晚上的区别。”

“头顶只有一望无际的星空，远处若隐若现的星球。或许哪一颗就是地球也不一定。”

“糟糕，你不会真的是流落到外星球的地球人吧？”佐佳憋不住幸灾乐祸的笑，噼里啪啦打字发过去。

男生的口气有点烦躁：“是又怎么样？要给你开瓶可乐庆祝一下吗？”

佐佳的爸爸妈妈吃过饭又去忙了，留下佐佳一个人在家里。可是这一次她已经不再无所事事，一边吃着零食一边跟 N227 发短信聊天。差不多是学校放学的时候，门铃忽然响起。爸爸妈妈都有家里的钥匙，到底是谁来，佐佳心头一紧，忍不住发短信给 N227：“门铃忽然响了！怎么办？我不知道是谁！”

“你不要乱开门哦，”N227 不愧是二十四小时无间歇待机，秒回她的短信，“搬椅子去门口看一下猫眼。”

佐佳听话地搬了椅子爬上去看，猫眼里露出的是一张熟悉的脸。她站在椅子上赶快回 N227 短信：“是美枝！”

“别急着开门，”N227 迅速回复，“你先问一句确认一下。”

佐佳照办，确认好几遍外面确实是美枝单独一人以后才打开门。美枝明显等得有点不耐烦，一进门就骂骂咧咧：“讨厌啦！干吗把人家关在外面？我怕你无聊放学就赶过来了呢！”

“对不起啦，美枝，我和 N227 也是为了安全着想嘛。”

“N227？”美枝抬起头露出满脸的疑惑。

佐佳傻笑着愣了一下，然后慢慢吞吞地把 N227 介绍给了美枝。美枝听得云里雾里，听到最后只好摆摆手制止佐佳继续说下去。美枝急急忙忙打断说：“可以了，可以了，反正他现在待在地球之外的地方一个人很无聊只能找你玩对吧？总之你找到了一个好朋友是不是？”

“呃……”佐佳思考了一下以后回答，“差不多是吧。”

美枝微微眯起眼睛，拉长声音说：“欸——”

“怎么了啦！”佐佳忍不住伸出手去推美枝。

“别推我，”美枝错开身体，“很痛啊。”

佐佳收回手，老老实实地坐好：“跟你说，美枝，我觉得啊，我和 N227 很像呢。”

“是吗？”美枝稍微垂下头，“你说你转学以后，我们还有机会再见面吗？”

“应该有的吧，”佐佳说，“不过可能要等大学。因为我是要去另外一个城市。”

美枝低着头一动不动，一句话也不说。两个人陷入缄默之中，就那样并排坐着。过了好久，美枝忽然伸出手搂住了佐佳，她把脸蹭到她头上轻轻摩擦，声音低得好像只是在呼吸：“本小姐一定会保护你的……”

“……可是也未免要分开太久了吧。”

佐佳忍不住笑起来，声音爽朗地说：“没关系的，我们还可以发短信嘛。”

“可是还是跟在一起不一样吧？你啊，到底为什么这么开心啊，”美枝忽然推开她坐直身体，“明明我们都快要分开了！”

“还没分开吧？”

“什么啊！”美枝好像有点生气了，站起身来，“你不就是交到了新朋友，所以一点也不在意我了吗？！有什么了不起的！”

佐佳长长地叹气：“我没有那样说，N227和美枝是不一样的……”

“有什么不一样？他是新朋友，我是旧朋友！”

“美枝……”

美枝气急败坏地背起书包拿起东西，不开心地大吼：“反正我要回去了！再也不要理你了！”佐佳还没有反应过来，美枝已经迅速地冲了出去。她不明其意，追在后面喊了几句无果，最后只能穿着拖鞋回家。

家里的冷气依旧开着，房间里凉快异常。哥哥去世的时候就是这样门窗紧闭。佐佳趴到桌边，空气舒服得不像话，心里很烦躁，感觉马上就要睡着。

就这样睡着也不错吧。

佐佳想着，慢慢闭上眼睛。

手机就在这个时候响起来，又是N227，他发来短信说发现自己的手机可以玩俄罗斯方块，现在玩得不亦乐乎。佐佳发短信过去抱怨："美枝生气了。"

"哇，发生了什么？你打她了？"

"还不是因为你！"

N227回复："这又和我有什么关系嘛。"

"我一跟美枝说你她就生气了，不是你的错是谁的错！"佐佳发完以后继续趴倒。

"哈哈哈,原来是这样。其实不是我们俩的原因吧,是她自己的问题吧。"

佐佳有点不高兴地起身回复："我不准你这样说我朋友。"

这一次N227没有立马回复，佐佳起码等了好几分钟，才听到手机的短信提示音响起。这个情况其实很严重地吓到了佐佳，她差点以为自己说了什么话激怒了N227，所以收到他回信的时候，她高兴得几乎要飞起来。N227这一次发过来的短信内容比以前任何一次都要长。

"你不知道你那个叫美枝的朋友是吃醋了吗？虽然我也知道的不多，但是女生不分大小都喜欢吃醋，她只是无法接受你有新的朋友而已。假如这都没有察觉到的话你也未免太不关心你的好朋友了吧？"

猝不及防被指出自己对朋友的疏忽，佐佳看着手机屏幕无法动弹，身体仿佛被茧丝缠住。这几天她的的确确一点也没有照顾到美枝的心情。

"吵死了，我再也不要和你说话了。"她一个字一个字用力地摁下去，"你和外星人一起无聊到去死吧。"

06

一定是和那天一样的凉爽的室内温度，一定是和那天一样舒服的餐桌，一定是和那天一样的有点疲惫有点孤单的心情。佐佳趴在那张桌子上慢慢合上眼皮，可是睡着之后还是醒了过来。

哥哥是意外死去的，在睡着的时候，他肯定不知道这样睡过去就再也不会醒来了。佐佳趴在桌上，忍不住开始啜泣。好想哥哥，已经受不了了。她打开电视机开始看动画片，看到晚上九点钟的时候爸爸妈妈还没有回来。佐佳刚才已经睡过一觉，所以一点也不困。

她一个人在家这几天，已经习惯了晚上不开灯。因为总觉得一个人的话没有必要开灯，身处黑暗中，感觉身体就要消失了。她百无聊赖地发呆，忽然想起很久之前的一件事。

佐佳不太喜欢养小动物，但是佐间很喜欢。佐间在小学六年级快要毕业的时候，在宠物店买了一只雪白的小兔子。因为怕出意外，佐间只能把小兔子关在笼子里，定时给它清理粪便，然后喂胡萝卜给它吃。

夏天进入最炎热的时期，学校附近的游泳馆开始开放，佐佳早就想去游泳，跟哥哥说了好几次。好不容易等到放假，她兴奋地把哥哥往外拉。但是那天哥哥养的兔子不知道为什么从早上起来就不再活蹦乱跳，只是奄奄一息地躺在笼子里。

比起哥哥的宠物兔子，佐佳对于去游泳池更感兴趣。佐间想了想，还是答应陪妹妹去游泳，最后玩了一整个下午回来，兔子已经死掉了。佐佳坐在沙发上看电视，佐间什么也没有说，只是沉默着把兔子的尸体收拾好。

那是佐佳和哥哥在一起的风平浪静的日子里平凡的一天。

之前佐佳从没有想过，在爸爸妈妈走掉之后，佐间就已经抛弃了很多东西。比起爸妈的儿子、朋友的友人或者是其他什么的东西，他最在意的是佐佳的哥哥的身份。

佐佳浑浑噩噩一个人熬过一个晚上，第二天自己煮面条做早餐。捞面出来的时候，她一不小心用手碰到了锅。手被烫到，她连忙抽回手，没过一会儿那一块皮肤就发红。她出去打算用凉水冲手，却不小心被门槛绊到，猛地摔倒在地上。佐佳趴倒在地上，好一阵子才缓过劲来，看到自己大腿被桌角划了一道口子。

她挣扎着站起身，转过身往电磁炉旁边走过去，坚持着把面捞完。

开始吃面的时候，佐佳终于忍不住哭了起来。太难吃了，酱油放太多，面煮得太软了，实在是太难吃了。被烫到好痛，摔倒好痛，已经不想再忍耐下去了。

她终于边号啕大哭边在模糊的视线中找到手机，像是在火势蔓延的枯井之中好不容易抓到救命绳索一般握住手机发短信过去。她放声痛哭着说：“我不想一个人待着！我好想哥哥啊！我要哥哥！”

原本佐佳以为，那个把手机当作自己名字的笨蛋一定会要要大牌等几个钟头再回复她的，但是没有想到，N227 没过几秒就回复了："哥哥已经不在了，你也稍微坚强起来啊。接下来的路，都要一个人走下去。"

"不行，我做不到，"佐佳说，"我要哥哥——"

手机屏幕上有新的文字显现出来："可是哥哥已经死了。"

佐佳大声哭泣起来，她把手机死死揉进怀里，用力得好像想把它推进自己的胸腔。过了好一阵子，直到胸口内侧和外侧都已经疼痛不堪，佐佳才松开手指，眼泪快要干了。她擤着鼻子，拿手机出来回复 N227 的消息："我到底该怎么办呢？"

"佐佳，你现在要转学，你最好的朋友只有你这么一个朋友，她心里肯定很难过。可是这几天你一直对于自己要丢下她一个人的事表现得很无所谓，她心里不高兴也是正常的。但是你也不用太自责了，毕竟你还只是个小学生，没法考虑到所有人的想法。"

"我应该去考虑的，"佐佳发送信息说，"是我不好。假如是哥哥的话，一定会去想别人的感受。"

N227 好一阵子没说话，然后他发短信过来："去和美枝好好道别吧。"

"好。"佐佳擦掉眼泪这样回答。

假如是哥哥的话，一定会做得很好。她这样觉得。

07

要带走的东西，爸爸妈妈都已经帮忙收拾好了。屋子有人去世，要卖出去还有点困难。爸爸妈妈说没关系，又安慰她说不用怕，已经不会再回来了。

可是正因为不会再回来，所以才害怕。

怕再也找不到哥哥的痕迹。

佐佳打了好几个电话给美枝，大概是因为在上课，美枝一直关着机。到傍晚应该是放学了的时候，美枝开了机，佐佳打过去的电话好不容易打通，可是却一次次被美枝摁掉。摁到最后，美枝索性把佐佳的号码拉进黑名单，她的来电全部默认拒接。

佐佳打了好几次电话以后终于感觉到了有什么不对劲，大概猜到出了什么事。她心里有点慌张，隔天上午就要跟爸爸妈妈坐飞机走，假如现在不去道别就没有机会了。她匆匆忙忙穿鞋跑下楼，直接往学校的方向跑去。

佐佳想，自己可能很害怕吧。

稍微迟一点的话，可能就再也见不到了。必须赶紧找到她，抓住她，不让她走，也不让她能够推开她，用力地抓住她，跟她说再见。

不想和美枝分开。

到达校门口附近的时候，佐佳有点傻眼。四处都是学生，大家穿着一样的校服，生着同样乌黑的头发，就连脸上那满是稚气的快乐或开心也看起来十分相像，一眼望过去根本看不到美枝在哪里。佐佳有点崩溃，但还是拼命环顾四周。哪里都找不到，哪里都看不到美枝。佐佳皱起眉头。

四周有同学经过，看到佐佳纷纷议论“听说你要转学了”。佐佳逮住同学询问美枝的事，得到情报说美枝今天做清洁所以还在教室。

佐佳迈开腿往教室跑去。

加速奔跑的时候，佐佳忍不住想起一切都改变的那一天的事。假如那一天她跑快一点回家，是不是哥哥就不会死了呢？假如她冲回家，立刻把门窗打开，把哥哥拉出去，也许哥哥就不会死了吧。

她冲到教室，大家正好锁门往外走，她看到美枝站在同学中间。美枝看到佐佳，第一反应是别过头去，看起来还是很生气。佐佳说：“美枝，我是来找你的。”

同学们识趣非凡，见状都提出先走一步。美枝撑着手臂，故作凶恶地开口：“有什么事吗？”

“我明天要走了，”佐佳慢慢把呼吸调整过来，“你是我最好的朋友，临走我想跟你说再见。”

“什么嘛！”美枝放开嗓门，像是要给自己鼓劲一般说，“谁是你最好的朋友啊！”

佐佳认真地说：“美枝，你从小到大一直保护我，谢谢你。我永远都会记得你的。现在必须分开了，可是你永远都是我的好朋友。我会一直想你的。”

“佐佳……”美枝低下头去，“真的要走吗？”

“嗯，爸爸妈妈已经订好票了，学校也已经确定好了。”佐佳回答说。

“不能忘记我哦……”

美枝突然呜咽起来，平时强大的女生大声抽泣，哭成一摊烂泥。佐佳抬手抚摸她的头发，把她抱在怀中，轻声安慰。为什么一定要分开呢？

为什么一定要分开？我不想分开啊。

不想和哥哥分开，不想和美枝分开，不想和过去的我分开。可是连绵不断的分别就是活着的一门主修课。我们会不得不和很多重要的人与事物分开，直到有一天，我们明白这根本不算什么。

然后我们就会与全世界分别。

佐佳抱紧美枝，感觉到她的眼泪渗进自己的衣服里。她艰难地说：“我们都要……自己一个人变得更厉害。”

“变得非常非常厉害。”

厉害到不害怕分别。

第二天上午的时候，佐佳跟着爸爸妈妈去了完全陌生的城市，住进了完全陌生的家。新的学校后面有连绵的小山，教学楼又高又亮，操场有崭新的塑胶跑道。佐佳要去的是六年级二班，班主任是个很严肃的男老师。

平常的自我介绍，平常的同学，平常的位置，佐佳终于进入了新的班级。第一天上课，所有事情都显得非常正常，课间操和佐佳原来的学校不一样，所以她还获得了两个礼拜不做课间操的权利。

下课以后没有人来找她玩，放学也没有人陪她一起走。回去之后，家里空无一人。佐佳一个人安静地把作业拿出来写，恍惚之中产生全世界只剩下她一个人的错觉。

还好……不是……一个人。

手机短信提示音及时响起："新学校怎么样？"

"挺好的，"佐佳慢吞吞回复，"完全没朋友。"

N227 说话总是透着一副他活得久他了不起的口气："才第一天嘛，你稍微也去跟别人主动打一下招呼，慢慢就会有朋友的。"

佐佳想了想，忽然回短信过去："我们要不要打个电话试试啊。"

"哈？"

"我们一直都在发短信对吧，可是打个电话会更方便吧。"佐佳回复。

对方停顿了好一阵子，良久，他回复说："也不是不可以……"

佐佳当即充满期待地打了过去，电话响了三下，N227 接起来，佐佳立刻元气满满地大声打招呼："你好！我是佐佳！"她对于这个平时个性有点糟糕但是还是很温和的 N227 已经有点好奇，现在正是深入了解的机会，她先发一步，睁大眼睛屏住呼吸等待听他的回答。但是就在这个时候，电话挂断了。

N227 把电话挂断了。

佐佳吃惊地长吸一口气，立马再打过去。她打过去，N227 挂。她再打过去，N227 再挂。她又打过去，N227 又挂。来回斗争了五六遍，佐佳愤怒地短信狂轰滥炸过去："你不是答应了吗！干吗挂我电话！"

"对不起……"对方虚弱地道歉。

"你有本事接电话啊！"

"……"

"……"

"我不能和你通电话。"

"为什么？！"

"是这样的，"N227 断断续续地发短信过来说，"我现在所在的星球，声音是无法传播的。"

佐佳非常狐疑，但是还是若有所思地回答说好。原来他不是不想和她打电话，她稍微安心一点了，然后用短信说："美枝的事情，谢谢你。"

"谢我什么？"

"谢谢你让我去和她道别，假如没有好好说再见的话，我们一定都会很难过的。"佐佳说。

佐佳在十二岁那年失去了哥哥，然后认识了 N227。

温柔的世界和我和你

01

哥哥说过，世界很残酷，但是因为哥哥是温柔的，所以一切都没关系。

佐佳之前从没想过，假如没有哥哥的话怎么办。

新的小学是一所设施很完备的小学，田径场、多功能厅以及大舞台都布置得很好。平时不只是学校活动很多，市里有些活动也会到这所小学来办。有时候在上课，大家可以听到舞台那边有音乐声传过来。佐佳一开始总是分心，忍不住抬头探望外面，后来慢慢也就习惯了。

已经到六年级，班上的同学早已经有了自己的小团体，或许有冲突或许有融合，总之此时此刻插进来的佐佳与那些东西都没有太多干系。他们的事情与她无关。但是这个时候她生生插进来，肯定会在这群同龄人中造成或大或小的旋涡。

佐佳已经不想再交朋友了。

绝对再也没法找到和美枝一样好的朋友，也没有力气再去和人好好相处。只不过在这所新学校再待一年，得过且过，又是新的初中。一切都已经没那么有所谓了。

一个人吃饭，一个人上厕所，一个人回家，全部一个人做。

“反正我一个人也可以。”

“你总会需要别人，”N227这样发短信回她，“你还小，没法真的永远一个人。”

02

校运会是在佐佳去新学校之后的第三个星期，班上同学报的项目很少，老师在班上公开说：“新同学要不要报一个项目啊？”

原本佐佳想要拒绝，但是老师已经这样说了，全班五十几个人齐齐看着她，她当时要是摇头会有点尴尬。于是佐佳点点头说：“我报长跑一千米。”

有同学忍不住发笑，班长提醒她说：“女生长跑是八百米。”

“那就八百米呗。”佐佳小声嘀咕。班主任老师已经帮她登记好。佐佳跑步速度还可以，虽然从来没有尝试过长跑。她有点担心自己坚持不下去，可是不知道为什么，她心里总觉得有点想折腾自己。一下课她就忍不住拿手机出来发短信给 N227 说 :“校运会我报了八百米跑步！”

“……干吗想不开？你不擅长体育的吧。”N227 回复得一如既往的快。

佐佳心里想笑，但是在同学中间一个人偷笑显得很奇怪，她把笑容强忍下来，抿着嘴唇继续打字 :“我想跑嘛，我乐意。”

“随便你，”对方回复的口气好像很不屑，“事先说清楚，就算你在跑道上暴毙上新闻我也没办法从外星球赶来救你，我没有超能力。”

“知道了，知道了。”佐佳长长地叹了一口气，就这样回答。

要让自己变得很累，很痛苦，非常非常辛苦，然后才能松一口气。

校运会当天，大家一起搬了桌子与水果去操场。一开始佐佳还不怎么紧张，一直和 N227 发着短信聊着天。N227 假如是哥哥的话，一定是个挺溺爱妹妹的哥哥，最先还谴责了几次佐佳，到后来完全是安慰:“跑跑也好嘛。”“要是累你就别跑了，有一点不舒服你都别坚持了，坚持要人命，你停下来休息就好了。”“丢人？不丢人的啦，女孩子哪有什么丢不丢人的。最重要的是别受伤啦。”

到比赛接近时，她已经紧张到冷汗直冒，小腹痛得要命。等到男子长跑结束，广播里播报起参加女子八百米人员的名字。佐佳随着队伍一起进场，班上的同学们各自零零散散地站着或是坐着，在佐佳起身的时候，其中一些人向她投射出异常冰冷的目光。虽然在那视线之中并无恶意，但是也并没有任何善意存在。

大概是因为不熟络。佐佳这么想着，总之先上去进入跑道。她的跑道是第八号，已经偏外面，站在一排人中间已经呼吸有点不通畅。好紧张，佐佳深呼吸了好多次,手脚冰凉,僵硬地做起跑的姿势。其他选手有同班同学加油，佐佳不敢看外面，但是有听到自己班的方向传来一两声“新同学加油”。

那就加油吧。

枪响以后，佐佳迅速朝前奔跑出去，大家都在同一时间出发。佐佳心情很糟糕，而且是一种沉闷到令人窒息且找不到源头的糟糕。她大步大步向前迈，用力的时候暂且忘记自己的苦恼，可是就在奔跑的时候，风从脸上擦过，头发被梳到脑后,眼睛很痒,但是还是拼命地直望向前方。她忽然有点明白了。要奔跑，要跑，跑起来的时候很多事情就没有那么重要了，自己内心的苦痛变成力气有了发挥的地方。她拼了命地去跑，大口大口地呼吸，闷热的空气灌进肺部，化作眼泪落出来。

再跑快一点，再快一点。

再快一点就可以追上哥哥了。只要再跑快一点，哥哥就不会死。

小小的佐佳双眼失焦，空空洞洞地在操场上用力地奔跑，放肆地哭泣。大概还差两百多米的时候，她终于狠狠摔倒在了地上。追逐哥哥的梦境忽然消失，她像是失去魔法的灰姑娘，水晶鞋破碎，她忽然想起这里是哪里。校园的喧哗声从四周汇入头脑，她有点懊恼地起身，看着旁边有人陆陆续续从她后面超过去。

毫不意外，最后佐佳只拿了倒数第二名。最后一名还是因为脚抽筋所以中途弃赛了。她一个人拖着疲惫的身体往外走，有同学在外面等她。大家看起来不是特别在意排名，但是有几个好像试图跟她搭话。

有人开口了，是一个身材高挑、梳着双马尾的自来卷女孩，她脸上带着嘲弄的笑：“新同学，你是去搞笑的吗？”

另一个头发很短的男孩子突然也站起身来跟她说话：“你后面再努力一把的话肯定没问题的。”

后来佐佳才知道，自来卷的女孩子叫作千瑛，男孩子叫作孝烈。千瑛是班上好看的女孩子之一，她平时性格直爽，最爱跟男孩子在一起玩。而孝烈则是那群男孩子中的头领，平时零花钱很多，放学也不回家，就带领朋友们一起在校外玩。

佐佳刚刚跑完，觉得自己输了有点丢脸，于是低下头去说：“我也没打算拿名次。”

“没打算拿名次干吗要参赛啊，嘁。”千瑛随口甩上这样一句话。

刚才跑步的时候，已经因为失败的挫败感而感到沉重，但出来以后接受的并不是美枝的拥抱，而是一班陌生同学的隔离与疏远。千瑛和孝烈的话不管是不是挖苦，佐佳都已经听不下去，转过身就走开了。

眼泪一个劲儿地往外冒，佐佳一步一步用力地走，可是根本没有可以去的地方。她想，到底要去哪里呢。这个学校没有哪里她可以去。兜兜转转，最后她躲进女厕所，拿出手机发短信给 N227。

“好讨厌啊，我太讨厌大家了。”

“跑得怎么样根本不重要，别人说什么也不重要。你开心就好。”N227 说。

佐佳擦掉眼泪，抬手回复：“他们凭什么对着我冷嘲热讽啊，我又没有欠他们什么。”

“那你就不要在意了，去教室里好好和大家打个招呼。该说什么说什么。”

“才不要嘞，”佐佳说，“我再也不要和他们说话了。”

顾不上手机在不停地收到N227焦急的回信，佐佳径直起身从洗手间出去。她的眼睛红红的，用水冲洗以后哭的痕迹不再那么明显，就这样径直回教室去。等她回到教室，其他同学差不多也已经回教室了。她进去的时候，很多人不约而同地看了她一眼，不知道是关心还是好奇。

佐佳谁也没看，自己坐回座位上。

快要放学了，大家都在收拾书包准备做清洁。千瑛的位置并不远，只听到她特别大声故意地说了一句：“不知道她骄傲个什么劲，是不是看不起我们二班的啊？”

“就是就是，估计是自以为了不起呢。”千瑛的朋友叫杉耶，身材没有千瑛高挑，但一双凤眼凌厉又帅气，气场丝毫不输千瑛。

原本大家对于突然出现的外来入侵者就有提防，此时佐佳的角色显得更为微妙。

佐佳什么都不说，埋头收拾东西。从回教室到整理书包完毕的过程之中她的手机一直在发出新短信提示音，忍耐不住以后佐佳还是打开来看，短信全部来自N227，内容大同小异，都是劝她不要轻举妄动，冲动是魔鬼，她不应该跟同学把关系闹翻。

佐佳回复：“我也不想，是她们这个态度对我。”然后她背起包就走，动作干脆利落，用力过猛，周围的同学全都不由自主往她的方向看。

不想理所有人，佐佳一个人慢慢吞吞走回家。新学校附近没有以前吃的那种话梅卖，佐佳什么都没买，袋子里几天的零花钱已经堆起来，她回到家里。

爸爸妈妈为了照顾好佐佳的生活，在家里聘请了一位帮忙做家务的家政阿姨，姓苏，是本地人。佐佳叫她苏阿姨。苏阿姨大概五十多岁，做饭很好吃，尤其是粉蒸肉，做得特别好吃，几乎可以达到餐厅级水平。等到佐佳到家，放下书包写了一会儿作业，苏阿姨就叫佐佳吃饭了。

佐佳作业没写多少就被打断，心情不太好。吃过晚饭以后，佐佳去洗了澡，大概是太久没有运动，总觉得腿发软。她回到房间把作业写完，躺到床上发呆。N227发短信过来问她："写完作业了？"

"差不多，"佐佳躺在床上摁手机，"数学有题目不知道怎么做。"

"发过来。"N227果断回答。

佐佳一下子坐起身："你要干吗？！你要教我吗？"

"嗯，"N227说话好像顺理成章，"别看我这样，功课很好的。"

佐佳听完，虽然心里充满怀疑，但还是发了几道题目过去。题目发过去之后，N227没思考多久，就把答案和解析明确地发送过来。有些地方佐佳没听明白，多问了几句，N227说了几句"你傻啊"，但还是仔仔细细又把那个知识点讲了一遍。佐佳懂了之后，感觉他像是在施展魔法。

之前佐佳凭着N227那恶劣的脾气和随便的说话语气猜测，N227一定是个不良少年一样的人，但是没有想到他居然能够把她的功课知识和作业解答得那么详细。佐佳不自觉在心中惊诧，难道自己一直误会他了？

佐佳又惊又喜："你到底做了什么？"

“什么做了什么？普通解答问题。”N227说得风轻云淡。

佐佳激动地打字发送过去：“太……太厉害了！”

平时不管佐佳说什么，N227都会秒回。尤其是佐佳不开心的时候，他总是能劈头盖脸给她一顿训话，但是这一次，N227居然沉默了。在佐佳兴高采烈地把题目答案写到练习册上并欣赏一番之后，她仔细一看才发现，N227居然一直没有回自己消息。

佐佳大惊失色，心里不知道宇宙那头发生了什么事情，刚要发消息过去问，N227就回短信过来了。她摁开来，N227的短信内容只有寥寥几个字：“也不是很厉害啦。”

佐佳：“？？？？？”

N227回复：“你不是夸我厉害吗……”

“……”佐佳思考了好一会儿，然后发消息过去，“你该不会害羞了吧？”

“什么？我怎么可能害羞！你这么小的小姑娘，居然以为自己能让比你大五岁的男子汉害羞吗？！”

佐佳看着屏幕，对于手机那端突然变身为任性小学生的N227感到无语，但是她很快注意到了另一个重点。佐佳发短信过去：“你比我大五岁？”

“嗯啊，你小学六年级吧。”

“对啊，你今年高二？”

N227宛如挑衅一般说：“反应很快，数学很好嘛。”

“不是的，”佐佳回答，“因为我哥哥也比我大五岁。”

03

刚开始和爸爸妈妈分开兄妹两个人一起生活的时候，佐佳总是非常不安。每天放学，就算美枝愿意陪她回去，她也总是想先去高年级找哥哥一趟，佐间每次换座位都会把新位置告诉佐佳。

佐佳其实并不喜欢高年级，总觉得高年级那边的教室里有奇怪的气味。但是为了哥哥，她一定要去。而且她喜欢哥哥的气味。

佐间死后很久，佐佳还经常抱着佐间的衣服闻。但是搬家的时候，爸爸妈妈把佐间的衣服都处理了，最后没有留东西给佐佳。

那时佐间小学毕业了，进了初中，佐佳还傻乎乎地去找他。去了好多次，没有一次找到哥哥，因为觉得丢脸，又不肯告诉哥哥，后来经美枝提醒才想起来，哥哥已经上初中了，不再在小学里。

而她和哥哥唯一的同校的机会也就用掉了。从那以后不管是初中还是高中都没有机会再在同一所学校了。

佐佳难过了很久，一直抱怨自己为什么比哥哥小五岁。

幸好 N227 及时发了一条内容是“你想什么呢小学生，赶紧多看看数学书”的短信过来，佐佳迅速从回忆中挣脱出来回答：“知道啦，你真啰唆。”N227 又发来短信：“我啰唆？小学生胡说八道什么！”

和 N227 又在短信交流中吵闹了一会儿，苏阿姨在门外面叫道：“佐佳，该睡觉了。”佐佳答应了一声，突然有点惊讶于自己居然没有在对哥哥的难过中停留太久。

睡觉之前佐佳发短信到宇宙那端说："谢谢你。"

第二天佐佳去上课，到学校比较晚。当她走进教室的时候，明显感觉到有人抬头看她，但是对方很快就转过脸，立刻和同学继续交谈。教室里非常和谐，但是却令佐佳不由得紧张。

有人排斥她。

佐佳长长地叹气，慢吞吞走到自己的座位上。还没上课，她掏出手机发了一条短信给 N227："醒了吗？"

"根本没睡，有什么事？"依旧是秒回。

只要看到他的信息，佐佳就忍不住笑起来："没有什么事，只是无聊。"

"发生了什么事？"N227 的直觉真是令人惊叹，尤其是对佐佳的事情。明明他们只是通过文字交谈，而且相隔数光年，他却总是好像对她了如指掌。不管她在想什么，他都能迅速知道。

但是佐佳还是回答："真的没什么，只是想找人说话。"

"好好听课，乖。"

上课铃响，终于挨过这一会儿课余时间。佐佳忍不住松了一口气。

是的，佐佳的确被排斥了，为首排斥她的就是千瑛。佐佳运气很不好，那天刚好有体育课。体育老师安排大家两人一组做仰卧起坐，佐佳披着外套站在原地发愣，不知道自己到底要找谁帮忙。新的学校已经没有美枝。她站在原地，痴痴傻傻，有点后悔没带手机下楼。

其实佐佳并不窘迫，虽然有点尴尬，但是也还在可以忍耐的范围之内。她站在原地发了一会儿呆，杉耶突然从她身后狠狠撞了她一下。

佐佳差点摔倒，站稳以后抬起头，杉耶带着轻蔑而张狂的笑容大声地道歉，声音里没有丝毫的歉意：“对不起哦，没看到你站在那里。”

真是俗套的欺凌。

其实针对佐佳的就是千瑛那几个人，其他同学只不过不加干涉，因为和佐佳本来就不熟，惹恼千瑛又太无趣，不如只是围观的好。毕竟看客永远是战争中受伤最少的人，大家不是受害者，也不是直接施害者。

老师帮忙安排的时候，随便地指了一个人和佐佳一起：“就那个女生，你和新同学一起做仰卧起坐吧。”巧的是，老师指的刚好是刚刚撞到佐佳的杉耶。

佐佳目瞪口呆，不知所措，而杉耶明显并不在意，反而有些阴谋得逞的感觉，只是愣了一下就立马笑起来：“好啊，好啊，那我和佐佳一起。”面对老师，她笑眯眯的一脸柔和，转过身面对佐佳的时候却用力白了她一眼，而且还附加一句不屑的评价：“啧，真讨人厌。”

佐佳不由得一抖，看着杉耶径直在她面前的体操垫上躺下去。杉耶用嫌弃的表情说：“快过来吧。”

“……好。”佐佳赶紧靠拢过去帮杉耶压着腿，便于她做仰卧起坐。一开始佐佳不敢用力，只敢轻轻地压着，杉耶做仰卧起坐做得很用力，佐佳没有压得住她，她就非常生气：“你有没有认真在做啊，气死人了！”

佐佳说不过她，只好乖乖用力。但是她一用力，杉耶又大呼小叫：“你这么用力，是想弄死我吗？！”

“可是……是你要我用力的啊。”佐佳有点不满地嘟囔。

“我是要你用力压住我，”杉耶不高兴地大吼大叫，“不是要你掰断我的腿。”语毕杉耶猛地起身，把佐佳往后一推，然后站起来气鼓鼓地瞪着她，又恶狠狠地说：“我看你就是看我不爽，想整我是吧！”

佐佳小声回答：“我没有……”

“你就知道骗人！”杉耶指着她咄咄逼人，“你就是看我们不顺眼！”

佐佳有些忍无可忍，甩手之后口气同样坚硬起来：“我说了我没有故意整你！”

杉耶的眼神凛冽，她直直地瞪着佐佳骂道：“我才懒得听你胡说八道，神经病。”说完她转身就走，千瑛就站在不远处，笑容依旧张扬明亮，如同最鲜艳的朝阳，刺得佐佳睁不开眼睛。龙卷风席卷佐佳站着的地方，那里已经寸草不生。佐佳站在原地，喉咙燥热难耐，而内心又苦又痛。周围人投射过来的目光只让她更加难堪，几乎要把她烤焦。

一个人一步一个脚印回到教室里，佐佳刚回到座位上，就发现千瑛正占着自己的座位找她邻座的男生聊天。佐佳看到她就有点不高兴，即使千瑛当时并没有来招惹她的意思。佐佳走过去，冷冷地开口：“起来。”

千瑛还在和她旁边的男生说话，完全没有听到佐佳的呼唤。

佐佳耐着性子再重复了一次：“你快点起来！”

千瑛这一次听见了，抬头看着她一脸不屑：“啊？你说什么？”

那个时候佐佳的表情可能非常冷酷，她用力地说："麻烦你让开，我要坐我的座位了。"

千瑛看了几眼佐佳，又看了几眼佐佳邻座的男孩子，最后还是起身了。她起来的时候一不小心抬手碰到佐佳放在桌上的水壶。上节课是语文，佐佳放了不少课本，水杯一倒，杯子里的水全都洒了出来，佐佳的课本无一幸免，全部打湿。佐佳大惊失色，手忙脚乱地抢救，而千瑛也明显吓了一跳往后退，试图让自己看起来责任并没有那么重。

佐佳忙着收拾，千瑛明明是始作俑者，却摆出一副束手无策事不关己的样子。佐佳抬头瞪了她一眼，继续低头收拾，她邻座的男同学也起身帮忙把打湿的书晾起来。

佐佳邻座的男同学叫作庆佑，是个很受欢迎的男同学。平时同学们不论男女，都喜欢围着他，就像蜜蜂绕着花朵转圈一样。佐佳对他的印象很浅薄，只感觉他是个很会拿捏跟别人关系分寸的人。可是不知道为什么，佐佳直觉地对他印象很一般，甚至有些差。总觉得，他是个可怕的人，所以之前一直没有过多交流。

庆佑过来的时候，佐佳轻声道谢，然后又瞪了千瑛一眼。

千瑛站在一边，呆若木鸡的样子实在看起来太傻。整个教室里只有庆佑和佐佳收拾书本的声音。

04

四年级的时候，千瑛一直和庆佑是同桌。

那个时候千瑛的父母刚刚离婚，虽然对于爸爸妈妈分开究竟是什么意思还有些模糊，但是千瑛已经有点明白了，自己成了少数派，而且是非常特殊的那种。

千瑛跟的是妈妈，妈妈在演艺公司工作，负责做明星的经纪人，平时把培育女儿的时间全部用到伺候雇主身上。千瑛像是一匹野马，遭到父母放养，零花钱又足够，从此驰骋在莫名其妙的大草原上。

从那个时候起，千瑛每天放学都流连在游戏厅。其实她并不会打游戏，但是总会围在男孩子旁边看，而且有时候还能替他们垫付玩游戏买游戏币的钱。不知不觉中，她已经混在男生中间，在他们玩游戏的时候站在旁边哧哧地笑。

才四年级，已经变成大家觉得可怕的对象。只有从小到大的好朋友杉耶一直坚守在她身边，她去哪里杉耶都跟着。

杉耶和千瑛原先是邻居，她们从小就一起玩。千瑛一时兴起买了一只芭比娃娃，杉耶拼了命在家跟爸爸妈妈撒泼打滚也要买一只来找千瑛一起玩。她们拿着芭比娃娃一起玩了几天，千瑛就腻了。杉耶只好丢下自己的芭比娃娃，又去陪千瑛玩其他游戏。

那个时候杉耶和千瑛经常一起看动画片，家家户户的小孩都喜欢看当时热播的《双子星公主》。杉耶经常想，假如千瑛是连音，她就一定是法音，两个人一定是最佳拍档。

千瑛父母离婚的时候，她大哭了一场。千瑛父母离婚这件事，杉耶还是听别的同学聊八卦听到的，身为千瑛最好的朋友，却不是第一个知道千瑛父母离婚这件事的人。这让杉耶深刻地感觉到了，什么叫作羞耻。

那时她真想挖个地洞钻进去。

可是千瑛对此丝毫不知，她开始混迹于一些奇怪的地方的时候，杉耶十分吃惊。那天千瑛正在昏暗的游戏厅里对着一个男孩子的游戏机屏幕大呼小叫，说实话，其实她根本没看懂那个游戏到底是在干什么、那个人到底玩成什么样了、为什么大家要一起起哄，总之既然大家都在叫了，她也跟着尖叫起来。就在千瑛抬头的时候，杉耶充满着惊讶与错愕的脸映入眼帘。

杉耶拉住千瑛就跑，带着千瑛出去以后她才开口说话："你怎么会在这里？"

"你又怎么在这里？"千瑛吃惊地反问她。

杉耶看起来非常无奈，挚友的反问让她显得愚不可及，于是她磨蹭了好一会儿才说出实情。这几天她一直看千瑛不对劲，加上又从小道消息中打听到千瑛父母离婚的事情，于是在放学之后偷偷跟踪了她，没想到尾随她来到的地方居然是游戏厅。

"你来这个地方干什么啊？"杉耶质问道。

"你才是，"千瑛大声说，"你跟过来想要干吗？！"

杉耶的手攥成拳头，眼泪已经冒了出来，她无法想象自己的好朋友会变成浪迹游戏厅的人："你怎么会变成这样？你怎么会变成这样？你不该是这样的人啊！”

“我就是这样的人，你看不起的话就走吧。”千瑛忍不住爆发出怒吼。说完以后，她转身就走，把杉耶丢在身后。

杉耶仿佛被石化，悠长的通道中有风通过，她在风中看着自己最亲密的朋友一步一步坚定地离开，自己却无能为力。在千瑛就要消失在视野中时，杉耶终于忍无可忍大喊一声：“为什么你总是这么自以为是？！”

千瑛愣了一下回过头来，看到杉耶愤怒的脸。她还在莫名其妙，杉耶就大声说了下去：“为什么总是这么自以为是，自说自话呢？明明我们是好朋友，可是你却总是擅自一个人就要走，完全不在意我的感受……我是你的好朋友啊，千瑛。我是你的好朋友！不要丢下我！不要再要我走开了！你这样真的很过分！不要让我滚开，求求你，不要让我离开你啊……”

千瑛目瞪口呆了好久，杉耶已经抬起手来遮住眼泪纵横的脸。两个人就这样对峙了一会儿，千瑛侧过头去，杉耶看不到她的表情，但是事情就这样结束了。从这以后，杉耶总是陪伴千瑛左右。

那个时候千瑛在年级里算是臭名昭著，只有同年级和高年级同样顽劣的小孩会找她玩，其他人基本都对她敬而远之。与其说敬，不如说是不想惹上麻烦。就算不说，但他们平时看她的眼神还是有些许嫌恶。

一开始千瑛还会害怕，总觉得内心空落落像是缺少什么，但是久而久之她也就习惯了，加上还有杉耶陪她一起。

庆佑是千瑛的同桌，长相好看，成绩总是名列前茅，体育也是全能，跑步和跳远都破过全校纪录。这么优秀的人，难得的脾气还很好，对待所有人都温和有加，耐心谨慎，可以说是完美的人。他和千瑛分配成同桌的时候，班上好多同学都为庆佑抱不平，但庆佑本人却没什么反应。

平时千瑛去上课，同学跟她说话大多都小心翼翼，能避就避。但是庆佑却丝毫没有这样的感觉，对待千瑛依旧该怎样怎样，甚至在他们同桌后千瑛第一次没做完作业的时候庆佑还帮她补习了一次。

当时课代表过来收作业，千瑛用不耐烦的表情找了好一阵子，只翻出了空空如也的练习册。课代表简单地交代她下课交过去，而千瑛随口答应，其实内心也已经放弃，那么多作业，怎么可能一节课全部补完。

最开始庆佑什么都没说，上课铃响时他才突然问了一句："要帮忙吗？"

千瑛有点丈二和尚摸不着头脑，不知为何居然没能够及时做出拒绝，反而疑似接受："补得完吗？"

"嗯，两个人一起，不在意正确率的话。"

什么吗？！其实千瑛内心是这样想的，但实际上她还是轻微点头然后乖巧地回答："哦，好的。"然后庆佑就伸手把她桌上的练习册拿了过去，顺便指示她做其他的。千瑛对于学习的事情一窍不通，但是只是听从庆佑的安排就好。

她拿数学练习册开始写，可是那个时候千瑛连九九乘法表都记得模模糊糊，最基本的运算都做得很辛苦，更不用说应用题。庆佑在帮她写英语，抬头看她愣着，有点无奈地说："你把数学放着，我帮你做，你先去做语文。"

千瑛脸红得都不敢抬头，只想挖个地洞藏进去，听到庆佑这样说，只好点头说好，然后拿语文过去做。写来写去还觉得自己的汉字写得歪歪扭扭，难看得要死。那是这么久以来她第一次觉得要是自己优秀一点就好了。

但是其实庆佑根本没看她的字，他一直低着头认真地帮她补作业。光线从窗口照射进来，把男孩子温暖的侧脸线条熨烫在视野中。

他们俩一起忙了整整一节课，到最后终于交上了作业。但是交完以后，千瑛就强行掩饰着说："以后不用帮我补了。"

"……"庆佑抬起头，脸上没有什么特别的表情，不咸不淡地回答说："哦。"

结果从那之后，庆佑真的再也没有提起过要帮她补作业的事情，搞得千瑛心里还感觉有一点点遗憾。

05

从体育课之后，佐佳就一直在用手机发短信给 N227。首先她发过去说："N227，你有没有讨厌的人？"

N227 迅速回答："这种不重要的事已经不记得了，不管你现在在想什么，我劝你冷静。"

"气死我啦！那家伙简直是垃圾！垃圾中的垃圾！气死我啦！神经病！我根本没惹她！气死我啦！这人是不是有病啊！"佐佳正在气头上，打了一大串文字过去。打这一串文字的时候，老师还瞄了这边几眼，幸好邻座的庆佑踢了踢她桌子帮忙提醒了一下，否则佐佳很可能要遭到老师批评。

N227 回答："先忍耐一下吧，不管谁对谁错，你都别冲动。"

佐佳实在是觉得 N227 这个时候畏畏缩缩的行为难以理喻而且令人讨厌，

她索性关机不再理会他。等到下午放学的时候，她才打开手机，一边收拾书包一边走出去，N227 还发来了几条让她别再激动的消息，语气就像个操心的老父亲，她打字回复说：“放学了。”

“你没有做什么吧？”N227 的信息跳出来。

其实虽然体育课时佐佳真的气得快要爆炸了，但是上其他课的时候她又认真地思考了一下。就像是之前和美枝分别的时候一样，那个时候她就是全部身心沉浸在自己失去哥哥的悲痛之中，完全忽略美枝这个好朋友的存在，也因此一点也没有去想美枝的心情。美枝一直在包容她，努力想要支持她，可是最后终于也忍无可忍了。有的时候人因为太在意自己的心情所以会误伤到自己真正重要的人，这一次也是如此，就算她再怎么跟 N227 发脾气，激怒她的千瑛和杉耶也不会受到半点损伤，她的言语反而会中伤关心她的 N227。

无论如何，佐佳一点也不想让 N227 不开心。

她不想失去任何人了，此时此刻的她没有办法让他离开。

“没有做什么，”佐佳回复短信过去，“仔细想想我有点冲动了。”发完这条短信，佐佳看着屏幕沾沾自喜了一会儿，心想自己真是成熟了不少。

然而那个时候的佐佳还没有想到，之前让她狂躁不已的意外事件只是个导火索。

察觉到千瑛喜欢庆佑并不是一件难事，杉耶看到千瑛在提起庆佑时露出的倾慕表情以后就默默把庆佑列入了自己需要关照注意的人员名单之中。转校生刚来班上就顶了千瑛的嘴，本来只想让她尝点教训，所以在体育课上稍加刁难，却没有想到事情越闹越大，转校生对千瑛竖起的用于自保的刀刃貌似一不小心还划伤了千瑛本人。而且庆佑也卷入了这一场小打小闹之中。

杉耶下定决心让转校生吃点苦头，不能让她觉得她们校园霸王花是白当的。

第二天佐佳厄运不断，先是座位上被胶棒涂过，虽然粘不住人但也非常碍事，弄得裤子黏黏糊糊。然后午休过后醒来发现自己头上都是楼下的落叶，还有放学时才注意到自己的作业本被藏。

对方的恶作剧手段幼稚无比，却让同样身为小学生的佐佳内心原地爆炸。

佐佳咬牙切齿，在座位上大骂杉耶神经病，继而掏出手机找 N227 抱怨。庆佑手撑着脸跟她搭话："新同学你很喜欢用手机啊。"

"嗯？啊，是啊。"佐佳头也不抬，继续摁键，将杉耶的智障行径一条一条向 N227 列举出来。N227 先是笑到不行，然后还是忍不住问她到底得罪了杉耶什么。佐佳自己也是丈二和尚摸不着头脑，虽然说她昨天的确是凶了千瑛，但那也是千瑛的事情，关杉耶什么事，何况当时她还是被冒犯的一方，毕竟今天她还用着皱巴巴的课本呢。

N227 发消息过来："佐佳，你是为什么得罪她们的？"

"什么为什么？"

"你是不是一开始不想花心思去跟别人好好相处，结果自己心里不知道为什么越来越烦躁，后来反倒和同学扯上对自己没有好处的关系？"

N227 一语中的，佐佳愣了好久，然后有点不情愿地回答说："嗯。"

N227 说下去："别总想跟别人撇清关系，没有人能不依靠任何事物活下去。”

佐佳拿着手机沉默了好久，因为 N227 说的这段话而陷入沉思。她那小小的脑仁还不够她想明白 N227 到底说的是什么意思，可是却让她感觉到了一点点清醒。正当佐佳似懂非懂地回过神时，突然发现自己邻座的同学就那样直直地看着她。

庆佑看着她，不知道为什么浮起笑容，又开口说：“学校其实是不准用手机的哦。”

“是吗？”佐佳吓了一跳，看了看庆佑又看了看四周，虽然心里有几分不相信，但还是乖乖把手机收起来，“那好吧，谢谢你提醒。”

佐佳收起手机以后实在无聊，到了课间不和 N227 说话实在寂寞，她左顾右盼，百无聊赖。与其说她不想和可怕的庆佑说话，不如说她根本都没法靠近他半分。不知道为什么一到下课他旁边就围了不少朋友，跟他东扯西扯，有人说昨天的篮球比赛，有人说下一次的数学测试，有人说刚出的漫画内容，有人单纯无聊过来盯着庆佑看。

正在无聊的时候，黑压压的影子从头上盖下来，佐佳一抬头，看到头发很短皮肤小麦色的男孩子站在她课桌前面。那是班上不太念书的顽劣同学代表之一孝烈，老师让他换座位到佐佳前面来。佐佳前面的同学以自己看不清黑板为借口跟老师要求了更换座位，不过谁都不知道他是不是嫌佐佳坐在后面危险，担心千瑛她们整蛊佐佳不知道什么时候会连累自己。

孝烈好像和千瑛关系很好，佐佳心里一凉，不动声色地把桌子往后挪了挪。孝烈压低眼睛，明显看到了她的小动作，他好像心情很不好，什么都没说，径直把自己的椅子往后挪了挪，导致他跟佐佳的距离根本没有变远。他就这样直接坐下来，享受由佐佳贡献的宽敞空间，而佐佳只好坐在狭窄的座位一阵无语。

关照佐佳关照了一整天，快放学的时候杉耶自然要过来耀武扬威一番。佐佳咬着牙忍耐，杉耶一边笑一边抓着她的衣服摇晃。千瑛站在一边一副困得要死的样子，差不多得意完了，杉耶用力揪着佐佳的衣服质问她："你总该跟千瑛道个歉吧？"

"凭什么要我……"佐佳抬头回话，忽然想起N227之前教训的话。吃一堑长一智，佐佳没精打采地说："好，对不起。但这不代表你们没有错。"

"你这人……"杉耶气得想抬手打人，扬起的手却被钳住。她吃惊地抬起头，看到庆佑阴冷的脸。教室里的白炽灯打开，窗外快要下雨，阴影沉沉地垂下来。庆佑抓着她就要打下去的手臂，一字一句地说："有话好好说，不要动手打人嘛。"

千瑛忍不住惊呼出声："庆佑？！"

要知道，打人被人拦住，这大概是世界上最尴尬的事情之一了。杉耶结结巴巴给自己壮着胆子大喊："庆佑！这不关你的事吧！"

庆佑的面容依旧柔和，可是透着一分渗透人心的冷漠。千瑛的目光死死驻留在他脸上，想要看透什么。

手机短信提示音响起，突兀地打断尴尬的气氛。佐佳恍惚了一下，反应过来以后有点兴奋，满是期待地打开手机，是N227。他发来短信说："你放学了没有啊，回去我教你做作业啊。"

又可以被教写作业了，佐佳一下子没能忍住，开心地笑出来。她把手机盖上，抬头恢复刚才冷漠而充满敌意的表情说：“我要回去了。”各自有人在相互敌视，可是引发这一切的人却一副事不关己的样子说了句“我要回去了”，然后就收拾好书本背好书包迅速离开了。

剩下三个人目瞪口呆。其中一人感觉自己的心千疮百孔。

06

N227 还是一如既往地在讲课上仔细耐心，该讲的都会讲，不必要讲的也会仔仔细细地讲，保证佐佳能够把作业做得很好。前一天佐佳的作业刚刚得到表扬，她的心情格外好，还特地称赞了 N227 一番，简直实力吹捧，她毫不吝啬自己的夸奖：“N227 简直世界第一棒！你最厉害！”

“少油腔滑调，”N227 已经熟悉她的套路，言辞逐渐开始故作冷漠，“有精力乱说话还不如多做几套试题。”

佐佳小心翼翼地撒娇：“可是就是 N227 有的时候对我太冷漠啦。”

“不冷漠一点的话，你怎么变强啊。”N227 的语气好像有点无奈，“以后的路你怎么一个人走啊。”

佐佳抓着微微发烫的手机，看着外面缓慢下沉又瞬息万变的夕阳。微风从窗户吹拂进来的时候，她忽然有点想念哥哥。已经很久很久没有见过哥哥了，可是内心的寂寞却没有想象中那么可怕，每天可以和 N227 发短信，就算是见不到，也仿佛时刻都在一起。

与其说痛苦到快要崩溃，不如说因为有慰藉，所以伤痛也变得有道理起来。

她低下头给他发了一条短信。

“假如有妹妹的话，你一定会是最好的哥哥。”

吃过晚饭之后，佐佳总觉得肚子很胀，加上已经在 N227 的强大辅导下做完了作业，电视翻来覆去也没有什么好看的节目，她索性和苏阿姨说了一声独自出去散步。路灯很亮，街上的人来来往往。N227 发消息给她，问她在干吗。佐佳站定脚回复：“在街上闲逛。”

“闲逛什么，给我赶紧回去！”假如 N227 现在在她面前的话，估计是放声怒喝了。

佐佳腹诽 N227 世界第一啰唆，随手回了句：“我就去玩玩，不要紧。”她索性把手机收了起来，然后慢慢悠悠从家那边往外面走过去。

学校后面延绵的小山在月色中发亮，佐佳无处可去，学校有操场可以绕圈，后面风景不错，加上地点也熟悉，佐佳索性散步过去打发时间。夜里有水汽徘徊，蝉鸣在操场中回荡，草的清香浮在半空之中，佐佳百无聊赖沿着操场慢悠悠地散步，时不时掏出手机看两三条 N227 发来的琐碎唠叨。

就在佐佳走到靠近小山的跑道上时，远处忽然传来一阵阵钝器敲打的声音。佐佳一开始以为是自己幻听，有点狐疑地抬头看向山上。那里一片昏暗，什么也看不清，可是确实有敲打声传过来。佐佳望了好久，心里感到有点恐惧，却还是觉得好奇得要命。

敲打声响个不停，佐佳的心跳也随着那敲打声加快起来。她心想，就看一眼，稍微靠近一点点，看一眼就好了。这样想着，身体就已经开始动了。佐佳慢慢地往上走。事实上，敲打声的来源地比她想象中近很多，她只不过是往上走了几步，就已经看到了那个人。

那个拿着棒球棍，站立在月光下，像是在打击自己不共戴天的仇家一样敲打着地面上的东西的男生。

男孩子抬起头来，五官在光影中分明又锋利。他猝不及防看到她，脸上也出现了细微的错愕表情。

佐佳看着那张脸，惊讶的神情在脸上缓慢地绽开来。她微微张了张嘴唇，犹豫了好久，还是喊出了那个人的名字："……庆佑？"

庆佑呆滞了一下，然后一如既往像是什么都没有发生一样笑起来。他的笑容和白天在教室的时候没有什么大的不同，只不过这一次更加绵长，在这样微妙的气氛之中透出几分令人毛骨悚然的孤冷感。

他微笑着跟她打了招呼："佐佳。"

真的是庆佑。

那个在班上备受欢迎、完美无缺的庆佑。

佐佳颤抖着开口："……你在这里干什么？"

"这么晚了，"庆佑强硬地转开话题，不回答她，"你快点回去吧。"说着他就熟练地把球棍搁到一棵槐树旁边，若无其事地向佐佳走过去。佐佳吓得后退了几步，而庆佑从小山坡上径直滑下来，速度非常快。他一下子跳到她旁边，伸出手抓住了她。

佐佳挣脱不开男孩子的力道，也来不及躲闪，就这样直接被他抓住手腕。虽然很害怕，可是庆佑的手指是温的，和白天在教室里碰到的一模一样。

“我送你回去吧，你家住在哪里？”

佐佳内心立刻开始警惕，开口回答：“没关系的，我自己回去就可以。”

“那好吧，路上小心。”庆佑轻轻耸耸肩，看起来就像刚才根本没有做过什么，他只不过和佐佳一样来学校散了个步。

也许真的只是来学校散步呢？佐佳的头脑飞速运转，她想要给刚才的庆佑找个理由，让自己能够安下心来。可是刚才庆佑仿佛在球棍中灌注全部仇恨一般的敲击动作再次闪现，佐佳咽了一口唾沫，转身立刻要走。庆佑忽然又开口了，在她转过去的一瞬间：“佐佳。”

“啊？”她悄悄回过头。

“今天晚上的事情，”庆佑看着她，笑容如同月光一般柔和明亮，“麻烦你不要告诉别人。”

“……我知道了。”佐佳回答以后拔腿就跑，生怕身后的庆佑掏出一根棒球棍将她一棍打晕。但是庆佑明显并不打算这样做，他站在原地，看着她跌跌撞撞跑走，笑容冷却下来，目光中却并没有凶狠。

他轻轻地叹了口气，那张如同月光一般白皙的脸溢满与他年龄不符的悲伤。

佐佳夺路而逃，疾速跑回家，苏阿姨听到她甩门的声音还特地冲过来问她怎么回事。佐佳不回答，迅速爬到床上用被子罩住自己，手心都是冷汗，她掏出手机把这件事一五一十全部告诉N227。因为事件太可怕，她还反复申明好多次自己没有骗人，没有胡编。

N227第一反应就是斥责佐佳："我叫你不要晚上了还跑出去乱晃！乖乖在家里写作业哪里会遇到这么多事！万一对方真的是罪犯你现在就被他埋在后山上了！"

"对不起对不起，我再也不会这样了，以后一定乖乖听你的话！"佐佳怕得要命赶紧回信讨好。

N227稍微解气一点，加上也意识到了小女孩此时此刻有多么害怕，放缓语气继续说下去："以后一定要小心，对这个同学也是。"

佐佳想了想，打字发过去问道："不过为什么庆佑会在那里用棒球棍杀小动物啊……"

"佐佳大小姐，我要是知道的话，直接去算命不就好了。"N227语气里都是不满。

"有时候我真的觉得你挺像算命的，"佐佳回复说，"很多时候都感觉你很了解我。"

"废话，"N227说，"这个世界上可能就我了解你了。"

这句话在手机屏幕上显现出来的时候，佐佳稍微愣了一下。她看着那行文字呆滞了很久，虽然没有明白但是总觉得字里行间夹杂着什么重要的细节，抬手开始摁按键："你这是什么意思？"

N227 又一次停顿了。很久之后手机提示音响起，佐佳耗费了很大的勇气去点开，本以为信息里会出现可怕的内容，没有想到 N227 只是说：“因为我现在只认识你一个人。”

“你真的谁也想不起来吗？你自己也是吗？”

“差不多，”他说，“不过最近稍微想起了一些细碎的事情。”

“什么事情？”

“没什么，那些都不重要的。”

07

童年是需要呵护和引导的。小孩往往对世界的可怕之处一无所知，只能凭借本能行事，有的时候就是这天真的本能，致使他们不知不觉走向孤独的荒野。

第二天去上课的时候，佐佳感到非常的害怕。她到得很早，小心翼翼地进了校门，一路上非常害怕遇到庆佑。到教室门口的时候，佐佳的动作都开始变得蹑手蹑脚的，她偷偷摸摸把门推开一条缝隙，伸进脑袋去小心翼翼地张望。正当她在侦察的时候，座位附近忽然传来爽朗的嗓音：“你到了啊。”

佐佳吓得几乎摔倒，往后猛地一退，结果头被卡在门缝里挤了一下，疼得大叫了一声。教室里面有些暗，但是靠近座位的地方有阳光从窗户照射进来，将男生温和的面孔照亮。庆佑一点也不慌张，看到她的窘态甚至忍不住笑了出来，那笑脸里没有半分恶意，相反，那张笑脸好看到佐佳有些看呆了。

庆佑说："小心一点啊。早上好，佐佳。"

"……早，早上好，"佐佳揉着脑袋站直身子，"庆佑同学。"

"今天你来得格外早啊，昨天睡得很早吗？"庆佑打了个招呼以后就继续低下头翻动书页，佐佳瞄到那是科学课的课本。庆佑头脑一直很好，数学之类的主科轻轻松松也能考得很好。同时他对那些不需要考试的科目反而很感兴趣。

"也没有很早……"遇到了那么诡异的事情怎么可能睡得早。她昨天晚上在学校后山偶遇庆佑之后可是回去跟 N227 抱怨撒娇到大半夜呢。

庆佑继续看书，不再接话。教室里除了他们俩以外谁也没有，缄默像是海水吞没整个房间，尴尬在水中蔓延，佐佳坐到自己座位上假装在书包中翻找东西。找了好一阵子，庆佑也一点都没有提起昨晚那件事的意思。佐佳索性深呼吸一口气，把手机拿出来专心致志地面对短信的编辑页面。她发消息给 N227："在吗？"

"干吗？"N227 的回复，简短得有些无情。

"刚进教室就遇到庆佑，"她噼里啪啦地打字，"现在只有我们两个人在教室里面。"

"……"N227 发过来一长串省略号，良久，他回复说，"别离他太近了。"

佐佳看到他的这句话有点崩溃："搞什么啊！他是我隔壁桌，怎么可能离得远？"

N227 理直气壮："你出教室不就好了。"

佐佳一时语塞，气鼓鼓地就要打一大串低级的骂人词汇回复 N227，身旁的美少年忽然笑吟吟地开口，虽然目光并没有漂移上来和她对上："佐佳你，很喜欢玩手机呢。进来之后一直在收短信。”

“啊！吵到你看书了吗？”现在在佐佳心里，庆佑是连环杀人犯一般的存在，这句话听在她耳朵里无疑是恐吓，“对不起！对不起！我马上调静音！”

“没有啦，”庆佑抬起头来，笑容如同绕指的水，温和得没有丝毫杂质，“我只是说说而已，你不用那么怕我。”

“啊！好的……好的。”佐佳嘟囔着摆动手臂想让自己显得没那么慌张，可是手不小心打到桌面上的手机，手机猛地被甩下桌子。手机掉下去的时候，千瑛正好推门进来。佐佳像被踩到尾巴的猫一样跳起来，还好庆佑眼疾手快，伸手一把接到了手机。他微微叹气：“幸好没摔到。”

“谢谢你！”佐佳道着谢接过手机，心里感叹幸好还能继续和 N227 保持电波交流，不由放心地对着刚才还非常提防的对象露出了灿烂的微笑。庆佑的目光在她的脸上流转，也笑起来，然后说：“你存一下我的号码吧。”佐佳点点头，他拿过手机存下了自己的号码。

刚刚进门的千瑛看到这一幕情景，有些不知所措。此时此刻开口打招呼会打断他们，退出去又太做作，直接走回自己的座位也未免太难堪。她就那样站在那里看着他们存完号码开始各自忙自己的事情，才慢吞吞地走进去，心脏里像是灌满了酸性的液体，在胸腔中摇晃震荡，在心上腐蚀出一个大洞来。好痛好难受。

佐佳看到千瑛，一句话都不想说。庆佑冲着她看过来的目光点了点头，千瑛也草草点头回应，抓紧时间冲到座位旁边坐下，脸颊有点发烫，真是不走运，为什么教室里刚好只有他们三个人。千瑛犹豫了好久，差点从书包里掏出作业来写，可是这也太不符合她的风格了。犹豫很久以后，千瑛还是站起身走到佐佳的座位旁边，高大的阴影投射下去盖住佐佳的头。佐佳抬起头来，看到是千瑛以后眼神立刻变得警惕而不耐："有事吗？"

千瑛咽了一口唾沫，眼睛看向其他地方，有些别扭地红着脸问佐佳："你放学以后有没有空？"

"你……"佐佳吞吞吐吐产生可怕的猜测，"你想干什么？！"

"不会找人乱来啦！只是想跟你一起去书店看看，顺便聊聊天而已。我请你喝奶茶总可以了吧？"

佐佳感到莫名其妙，但是又没有特别的理由要拒绝，加上她突然想起之前那本数学练习册已经写完了，她正好需要去书店，所以最后她还是答应了："好吧。那放学的时候你等等我。"

等到千瑛走开，教室里慢慢地来了一些其他同学，佐佳也放松下来。课代表开始收作业，庆佑忽然开口搭话说道："你真的是个很好的人呢。"

"欸？"佐佳听到庆佑的声音以后条件反射全身收缩，紧张得心脏怦怦跳，"怎么这么说？"

"明明她之前对你做了很过分的事吧？你知道她不是好人，可是她邀请你去书店你也没有拒绝。"庆佑这样说，"你不怕她把你带到什么地方在校外欺负你吗？"

"哈哈哈，"佐佳笑了笑，"我才不怕呢，我有我哥……"话还剩下一半没有说出口，她忽然想起令人恐惧的事实，于是只能像是被水壶烫到迅速收回手一般闭嘴。不知道为什么，难过的情绪居然已经没有那么强烈，她只是在想假如告诉了N227，他肯定要说她大大咧咧完全没有一点自我防范意识了。

我们最后总要一点一点接受至亲消失的事实。虽然一开始可能无比悲痛，可是世界总是不管发生了什么都继续运行下去，我们必须接受事实并且尽快重新活下去。还好有 N227。

放学时间很快就到了，佐佳早早地收拾好东西走出去，却发现千瑛比她还要快，早就已经在外面等了。佐佳故意咳嗽了一声，千瑛转过身看到她以后特意不爽地说了一句“咳什么咳啊”，然后两个人一起并排步行往书店的方向走。佐佳拿出手机给 N227 发短信说自己已经放学了，正在和千瑛一起去书店，顺便跟千瑛打破沉默：“怎么突然叫我去书店？”

“有事情和你说啊，”千瑛开口道，“要喝奶茶吗？”

“不用了，我自己有钱买的。有什么事？”佐佳问道。

想说的话总是很难说出口，千瑛沉默了一会儿，张开的嘴咽下了好几口风，最后还是吞吞吐吐说出另外的话：“那个……你和庆佑关系很好啊？”

谈起庆佑，在明朗的月光下举起球棒击杀生命的情形再次入侵头脑，佐佳吓得一时噤声。她忍不住抬高分贝：“才没有很好嘞！”

“真的吗？”千瑛压低声音重新问了一次。事实上此时此刻她的心绪乱成一团，明明不是想说这句话的，虽然说的确对于庆佑的事情有点在意，可是现在这样说出口感觉就像诘难一样，万一要是让佐佳更加不高兴，那么就南辕北辙了。

手机铃声一响，N227 发消息过来说：“怎么和她一起？要和好？”佐佳一看到屏幕就忍不住眉开眼笑，回复消息说“我不知道”，然后又想起庆佑平时帮助她的时候温柔的表情，最后还是开口重新回答千瑛：“就只是普通的同桌，算是朋友吧，虽然我对他还不是很了解。”

“是这样啊。”千瑛仔细打量着佐佳的表情，感觉佐佳的注意力似乎比起庆佑更多地放在手机上面，不自觉也松了一口气，“你在和谁发短信？男朋友？”

“才不是！”佐佳再一次受到惊吓，“是……是我哥哥啦！”

“你有哥哥的？”

“嗯。”末尾那句“虽然已经死了”被生生咽了下去。

两个女孩子一起走进了书店，今天是工作日，所以室内并不像周末一般拥挤。千瑛一看就没怎么来过书店，只是单纯地去看漫画。佐佳让她在那边等她，自己一个人去看数学题册。背后不知道什么时候出现一个中年男子。佐佳那天穿的是一条很短的连衣裙，露出有点肉肉的腿来。一开始佐佳只发觉那个人在身后走来走去，并没有想太多，然而过了一会儿，她发觉那个人开始刻意地蹭自己的腿。那个时候佐佳还完全没有了解过那到底是怎样一回事，她之前没有看过这一类的书，也没有人教过她这是干什么，但是佐佳还是感觉到了危险和恶心。她隐隐约约觉得这是不好的事情，想要加快脚步离开，可是身体又怕得一时失神。身旁忽然有微微沙哑的女中音响起：“你在干什么？！”

佐佳抬起头，看见千瑛愤怒的脸。千瑛大步走了过来，她个头很高，一双明亮的眼睛显得有几分男孩子的凶狠气。她一把抓住佐佳的手，狠狠白了那个男人一眼吼道：“我们走！”

感激的心情从心底一涌而出，佐佳莫名感觉千瑛非常可靠，那只牵引着她的手非常温暖，令佐佳想起哥哥。千瑛一路牵着佐佳结账出去，直到走到了大街上才大声喘气着质问她：“你干吗不反抗啊！那个人在做那么奇怪的事情！”

“对不起……”佐佳愣了愣，“对不起……我一下子没反应过来。刚才很谢谢你。”

“道什么歉啊！你这家伙真是的！”千瑛没想到佐佳会这么乖乖地道谢，竟然有点不好意思，只能故意别开了头，顺势把今天本来的目的和盘托出，“其实今天叫你来是想跟你说我没有欺负你的意思啦，之前是我不好。但是我不是故意想那样的。杉耶也是，她其实也没有恶意的，只是太护着我了。”

佐佳呆呆地看着千瑛，突然也被吓到了。那个千瑛居然在好端端地跟她道歉。佐佳挠挠头说：“我……我知道啦，你不是故意的，杉耶其实也只是恶作剧……”

“你知道什么啊！明明之前还恨我恨得要死。”千瑛不满地撇撇嘴。

佐佳长叹了一口气：“才没空恨你呢。为了答谢你，我请你喝奶茶吧。”

两个小女孩说着一起去了奶茶店，喝完奶茶才回去。等佐佳到家，已经到了吃饭的时候，佐佳吃完饭开始写作业，又发短信给 N227：“今天我和千瑛和好了。”

“是吗，小孩的友情真是随便。”

“你真是……”佐佳实在拿这个家伙没办法，“一天不说怪话会死吗？！”

“对不起，对不起，”N227 承认错误的速度快得像是火箭，“玩得开心就好。多交可靠的朋友吧，然后就不会感觉寂寞了。”

佐佳笑嘻嘻地回复过去：“我才不寂寞，反正有 N227 在嘛。你永远陪我就好了。”

N227 很久都没有回复信息，佐佳一度以为是他忽然手机没电，又或者是没看到短信，于是安心地继续写作业去了。直到临睡前，她才看到他回复的短信。他说："你希望这样吗？"

佐佳穿着睡衣躺到床上，发短信过去说："嗯，希望的哦。"

然后他就没有再回信过来。

亲爱的爸爸妈妈

01

体育课上，佐佳和庆佑分到了一组。已经将近一个多月没有说过什么话，佐佳大概是唯一目睹过庆佑秘密的人，两人的尴尬不言而喻。然而庆佑却毫不在意的样子，两个人需要配合做投球，庆佑把球投掷过去说：“谢谢你没告诉千瑛我的事。”

“你……你怎么知道的？”佐佳大惊失色，接过球以后又往回扔，结果失手扔偏了方向，继而惊慌失措地问道，“你问了她吗？”

“问她我不就暴露了，”庆佑俯身捡球，抬起头时露出一抹十分镇静的笑容，“那天刚好在街上看到了你们，所以就稍微跟踪了一下。”

“你居然跟踪我们？！”佐佳忍不住抬高声音，意识到周围的人都看了过来才收声。庆佑倒是看起来一点也不着急，只是继续保持着完美的微笑注视着佐佳。佐佳有几分不快，但是又没法表现出来，想起那天所经历的事情，难免有些羞窘，她说：“干吗要偷偷跟着啦，出来不就好了。”

“你们看起来很开心，我也就没好意思打断。”庆佑继续抛球给她。

佐佳接到球，居然想到另外一件事，她注视着庆佑的笑容继续把球扔回去：“你是本来就想笑吗？”

“欸？”

“因为明明在聊不是很开心的事，你也在笑呢。”佐佳扔出球以后直起身子，“聊担心的问题的时候，就不用笑了。露出自己本来想露出的表情比较舒服吧？”

球被投掷出去打到男生的手臂，男生却一点也没有动弹，就那样保持着原来准备接球的姿势，望着佐佳一动不动。他的笑容缓慢地褪色，最后变得没有任何表情。他的眼睛里微微闪着光。

佐佳低下头去，不知道为什么她总觉得恍恍惚惚在庆佑身上看见了哥哥的影子。哥哥似乎也是这样，面对她的时候总是微笑的，看起来像是什么也不害怕，足以令佐佳什么都不担心。那一份微笑之后，哥哥是真的想要露出微笑吗？

可是在哥哥死去以前，佐佳从来没有想过。

下课铃响起来，佐佳抱着球拿去器材室归还，慢吞吞往楼上走。庆佑沉默着跟上来走在她身后，那种不愿意开口说话的样子令佐佳有点害怕，可是一时之间她也不知道该说什么，于是索性装作不知道他跟在身后。庆佑跟着她一起从器材室走出来，然后步行回教室，庆佑忽然问她：“今天，去我家玩吗？”

“欸？”佐佳有点吃惊，毕竟这个邀请实在是太突然了，“这么突然？不过可以啦。”

“好，”庆佑并没有回答突然与否的问题，只是这样说道，“那今天放学，一起去我家吧。”

佐佳点点头，走回座位坐下的时候，那一天晚上皎洁明亮的月光与手刃生灵的男生的影子又出现在眼前，佐佳忽然有点紧张，忍不住拿出手机发了一条短信给 N227：“怎么办，庆佑邀请我去他家！我总觉得有点怕。”

N227 迅速回答：“没事，你别答应就好了。”

“……”佐佳操作着手机编辑出一串省略号，“可是我已经答应了。”

N227 也回复了一串省略号：“……”

佐佳发送出自己所有的最糟糕的幻想：“万一要是他把我骗到他家里去然后杀掉我灭口怎么办？他会不会用棒球棍像是砸死那些小动物一样砸死我，我不想变成肉酱，怎么办，N227 你救救我！哥哥你救救我啊！”当消息已经开始传送的时候，佐佳才发现一件事，她在情急之下居然称呼 N227 为哥哥了。而且在她还在为这件事犹豫的时候，却发现 N227 已经仿佛完全没有意识到这一点一般熟练地回复短信回来了。N227 说：“你之前是不是跟我说，你已经交到朋友了？”

“呃，千瑛勉强应该算是……”

“问问她要不要一起去吧。”N227 非常含蓄地做出了友情建议。

于是在放学以前的课间，佐佳非常委屈地争分夺秒跑到了千瑛身边。当时杉耶正在千瑛旁边和她谈论最近新出的手机，佐佳站在一边尴尬了很久，杉耶早就听说了千瑛和佐佳和好的事，但是还是有些拉不下脸来接受事实，俯下身翻着白眼悄悄问千瑛："喂，转学生在那里看着我们呢。"

千瑛漫不经心地抬起头，看到是佐佳以后有些惊讶："佐佳？有事吗？"

"千瑛，"佐佳有几分尴尬，犹豫了好一阵子才下决心，"今天放学你能不能陪我一下！"

"你你你你你你你你！"听到这句话以后，杉耶比千瑛还要激动，"你想干什么？我们都已经跟你道歉了！你还想干什么？！"

佐佳已经领教过杉耶的脾气，索性懒得管她，反正自己找的是千瑛。她激动地抓着千瑛说："就是……那个……呃……你想去庆佑家玩吗？"

狂喜如同海水翻卷而来，怀疑与错愕都被一时的兴奋冲散，千瑛回握住佐佳的双手："你说真的吗？！"

02

然后等到放学的时候，庆佑所带着的人就从一个变成了两个。庆佑的脾气实在好到佐佳内心微妙，当千瑛也过来的时候她还做好了假如庆佑问她为什么她就要泼撒娇耍赖皮的准备，然而庆佑只是看了一眼，就轻轻笑着说："千瑛也去吧？"

反而被邀请了。然后千瑛就再一次体会了狂喜席卷胸腔的感受。放学以后，他们三个人一起肩并肩步行去庆佑家里。一路上庆佑始终沉默着，但是看起来却并不沉重。千瑛算是个活泼的人，拉着佐佳聊这个说那个，还能够兼顾到庆佑。佐佳说话的时候，庆佑会抬起头来看她。他的眼睛里微微闪着光，看起来像是满是好奇的小狗。

庆佑家住在一个很普通的小区里，看起来不过是平常人家。转学生佐佳不知道，可是千瑛知道，庆佑之前从来没有谈起过家里，更不用说带人回家了，因此佐佳一定是有什么魔法，才能让庆佑主动邀请她去他家玩，而且还能够顺便带上千瑛。千瑛也偷偷打量佐佳的脸，再怎么看都只是一张普通小女孩的脸，或许更加坚韧一点，可是也不过如此而已，放到人群里可以立刻被淹没消失不见。佐佳完全不知道千瑛的内心活动，也不知道庆佑过去对自己家庭情况铜墙铁壁一般的维护，她只是普通地抬起头普通地感慨了一句："你家住在这里啊，几楼？"

庆佑带着她们一起上了楼，开门的时候千瑛很激动。毕竟她心里一直对庆佑抱着一种微妙的情感，如今终于可以窥探他的生活。室内摆设很整齐，然而窗帘死死闭拢所造成的阴影给人以厚重的沉闷感。

佐佳随意地走进去四处打量着问："所以说你叫我来你家想做什么？"

"其实……我也没想好，"庆佑转过头露出一个不容反驳的温柔笑容，"就只是觉得这个场合邀请别人来自己家玩很合适而已。"

"什么乱七八糟的。"虽然觉得这种理由有点滑稽，但佐佳还是忍不住爽朗地笑了起来。

家里没有任何人，庆佑带她们来到自己的卧室，从衣柜内侧搬了一大摞书出来。佐佳和千瑛都狐疑为什么庆佑要把书藏在衣柜里，但是当庆佑的书全部被拿出来的时候，千瑛定睛一看惊呼起来："是漫画！哇！好多最新的漫画！"

平时佐佳偶尔也看漫画，但是并没有千瑛了解得那么多，庆佑搬出漫画书以后微笑着坐到地上："你们随便看吧，就当打发时间。"

千瑛立刻挑了一本津津有味地看了起来，佐佳也随便选了一本坐在地上翻阅。庆佑起身去倒茶。佐佳开口问："你这些书都是自己买的？"

"嗯，"庆佑在厨房里回答，"不然呢。"

"你居然也会看漫画，真是难以置信。"千瑛笑嘻嘻地说。

"嗯，"庆佑说，"偶尔看看吧，其实我自己也有画一些。"

"欸？！"佐佳和千瑛一齐高声喊起来，"真的吗？！"佐佳双眼发光往门口靠近："你可以拿给我看看吗？！"

庆佑从门口露出半张脸，笑容看起来并不像以前那样完美精致，相反显得更像一个普通的小男孩。他笑着试探说："可以吗？"

"嗯！拜托了！"佐佳和千瑛不约而同说。

庆佑从外面跑进来，然后从书柜的某本作文书中翻出了几张纸，故作随意地拿给他们。两个人拿到一看，佐佳最先叫出来："很好看啊！"

"天啊！"千瑛也大呼小叫起来，"你居然画得这么好！你是想要当漫画家吗？"

"啊！"听到千瑛的那句话，庆佑突然像是被踩到尾巴的猫一样跳起来激动地说道："没有啦！我没有要当漫画家！啊！我怎么会想当漫画家呢！"

千瑛和佐佳无语地回答："是这样啊。"真是一个不容易读懂的人啊。

庆佑尴尬地收起自己的画作，迅速地又走出去继续给她们准备饮料。就在他全部盛好打算送进来的时候，门忽然发出一阵响动，庆佑抬起头，看见中年女人出现在门口。

中年女人看到地上多出的鞋子，怀疑地抬起头问道："你带了同学来家里？"

庆佑的面部肌肉在一瞬间收缩紧绷，他仿佛突然死死地咬紧了牙关："是的。"但与此同时，他立刻想到了自己在卧室里摊开的那些漫画书。他想要赶紧回去，可是已经来不及了。他眼睁睁看着中年女人走进了卧室，看到了坐在地上的两个小女孩以及摊在地上的一大堆漫画书。

女人走进房间看到那些漫画书时瞳孔明显缩小，她甚至没有来得及和自己孩子的两位同伴打招呼就已经尖叫起来，像是看到地上有蟑螂："庆佑！这是谁的书？"

庆佑迅速奔到门口，那是千瑛和佐佳第一次见到那样阴沉的庆佑，仿佛有一片厚重如山的乌云压在他的头顶，他一点也笑不出来。千瑛完全愣住了，就算她是一个小女魔头，可是面对眼前看起来实力完全超过自己的大女魔头，她完全说不出话来。庆佑缓慢地开口了："妈妈，那是……"

"阿姨，"佐佳忽然插嘴，"那是我的漫画书。"

说实话，佐佳当时其实并没有其他多余的想法，她只是觉得庆佑看起来并不想母亲发现自己的漫画书，于是她下意识地开口谎称那些漫画书是自己的。

小时候佐间就经常做这样的事。那个时候父母虽然给他们两个孩子都买了手机，但是却一直很排斥他们用手机玩游戏。佐间很听话，他就像是那个年代的模范小孩，基本没有怎么玩过手机游戏，可是佐佳却不是这样。佐佳一直在偷偷地玩着手机上的游戏，即使爸爸妈妈每次发现都要大声斥责她。佐佳和佐间的手机一模一样，有一回佐佳在床上玩手机，忽然起身想做什么，就随便把手机打开着游戏放在床上，结果被爸爸妈妈发现了。爸爸妈妈问起是谁在玩手机的时候,佐间主动承认了是自己,替妹妹顶了罪。长大历程之中，这样的事多得数不胜数，哥哥永远在保护她。

直到哥哥死去。

庆佑的母亲稍微愣了一下，佐佳已经继续说下去，小女孩撒谎的技术堪称一流，她的表情看起来不容置疑："不好意思，阿姨，我只是想在庆佑房间里随便看看打发时间的。"

对方稍微愣住，成年人的理智回到身体里，她似乎也意识到刚才自己有些失礼，庆佑的妈妈恢复微笑，稍微有些不好意思地说："是这样啊，不好意思。欢迎你们来我们家里玩。"

"谢谢阿姨。"两个女孩子怯生生地回答。

庆佑的声音听起来有几分嘶哑:"只是同学来家里玩,妈妈。不可以吗？"

"可以啊,可以,"庆佑的妈妈侧过头望了他一眼,"你们慢慢玩吧。庆佑，别忘了今天把作业写完以后还要做初中的物理题册。"

等到女人离开以后,庆佑才慢慢走进屋坐到地上,他对佐佳说:"谢谢你。"

“你妈妈不让你看漫画吗？”佐佳压低声音问他。

“差不多吧，”庆佑清爽地笑了笑，看起来像是刚才什么都没有发生，他恢复的迅速令人咋舌。此时此刻沉默的千瑛再一次陷入后悔当中，她好羡慕佐佳。为什么当时她没有能够反应过来帮庆佑说话呢？她又输了，输得无可救药。她不由产生自己永远不可能赢过佐佳的感觉。现在庆佑看向佐佳的眼神与他看别人的感觉完全不同，千瑛感到毛骨悚然，他们三个人已经很明显形成了一种尴尬的气氛，虽然明明是她陪佐佳来庆佑家，可是明显佐佳和庆佑两个人是一起的，而她只有自己一个人。好尴尬。千瑛开始思考自己要不要开口说自己想要先回去。

然而佐佳却忽然站了起来，她说：“不好意思，我要回去了。”

庆佑微微地皱眉，笑容并没有改变半分：“好的，那我送你出去。”

千瑛知道庆佑并没有那么希望她继续留下来，加上她也实在没有勇气面对庆佑那个女鬼一样的妈妈大人，于是她也赶紧站起身搂住佐佳：“那我也走了。”

面对千瑛的离开，庆佑的反应明显没有对佐佳的反应大，他只是客气地对千瑛点了点头，一起送她们出去。佐佳头也不回，看起来是真的一点也不留恋这里，千瑛在心里长长地叹气，感觉佐佳不喜欢庆佑真是太好了。

从庆佑家出来以后，千瑛还沉浸在去过庆佑家的兴奋之中，佐佳却若无其事地拿出手机再次恢复了平时她面对手机时纯粹喜悦的表情。她着急地发了短信给 N227，她抑制不住兴奋说：“我成功活着从庆佑家出来了！”

N227 也许等待她的消息已经有好一会儿，此时此刻迅速地回信过来：“如何？”

佐佳和千瑛已经走到交叉路口，两个人相互道别以后，佐佳继续专心致志地给 N227 回短信："还不错，看起来不是一个变态杀人魔。不过他妈妈很吓人。"

N227 发消息过来说："说说看，为什么说他妈妈吓人？"

03

佐间和佐佳的父母都很普通。父亲身材修长，微笑时会把嘴巴咧得很大，平时工作非常忙，喜欢吃冰淇淋和海鲜三明治。母亲是一家广告公司的职员，擅长做图和创意设计，喝酒以后脸颊会红红的。

可是很早他们就因为工作离开了兄妹二人。每回离开的时候，爸爸会用力揉佐间的头，嘱咐他照顾好妹妹。佐间之所以能够成为那么温柔的兄长，一部分原因来自于父母，但是其实这也并不意味着佐间和佐佳的双亲教育孩子的技术高人一等，其实他们之所以总能给孩子留下好印象可能主要是因为他们常年在外忙碌，与孩子共处的时间太少。

佐佳给 N227 模糊和大概地叙述了她所认为的庆佑母亲奇怪的地方，N227 详细地想要问清楚庆佑家的事情，一来一回两个人聊了好多，但是佐佳一直不太能够把她所感觉到的那种庆佑和他母亲之间那种诡异的氛围准确地传达给 N227。总而言之最后 N227 只能够大概地评价道："说实话，只凭借你这样给我的描述来看，我暂时还是感觉不到他家里的奇怪，只能说他妈妈好像只是对他比较严格而已。”

“什么？不允许看漫画还不算奇怪吗？！”

“呃，”N227犹豫了一下，“你平时被你爸爸妈妈管得不算很多吧？所以可能你不明白，爸爸妈妈的职责之一就是管理孩子。”

“怎么会，我爸爸妈妈……”佐佳本来条件反射想要反驳，可是迟疑之后发现自己似乎的确如N227所说对于父母的事情并不算十分了解，最后她只能吞吞吐吐找到勉强还击的话，“别说我爸爸妈妈了，那你父母呢？平时也管你管成这样吗？”

N227略微犹豫，很久都没有回复任何消息。佐佳忽然想起什么，有些不好意思地回信过去说：“不好意思，说起来你是不是已经忘记自己的事情了？”

“不用不好意思，”N227的语气很沉稳，“其实，前段时间我已经想起来一些事了。”

“哇，”佐佳兴奋起来，“说说看，都记起来什么？”

“就……家人什么的。”

“你居然是有家人的？！那你家人为什么会白白让你待在外星球不去救你啊……”佐佳好奇地问道。

“呃，你爸爸妈妈有能力把你从外星球救下来吗？”

“……说的也是。”佐佳仔细想了想，“不过也跟我说说你的家人嘛。你有兄弟姐妹吗？”

N227像是挣扎了好久，最后踌躇着说出回答：“我有一个妹妹。”

“欸？！”佐佳面对着手机上的那一行字忍不住大喊出声。虽然早就知道 N227 是有自己生活的人，同时也觉得他是不是想起来都与自己无关，可是在得知 N227 有一个妹妹的时候，她突然惊慌了。即使现在 N227 只保护她一个人，可是他其实是有其他疼爱的人的。假如他能回去的话，一定会像现在对待佐佳一样对待自己的妹妹。那个时候，佐佳一定就只算是陌生人了吧。

她盯着屏幕一动不动，不知道为什么完全丧失了回复的勇气与兴趣。他是别人的哥哥。

被清晰的事实撞击的一瞬间，她陷入深深的失落，感觉浑身冒着酸涩的气泡。佐佳独自步行回家，心里不停地在想有关 N227 的事，可是 N227 却一直没有发任何短信过来，搞得佐佳心情很差。她一边写作业，一边反复查看手机，其实她很害怕 N227 再发短信过来，可是又希望他能够再主动找她，因为她实在不知道要怎么面对 N227 了。

她是冒牌货妹妹。

手机像是死掉一般安静，佐佳不太快乐地爬上床睡觉，趴在床上的时候她整个人都感觉很累，可是却还是挣扎着伸出手去摸手机。手掌四处乱拍，手机忽然发出响亮的提示音，吓得佐佳从床上滚下去。佐佳滚落下床，然后又立即像受惊的青蛙一般跳起来抓住手机颤巍巍地打开查看。是 N227！佐佳感觉自己整个人快要起飞，胸口有什么东西马上就要跳出来。

她点开来查看。

“我的爸爸妈妈都是普通的人，工作很忙，平时很少有时间陪我和妹妹。妹妹是怎么想的我不知道，反正我并不会感觉孤单，因为有妹妹陪着我。”

佐佳几乎可以想象，说这样的话的时候男生寡淡但是又寂寞的表情。他现在没有妹妹陪伴。佐佳心痛地握紧手机，不自觉压扁嘴巴好想哭。对不起，她想说，对不起，我不是你妹妹，但是现在能做的只有装作是你妹妹一样陪着你。她回复过去说："嗯，我也是。"

虽然不是你的妹妹，可是却能够自以为是地猜测到她的心情，假如你知道的话能够感到有一点心安就好了。一点点也好。

"你妹妹也不会感觉孤单的吧。"

因为有 N227 在，所以我也一点都不孤单。

04

周末的时候佐佳一般都起得很晚，哥哥还在的时候，她总是要赖到哥哥过来拽着她骂"小猪"才肯起来。哥哥过世以后她并没有因此开始改变习惯，反而就像是一匹脱缰的野马，睡到中午也不奇怪。可是这一次礼拜六的早晨，佐佳在睡梦中感觉到有人在拉扯自己。她恍惚听见对方在叫自己"佐佳"，于是迷迷糊糊摆摆手说："哥哥，不要吵啦。"

对方似乎因为这一句话稍微迟疑，佐佳翻了个身打算继续入睡时忽然意识到一件重要的事。叫她的不可能是哥哥，哥哥已经过世了。于是她猛地起身睁大眼睛一看，原来叫自己的是妈妈。事实上这个局面和哥哥复活的可怕程度差不多，因为父母平时都很忙，根本不可能有叫佐佳起床的机会才对。

佐佳惊慌地坐起身来，下意识往后缩：“怎么了？妈妈，有什么事吗？”

“是这样的……”妈妈缓慢地坐到床边，用担忧的眼神望着佐佳，犹豫了一会儿以后，才说：“佐佳，你先穿好衣服，等会儿洗漱也可以。你到客厅来，我和爸爸有事要告诉你。”

那是佐佳永远不会忘记的一个早晨。那个早晨的光线一如既往的温和，窗外的风里有柳枝的香气，房间里有苏阿姨烤过的吐司的味道。佐佳打着哈欠坐到座位上，看见爸爸妈妈都在餐桌边正襟危坐。佐佳忍不住屏住呼吸坐好，悬空的脚不敢乱晃，只能乖巧地盘在一起。她颤巍巍地问道：“爸爸，妈妈，什么事啊？”

“是这样的，”爸爸咳嗽了两声，突然非常严肃地看向佐佳，以前每次他露出这种表情都是有真的重要的事情要交代，可是这种时候他一般都是面对佐间，而并非这个可怜巴巴的小女儿，他说，“爸爸妈妈决定要离婚了。”

当时佐佳感觉椅子猛地后退，突然一直退到西伯利亚的荒原，天寒地冻让她整个人被冻住动弹不了。她张大嘴吃惊地看着父母，吞吞吐吐结结巴巴地开口说：“什么？！”

“这对你来说可能很突然，但是其实爸爸妈妈已经计划很久了。”妈妈语速平缓，温和地低下头去，“之前哥哥还在的时候就已经在考虑这件事了，但是因为哥哥突然出事，所以也就推迟了……”

佐佳感觉世界轰然崩塌，她其实很想冷静，也觉得这其实和自己没多大关系。他们分开又怎么样呢，反正平时他们也不怎么和自己相处。可是他们是自己的爸爸妈妈啊，她垂下头才发现自己全身都在颤抖。好无助，好想哭，眼泪直直地从眼眶里掉出来砸到腿上。

好想哥哥。假如是哥哥的话，现在会做什么反应呢。

妈妈起身温柔地伸出手抚摸佐佳的头，轻轻地说："现在我们想问你的就是，你是想要跟着爸爸呢，还是跟着妈妈？这都取决于你。"

"妈妈，爸爸，"佐佳含着泪看向现在人世间最爱她的两个人，"你们不能不离婚吗？"

"对不起。"回答佐佳的是父亲，他说这句话的时候神情严肃，显得不容置疑。

佐佳低着头不说话，母亲及时地靠近开口说："接受这件事你肯定也需要一段时间，这样吧，爸爸妈妈给你时间让你慢慢想想。"

"嗯，"爸爸也随之做出让步，明明这个时候他和母亲看起来那么和谐，一点都不需要离婚的样子，"虽然很对不起，不过我们觉得你也已经有能力自己做决定了，所以这些日子你可以好好想想，希望你不要怪爸爸妈妈，有什么事情也可以来和我们沟通。就算是离婚，爸爸妈妈也依旧是你的爸爸妈妈。"

佐佳流着眼泪起身回房间，虽然是周末，可是她还有很多作业要写，但她现在实在是不想待在家里，她想要出去走走。楼下传来汽车发动的声音，佐佳趴到窗口，看见爸爸正在车里，妈妈也熟练地坐上副驾驶的座位。他们看起来明明那么和谐。汽车急匆匆地开走了，佐佳收拾东西的时候，床头正在充电的手机忽然发出嗡鸣。佐佳走过去，看见 N227 发来短信："小猪，起床没有？快起来了。"

佐佳像是找到情感的宣泄口，歪着嘴巴鼻子酸酸地打字过去："我爸爸妈妈要离婚了。"

"什么？！"N227 似乎是真的很惊讶，"你说什么？！他们要干吗？！"

"我爸爸妈妈要离婚了。"佐佳再重复一次，却感觉像是在自己报复自己。

"他们搞什么啊？！"明明是别人家的事情，N227 却显得好像是自己的爸爸妈妈要离婚一样，"离婚？！多大的人了？现在离婚？！有没有考虑过你的感受？！"

"就是啊！"佐佳气呼呼地回复，有人站在自己这边的感觉真不错。

N227 继续絮絮叨叨地数落下去，每一条都正中佐佳的心。佐佳一边和 N227 发着短信一边在公园里散步。不知道什么时候天气已经逐渐变了，她叹着气走到喷泉边坐下，虽然读着 N227 的短信很爽快，但是她心里还是有几分不安，于是随口问道："又不是你爸妈，你这么激动干吗？"

N227 沉默了好一阵子，回信过来："我还不是担心你嘛。"

"谢谢你。"佐佳说着，放下手机陷入思考。虽然是痛快满足了，可是残酷的现实还是要自己来面对，毕竟 N227 只存在于手机那一端。爸爸妈妈要离婚了，她实在不知道要怎么办才好。爸爸妈妈美其名曰这是给她选择机会，可是爸爸妈妈都那么好，都是她重要的人啊。

佐佳就这样静静地坐在公园里发呆，没想到身后的喷泉突然开始喷水。喷泉突然运作居然不做任何提示，冰冷的水喷射出来落到她身上。佐佳高声尖叫着跳开来把手背到身后去摸衣服。她背后已经打湿了一片，喷泉还在欢乐地喷洒，仿佛咧开大嘴嘲笑她笨拙。佐佳气得甩手，不知道要骂谁好，只能怪自己运气不好。背上湿了，估计里面的衣服都透出来了，她尴尬地抓着打湿的头发，傻乎乎地站在喷泉边。

要不要打电话给爸爸妈妈呢?

爸爸妈妈平时工作那么忙，绝对不可能立刻赶来帮她的。N227 在这种时候并不能做什么，佐佳委屈得麻木。就在这个时候，忽然有人把外套披到她身上。佐佳一回头，看到的是庆佑的脸。庆佑背着书包一脸关切地说道 ：“佐佳？你怎么在这里，还搞成这个样子？”

“庆佑！”佐佳眼泪汪汪地看向庆佑，一副看到大救星的样子。

庆佑其实是刚上完补习班回家，没有想到会在路上遇到这副模样的佐佳。孤零零的小女孩怯生生地站在喷泉旁边，整个后背湿了大半，单薄的衣服下显露出白皙的皮肤来。庆佑都没有多想，直接冲上前去先给她把衣服披上遮住后背。佐佳下意识赶紧往衣服里面缩，抓着垂在两边的衣袖说道 ：“我也不知道为什么这个喷泉就突然吐水了，吓死我了。”

“你这样会感冒的，”庆佑皱着眉说，“我送你回家吧，快点去换一下衣服。”

佐佳想着也是，还是庆佑能够及时冷静下来做出最佳的判断。总觉得庆佑就像个大哥哥一样。

庆佑本来打算让佐佳一个人回去，但是又觉得她现在可怜兮兮的样子让人放不下心，于是还是送她回去。佐佳真心觉得自己走运，任由庆佑送自己。两个人一路尴尬无言，还是庆佑主动提起话题：“最近有什么好看的漫画吗？”

“啊，就原先那些，我漫画书也不少，你可以找我借哦。”佐佳说，“说起来，假如你怕你的漫画书被发现的话可以藏到我家来。”

“知道了，有需要的话我会的。”庆佑客气地回答。两个人就这样不声不响往家走，到最后抵达佐佳的家门口。庆佑安安静静地站到门口让佐佳进去。进去以前，佐佳缓慢地回过头去看庆佑的脸。庆佑站在门口的树下面，整个身子映出了绿色，他浅淡安慰式地笑了笑：“进去吧，早点换衣服。不要感冒了。”

佐佳用力地点头，忍不住感慨庆佑真是好人。之前的事情，也许她错怪了他？她忽然感觉有点不太好意思，明明自己撞破了别人的秘密，然后还要觉得对方是变态。这么愧疚着，她偷偷侧过头去又看到庆佑有点寂寞地离开的背影。佐佳忽然想起什么，下意识开口先喊住他：“庆佑！”

庆佑的影子斜了斜，然后缓慢地转过身来：“什么事？”

佐佳支支吾吾了好一阵子，拢着满是庆佑气味的外套有点害羞地说：“那个……你要不要进来看看？”她其实有想过要不要先问问 N227 怎么办，不过现在一时情急，她总不可能伸出手要庆佑等一下让她发个短信先。她看到庆佑稍微愣了一下，然后点点头试探着问道：“会打搅到你家人吗？”

这么懂礼貌的样子，实在不像是变态啊。佐佳一边这么想着一边猛地摇头：“不会的！他们都不在家！”

于是庆佑便转过身跟着佐佳进了她的家里。此时此刻佐佳家里的确空无一人，爸爸妈妈毫无疑问去上班了，苏阿姨这个时间段应该会去购物，佐佳领着庆佑进去坐下，然后自己进卧室里换衣服。换衣服的间隙，她抓紧时间给 N227 发了个短信：“怎么办！我引狼入室了！”

“什么什么？！”遇到这种事情，N227 当然会瞬间回复。估计此时此刻他在电话那头紧张得都要跳起来了。

佐佳迅速地打字，莫名感觉有几分兴奋：“我说庆佑啦！”

“庆佑怎么了？！”

“我邀请他来我家里了！现在他就在客厅！”佐佳回复道。

佐佳感觉当时 N227 恨不得从屏幕那头跳过来：“你觉得他危险还带他去家里？！”

“哎哟，我现在又觉得是我搞错了嘛。”佐佳犹豫了好一会儿才打字，“而且这里是我家里，我家的院子还有监控的，他和我差不多大，我也比他更熟悉我家里。不会有什么危险的。”

N227 写短信回来：“是这样。这么说吧，你也别太害怕了。根据之前你的描述，我感觉他应该不是什么坏人。”

“我知道的，你也这么觉得对吧！”佐佳就像是疯狂求证的数学家突然得到期望之中的答案，刹那间兴奋起来。

其实佐佳心里早就已经这么认为，只是在期待别人的一个肯定而已。

05

“也就是说，你爸爸妈妈打算离婚了？”

自然而然进入到佐佳家中的庆佑自然而然地听完了佐佳自然而然发表的

对于自己父母如今关系的简述。庆佑对于佐佳父母要离婚这件事的反应非常严肃，他那张平时总是充满悠闲与沉稳的脸上难得地出现了那么担忧的神色。他没有轻易地对这件事做任何评价，只是沉郁地问道："你愿意他们离婚吗？"

"呃，这个不是我愿不愿意可以决定的吧。"在其他人面前，佐佳反而意外地冷静下来。

"虽然话是这么说。"庆佑有点无奈，"说实话，假如是我父母要离婚，我肯定会想要阻止的……不管怎么样，这毕竟不是好事。"

佐佳有点恍惚，因为事实上她并没有想到过自己是应该对父母的离婚明确表现出一种态度的。大概是父母平时对她和哥哥生活干涉过少的缘故，她总下意识把自己当爸爸妈妈的外人，把爸爸妈妈当作自己和哥哥的外人，所以她并不觉得自己的想法是很重要的。庆佑一语惊醒梦中人，佐佳猛地开始思考自己到底是怎么看待父母离婚这件事的。

看见佐佳陷入难办的境地，庆佑也突然紧张起来，他其实也不太想要干扰别人的想法的，毕竟自己也还只是一个孩子，同样没有能力确认自己是否是对的。他只好说："呃，我的话你也不用特别在意啦。"

"不不不，"佐佳迅速地甩掉过分阴郁的神情，笑着说，"没事啦。"

本来应该一直在一起的人分开的确是令人感到遗憾和悲伤的事，可是佐佳却莫名觉得事情没有这么复杂。庆佑很快起身说要回去了，临走好好地跟她交代说："总之你联系自己想想就好了，有什么麻烦的事情随时可以找我，我一定会尽力帮你的。"

佐佳认真地道谢，突然感觉到自己身边是有同伴的。这种感觉似乎已经很久没有过了，自从哥哥过世以后。哥哥在的时候，佐佳很少有紧张的情绪，因为知道身边一定会有人陪着自己。

庆佑离开之后轻轻关上了门，佐佳发着呆突然想到N227，于是立刻去摸手机。碰到手机那一刻仿佛抓到救命稻草，她赶紧发短信给N227说："我刚才一不小心把爸爸妈妈的事告诉他了。"

"你怎么这种家事也跟他说？！该不会是喜欢他吧？"N227慢吞吞地回复短信给他。

"你干吗尽说一些莫名其妙的话？脑子进水了吗？！"佐佳毫不留情地反驳过去，"谁让你没在我身边嘛！要是你是个站在我身边的大活人就好了！"

不知道这句话是不是刺痛N227什么脆弱的地方，总之他难得地消停了好一阵子。佐佳本来以为他又要闹一整天的脾气，没想到没过几分钟他就重新发短信过来了："嗯，多交一些值得信任的朋友也不错，不过记得一定要小心。"

"知道了，知道了，就你操心。"佐佳说，"然后庆佑告诉我说，要我对爸妈这件事稍微多思考一点。"

"嗯，那个臭小子这回倒是没说错。"

"什么臭小子啊！你干吗这样说人家啦！"

"转眼胳膊肘就往外拐了啊……"

"滚滚滚！"

然而事实证明，佐佳本能地还是很排斥把爸爸妈妈的麻烦事放到心上的，老老实实过了几天平淡如故的生活，每天还是照常吃饭睡觉插科打诨，就连局外人庆佑都忍不住问她说："你爸爸妈妈的事情解决啦？"

"当然，"佐佳闭上眼露出苦涩的微笑，"完全没有！"

那一天回到家里，爸爸妈妈再一次十分意外地在家。不知道为什么，以前没说打算离婚的时候几乎不像这样，都打算离婚了，这种时候又表现出一副重视家庭的样子来。一起吃晚餐的时候，爸爸忽然开口说："佐佳，这个周末你有什么安排吗？"

"什么……什么安排？"佐佳咬着筷子反问。

"是这样的，我们打算这个周末全家人一起开车去给你哥哥扫墓。"爸爸说完前半句的时候，其实佐佳本来想反驳说"只有我们三个不是全家人"，但是听到后半句,她又把自己的想法咽了下去。佐佳说:"嗯,知道了,一起去吧。"

那一天晚上，佐佳换了睡衣玩着手机一个人待在卧室，刚躺下妈妈就进来了。之前妈妈基本没有这样陪过她，所以当母亲穿着睡衣一副想要拉近母女关系的样子睡到佐佳床上的时候，佐佳感觉十分紧张，莫名地条件反射往后退缩。妈妈一把搂住佐佳，稍微让她安下心来。佐佳也尽自己最大的力量去适应母亲的亲热，不知不觉中，她也感受到了一些母亲怀抱的温暖。妈妈似乎也有些悲伤的样子："对不起，佐佳，爸爸妈妈做了很多对不起你的事。"

"妈妈……"佐佳略微皱眉,忽然也感到有些难过,"其实也没有对不起。"

小时候佐佳也曾经有过一段害怕一个人睡的时间，那时父母一直在外，只要偶尔回家，佐佳就会抱着妈妈的手臂不放，哭喊着要妈妈留下来。可是那当然是不可能的，孩子幼稚的愿望让大人心酸又无奈。妈妈抚摸着佐佳的头说："佐佳，你要努力一个人生活下去哦。"

"妈妈！"佐间在一旁抱着手臂不满地插嘴，"不是还有我在吗！"

“是是是，有你这个哥哥，我们放心把佐佳交给你。”妈妈温柔地笑起来，“不过你也不可能永远陪着佐佳啊，她总要一个人生活的。”

“知道了，知道了。”佐间故作冷静地回答，“时候到了的话我一定会让她一个人的。”

妈妈依旧笑眯眯地看着佐间：“说好了，到时候你可别优柔寡断地心软，和妹妹道别的时候可别哭出来哦。”

那时佐佳晚上独自睡觉还经常害怕，偶尔半夜还会做噩梦。有的时候在睡梦中哭闹个不停，忽然感觉到有人在轻柔地拍打她的脸颊，睁眼看到的是哥哥关切的表情。佐间说：“怎么了，佐佳，没事吧？”

“我梦见只有我一个人。”佐佳委屈地抿着嘴巴往他怀里缩了缩。

“不会的，”佐间抱紧她说，“哥哥在这里。”

有哥哥在的时候就会很安心。

可是哥哥已经永远不会再出现了。

现在抱着佐佳的是妈妈。妈妈低声叹气说道：“对不起，一直以来爸爸妈妈没能好好陪着你和哥哥，直到佐间他……发生那种事，才想到要把你接过来一起生活。是爸爸妈妈不好。”

“妈妈，”佐佳翻了个身，把脸贴到妈妈的睡衣上，“那你和爸爸到底为什么要离婚呢？”

妈妈抬起头稍微思考了一下，缓慢地叹了一口气说：“其实原因还蛮复杂的。”

“出轨了？”佐佳随便挑选了自己在电视剧里经常看到的固定剧情问道。

“才没有，”妈妈微笑着摆手，但是垂下脸时表情又显得略微有些苦涩，“才不是因为这么肤浅的原因呢。”

“那是为什么？”佐佳更加好奇，凑过去询问。

“唉，说来话长。”妈妈这样说着，手搭住她的肩膀，“还是快点休息吧。”

佐佳被勾住肩膀，其实心里还是有些好奇，但是却仍旧被母亲压下去以后沉沉入睡。母女二人难得拥有如此温情的时刻，温柔的夜色幻化成奇妙的美梦将她们环绕。深夜时分，佐佳已经完全沉浸在睡梦中，妈妈突然醒过来，看了一眼时间以后起身倒水，余光扫到床头柜上佐佳的手机。

女人拿起手机看了看，意外地发现女儿居然一直在频繁地使用短信功能和一个人交流。虽然说身为家长私自窥视孩子隐私的确不是什么礼貌的事，但是这世界上怎么可能存在对自己孩子的事一点也不感兴趣的父母呢？女人对着毫不知情呼呼大睡的女儿默默道歉了几遍，然后还是随便挑了几封点开来看。两个人似乎并没有聊什么奇怪的事情，不过就是女儿对对方叙述自己普通的日常生活而已。不管正面还是负面的情绪，甚至就连父母要离婚这种事，佐佳也完全没有对这个发短信的人有半分隐瞒，这让这个做母亲的不禁有些诧异，与此同时心里产生的，还有一些愧疚。明明佐佳是自己的亲生女儿，可是他们这些父母对她的了解着实少之又少，她不跟他们说，他们也并不关心。然而他们本来应该是相互关爱的才对。

女人陷入沉思的时候没有注意到自己已经下意识拨打了这个身份不明的

号码，通话的界面转了一轮又一轮，等她反应过来的时候，电话已经通了。明明是深夜，居然给予来电，女人立刻意识到自己的失礼，拿起手机放到耳边想道歉，同时好奇心也猛烈地翻涌上来。这个号码背后到底是谁？女人开口率先打招呼："喂？很抱歉这么晚给您来电，我是这个号码主人的母亲……"

电话那头的人明显像是突然被利箭击中一般停滞了半晌，女人也略微疑惑，就在她还在狐疑时，她听见听筒传来一道陌生又十分熟悉的嗓音。

"喂？"

06

天慢慢地亮了起来，等佐佳醒过来的时候，妈妈早就已经起床了。她爬起身来走出卧室，看见妈妈难得的居然在准备早餐，回过头来看到佐佳的时候，妈妈微笑着说："你起来了？"

佐佳点点头，洗漱以后坐到餐桌旁边。妈妈已经很久没有下厨煮过吃的东西，上一次还是哥哥活着的时候。妈妈温柔地给她盛了粥。佐佳总觉得妈妈有点怪怪的，喝了一口粥以后开口问道："妈妈，发生什么事了吗？"

"没有啊。"妈妈垂下眼睛的时候表情显得有些寂寞，但是比起过去那种冰冷的坚强又好像更有一个母亲的气息。

佐佳低下头说："妈妈怎么感觉好像有点奇怪呢？"

"唉，"妈妈突然抬起头往窗外看，神情看起来轻松又沉重，"因为知道了一些大人应该知道的事吧……"

“欸？那是什么？”

“将来总有一天你也会知道的。”妈妈的声音里听不出任何感情。

即使你不愿意。

等到爸爸加班结束以后他们一家三口就坐上车一起去往公墓，爸爸随手打开了车载CD，本来一家三口最开始还能尴尬地聊起来，但是没过一会儿爸爸妈妈就很快强行插入了工作的话题。一对马上要分开的夫妻为了各自工作的创意聊得不可开交，佐佳也不会感到不舒服，这样反而感到自在，她坐在后排自己玩手机。佐佳根据今天感受到的异常给N227发去消息："今天气氛超级不对劲，果然和爸爸妈妈在一起还是太危险了。"

“什么乱七八糟的，你不想和爸爸妈妈待在一起吗？”N227回复得漫不经心。

“嗯啊，”佐佳如实回答，“比起爸爸妈妈我更习惯和哥哥在一起……当然现在还是一个人比较好。”

N227问："怎么了，是妈妈跟你说什么了吗？"

“倒是没有说什么啦，”佐佳叹着气摁键盘，“只是总觉得她今天起来以后就怪怪的，该不会和我一起睡觉触动了她什么奇怪的地方吧？！”

“呃，”N227似乎也有些无奈了，“应该不至于吧。”

一家人聚在一起看似风平浪静地往前行进，去的路上人越来越少，轿车缓慢地拐进安葬着亡者的地方。哥哥就埋葬在这里。

因为哥哥过世时年纪过小的缘故，并没有举行多么完备的葬礼，只是通知几个亲友以后就草草下葬了。佐佳在下葬那一天被父母关在了家里，这一次还是佐佳第一次来看哥哥。哥哥的坟墓又小又窄，很难想象那个高高瘦瘦、最爱妹妹、会温柔微笑的哥哥就埋在那里面。

墓碑上端端正正刻着佐间的名字，佐佳总觉得哥哥一定不在这里。爸爸妈妈在抵达哥哥的墓前以后突然都沉默了下来，忙碌着准备祭奠用的东西，佐佳呆呆地站在不远处盯着荒凉的墓，手足无措有点不知道该做什么反应比较好。

好想哥哥啊。

每到无助的时候，就会特别地想念哥哥。

在死去的儿子面前，爸爸和妈妈都突然莫名地坦诚了很多。爸爸对着佐间的墓慢慢地抽着香烟，妈妈小心翼翼偷偷地擦着眼泪，佐佳只好暗自努力与哥哥交流。她在心底说："哥哥，是你吗？"

哥哥，是你吗？爸爸妈妈都说，你就埋在这里，可是说实话，我感觉一点也不像啊。哥哥你一定不在这里吧，你怎么会连招呼都不打就把我丢下呢？

但是，哥哥，好想你啊。

妈妈适时地拍了拍佐佳的肩膀，低声提醒她说："怎么样？和哥哥说完了吗？”

“才没有在和哥哥说话呢！”佐佳莫名觉得有点丢脸，赶紧下意识否定，“我们赶快回去吧！”

这么说着，佐佳急急忙忙就站起身来提前爬到车上去了。坐上车以后佐佳撇撇嘴沉默了一会儿，其实她还是想多和哥哥在一起待一会儿的，但已经上车就很难再下去了，嘴硬也嘴硬过了。她叹了一口气，把手伸进口袋里拿出手机来，N227 已经发了短信过来。N227 倒是完全风轻云淡的样子：“好无聊啊！”

悲伤的心情略微得到松动，佐佳翻了一个白眼赶紧解救濒死青年回复短信过去：“刚才去给哥哥扫墓了。”

N227 并不缺心眼：“怎么样？有好好探望哥哥吗？”

“呃……嗯。算是有吧。”

虽然提出了这样的问题，可是感觉N227好像并不是真的在意一般说下去：“那就好。”

隔天是工作日，爸爸妈妈要继续忙各自的工作，佐佳也得回去学校。她不由心情变得非常好，以至于走向座位时居然还跟平时不怎么说话的孝烈打了个招呼：“早上好。”

孝烈也不是什么坏人，略微抬起黑眼圈很重的脸向她小幅度点头问好：“早。”

“没睡好吗？”佐佳看见庆佑还没来，于是继续和孝烈把话题延续下去。

“嗯，电视剧很好看，结果不小心看到很晚。”

“什么？你居然也看电视剧？！”佐佳不禁抬高音调，因为在她眼里孝烈应当是只爱去游戏厅的那种人。

“因为最近快要考试了嘛，爸妈不让我出去玩了，所以就只好在家看电视。”孝烈意外的好像很好说话，居然对着佐佳直接就把生活琐事和盘托出。

“……”佐佳觉得这段对话信息量太大她需要消化一下，结果孝烈很主动地回过身来问她：“怎么啦？”

“没，”佐佳实话实说，“好像是头一次和你聊天，有很多没想到的事情，原本我以为你应该是很可怕的家伙才对。”

“啊？！我给你这种印象吗？！”

“对啊！”佐佳皱起眉故意夸张地说。

与此同时佐佳开始在记忆中翻找自己对孝烈这个人最初印象的来源，仔细一想第一次说话还是运动会跑八百米的时候，她跑完以后孝烈对她说了他们见面以来的第一句话——“你后面再努力一把的话肯定没问题的。”当时她感觉他和千瑛一起在挖苦自己来着，但是现在一想好像后来开始有意无意给自己使绊子的只有千瑛和她的小跟班杉耶而已，虽然现在她们都和自己好像已经和解了。

仔细想想，其实当时孝烈的话好像没有任何恶意啊！而且好像还算得上是对新同学的一种友好的安慰！

联想到之后孝烈换座位过来时自己的态度，佐佳忽然感觉自己好像因为误会做错了什么。在孝烈狐疑的目光中，佐佳不好意思地摆了摆手：“对……对不起，我之前是不是对你态度很奇怪？”

“呃，还好。”孝烈随意地摇摇头，“其实班上大部分人都比较怕我来着。”

“也是……”坐在这个人后座这么久，佐佳差不多也已经感受到了别人对孝烈的态度，“但是聊了这几句我感觉你好像人还不错！”

“什么叫人还不错？”孝烈不爽地转回去了。

佐佳忽然开始认真打量起孝烈，孝烈个子很高，皮肤是小麦色，平时总是一副凶巴巴的样子，与总是保持着笑眯眯样子的庆佑截然不同。但是把会对新同学说“再努力一把的话绝对没问题”的孝烈和大半夜拿着棒球棍去山里一个人偷偷做坏事的庆佑对比一下，明显还是庆佑比较可怕。

说曹操曹操到，庆佑立即就从教室外面走了进来，一脸温柔地和教室里的同学们打招呼，看见佐佳一脸恐惧地盯着他的样子，还格外爽朗地叫了她的名字：“佐佳，你那是什么表情啊？”

“没事，没事。”佐佳受宠若惊地咽了一口唾沫。

那天中午的时候佐佳去商店买了面包作午餐，在走廊闲逛的时候看见千瑛和杉耶正趴在栏杆上喝牛奶，她随意地挥手和她们问好，千瑛歪着头随口问她要不要过去一起聊会儿天。佐佳走过去也趴到栏杆上，突然说：“今天和孝烈说话了，发现他居然一点也不可怕。”

“你以前觉得他可怕吗？”杉耶侧身一副没所谓的样子说道，“不过他那副死相也确实啦。”

“嗯嗯，孝烈虽然看起来很凶其实超级笨的，游戏也玩得超级差，所以去游戏厅基本上不玩，只知道在旁边吃甜筒和抓娃娃。”千瑛也一起揭孝烈的老底。

杉耶忍不住想笑："啊，娃娃机可能是他唯一会玩的游戏项目了。"

听到这种完全出乎意料的爆料，佐佳也忍不住感兴趣起来。杉耶继续保持对佐佳的警惕："你这转校生又没去过游戏厅，对我们那么感兴趣干吗？！"

"杉耶，以前你也没去过。"千瑛毫不留情地指责好友，"不准这么对佐佳说话！"

"干吗这么护着她啦！千瑛！你变了！"

千瑛伸出手臂一把搂住毫无防备的佐佳，然后把脸贴到她头发上蹭起来："因为我发现佐佳真的……超级可爱的！"

"什么，什么？！"佐佳大吃一惊，赶紧想挣脱，可是却被抱得死死的，最后只好无奈地任由她抱着，"千瑛，以后还是少去游戏厅啦。"

"知道啦，其实现在已经很少去了啦。"千瑛小声叹气，"以前一起玩的好朋友全都跑去乖乖念书了，孝烈也是，还迷上了电视剧，以为自己是中年大妈啊，如今放学就只想着回家了……"

"讨厌！千瑛太讨厌了！为什么我让你不去你不听，转校生一说你就听啊！太过分了！"杉耶大声抗议。

"吵死了，你以前哪有劝我别去，明明一转脸就跟着我一起去了。"

"才没有！转校生太犯规了！知道了！我要和她决斗！"

"请不要把我牵扯到你们中间来……"

三个女生叽叽喳喳大吵大闹了半天，勉强还算得上和谐，好不容易停下来以后千瑛忽然想到什么开口："这个礼拜我爸爸又要来看我了。"

"什么意思？你没和爸爸一起住吗？"佐佳问道。

"没有啦，"杉耶帮忙回答，"千瑛的爸爸妈妈离婚了。"

“哇哦。”佐佳突然从忘掉一切烦恼的愉快之中跌回冰窖，她猛然想起自己家里的事，回过头深深地叹了一口气。

“怎么了？”千瑛问道。

“啊，那个，”佐佳尴尬地笑笑，“我爸爸妈妈最近也在商量这件事。”

“……”千瑛抬起头直勾勾地看着她，“你爸爸妈妈也要离婚了吗？”

“嗯……是吧。”佐佳突然低落起来，“我都有点不知道怎么办才好了。”

千瑛呆呆地看了她一会儿，最后开口语气复杂地说：“还是尽量别让他们离婚吧。说实话，反正假如再给我一次机会，我一定会劝他们不要分开的。”

是这样吗?

佐佳缓慢地低下头去，突然有点想念N227。她这才反应过来自己一上午都没有和N227联络了，一摸口袋却没找到手机。她借故回了教室，在书包里翻来翻去也没找到手机，身边正在看书的庆佑凑过来热心地问了一句：“你在找什么？”

“手机，”佐佳无力地放弃以后转过身趴到课桌上，“我今天忘了带手机。”

“说起来你真的很喜欢玩手机啊。”

“也不是，”佐佳突然有点想哭，“我就是习惯和别人发短信说发生的事情，不然就感觉很不安。”

“……”庆佑睁大眼睛注视着佐佳，他沉默了好一会儿，眼神微微发光，看起来就像一只纯洁又稳重的鹿。庆佑突然放下钢笔把手伸过来，佐佳一时间差点以为庆佑要打自己，但是庆佑只是伸手拍了拍她的肩膀。他的手心是温暖的，有点像可可杯外围的温度，庆佑说：“以后有什么事也可以和我说，就算出不了什么很好的主意，但是听你倾诉一下还是完全没有问题的。”

佐佳稍微愣住，但是立刻就反应过来。转学以来庆佑的帮助突然全部从记忆中飞腾出来钻进头脑，好像幻灯片似的一张一张清晰地播放，佐佳心直口快地说：“庆佑，你真好。学习好，人际关系也很不错，而且你画的漫画也很好看，要是以后能看你画的漫画就好了。”

“欸？”庆佑像是没有想到她会突然说这种话，满脸都是惊讶的神色。

“没什么，我就是突然想起那天在你家看到的你画的漫画，真的很好看。就算你妈妈反对也一定要努力坚持画下去哦。”佐佳笑起来，“今天也是，谢谢你这么关心我！”

那张笑脸甜美又干净，令人想起天使或者花朵这一类美好的东西。庆佑回报以微笑说“不用谢”，回过头去重新看向书本的一瞬间在心中说道：“我才应该谢谢你。”

07

你们需要的到底是一个孩子还是一台能够实施你们指令的人形机器？

有那么一段时间，庆佑经常思考究竟为什么父母要把自己生下来。幼儿园开始他就对绘画格外感兴趣，每次美术课都铆足精神卖力创作，最开始因为经常受到老师表扬所以父母还算满意，到后来进入小学，美术这种与分数不挂钩的学科逐渐沦为家长眼中会阻碍他进步的存在。报课外班的时候，庆佑第一个想到的就是美术，向母亲兴致勃勃提起的时候被几个白眼打消了念头。妈妈说着“学画画有什么用”为他报上了奥数和作文课。

只要不满足家长的要求就是坏小孩，庆佑就是接受着这样的教育长大的。考试必须要第一名，体育也得做到最优，不然就很丢脸。虽然偶尔只考到第二不至于被打骂，可是庆佑的妈妈也一定会连夜组织紧急作战会议，拿着小学生的试卷到处分析丢分点，一遍一遍将他其实并不算差的分数挂在嘴边念来念去，在他面前拼了命地唉声叹气。妈妈总是用怀疑的眼神问他：“庆佑，你已经尽全力去学习了吗？”

这种时候，漫画书一旦被发现就说明是他不够努力。庆佑已经拼了命去压抑自己对漫画的喜欢了，他经常拒绝领取零花钱，因为只要有钱就总会去觊觎书店的漫画书，有时候拿着笔都感到压力很大，因为随手就想要在纸上涂涂画画。他其实只是想画画而已，可是假如被发现就完了。然而真正喜欢的事是忍不住的。

大概是四五年级的时候庆佑不由自主开始构思一个故事，学习之余他自己写了脚本，画了草图，然后晚上完成额外的学习任务以后就从书包里把画稿拿出来反复翻看修改。那段时间他非常快乐，感觉每天生活愉快又充实，但是有一天藏在书包和床单下的画纸被妈妈发现并拿出来当着他的面撕了个粉碎，庆佑除了一遍一遍哀求妈妈不要毁掉自己的心血和眼睁睁看着自己的作品化为废纸以外别无他法。

庆佑在被窝里反思过，明明他已经做得很好了，考试总是保持在全年级前三名，运动会总是能为班级争光，待人温和友善，整个学校几乎找不出几个讨厌他的人来。他总是带着无可挑剔的微笑最大限度地去靠近完美，可是没有人关心他微笑的面具下面到底是什么表情。他就连做自己真正想做的事都做不到。

比起和他人一起，他更喜欢自己一个人独处。为了躲开其他人，不知不觉中他开始经常去学校废弃的后山，像孩童一样捕捉一些昆虫然后折磨杀死，这意外地会让他感到十分痛快。其实他知道这样很不好，但是有的时候实在难受得控制不住。他经常想，既然爸爸妈妈希望自己完全按照他们的安排生活，为什么不去养电子宠物而是非要生下自己呢。假如是电子宠物的话，饥饿就喂食，乏累就睡觉，想学什么技能就学什么技能，还能和朋友攀比谁的宠物级别比较高。可是人不一样，人不是电子宠物，人都有自己的思想和灵魂。

庆佑时常在后山对着空气胡乱挥舞棒球棍直到筋疲力尽摔倒在地。

好想死。

就是那个时候，庆佑见到了佐佳。

她像是光。

直到很久以后，庆佑在学习之余偷偷画漫画的时候还经常想起佐佳微笑的脸。他还是经常想要放弃，也经常被打击所以感到失落，可是却再也没有去过后山挥舞棒球棍了。

放学以后跑回家，佐佳第一件事就是找到被她遗落在床头的手机打开来接收 N227 的短信。果不其然，N227 发来的消息已经堆满收件箱，她十分抱歉地回复说明原因，N227 却十分冷静地回复说：“那今天过得开心吗？”

“还不错吧，”佐佳随手敲下简单的文字，“第一次和孝烈说话了。”

“孝烈是谁？！”

解释了一番孝烈的身份，佐佳突然问起在意的问题：“N227，你觉得我应不应该劝爸爸妈妈不要离婚啊？千瑛也跟我说要我尽量劝劝他们比较好，可是我总觉得不太想干涉他们的决定。”

“你爱爸爸妈妈吗？”

“废话，”佐佳说，“虽然他们陪我和哥哥的时间不长，但是我知道他们都是真心对我们好，只是太笨拙了不太会表达而已。”

“嗯，那你相信他们吗？”

“相信啊，他们和某些爸爸妈妈不一样，都是真的深思熟虑的人。”

N227 思考了一阵子，慢慢地发短信过来：“你愿意听听我的想法吗？”

“嗯。”佐佳认真地回复。

“爸爸妈妈他们对于这段婚姻，也都是第一次。他们是第一次当丈夫和妻子，生下小孩以后也是第一次当爸爸妈妈，他们总会有很多不成熟的地方。结婚对人生来说是一件重要的事，可是并不是每个人都能一次就成功地找到最合适的对象。有些夫妻因为要关照小孩的感受所以必须将这种不舒服的婚姻维持下去，我认为这是理所应当的，因为这是他们轻率的恶果，所以应该要自行承担负责。”

佐佳反复读了一遍又一遍，然后她颤抖着手指敲打下去：“假如我觉得爸爸妈妈离婚也并不会对我产生什么不好的影响呢？我爱他们，我希望他们都能够获得幸福，我一个人也可以。”

“那就原谅他们一次吧。”N227 说，“对不起，假如是我的话，我会对他们说，你们离婚吧，但是接下来一定要更慎重一些寻找人生的另一半，不要再犯这种错误了。”

佐佳呆滞地盯着屏幕，不知为何胸腔微微振动，感觉好像因为什么音乐而发生共鸣。眼眶忽然酸涩，有泪水如同泉水渗出打湿脸颊，她的眼泪大颗大颗掉下来。佐佳咬紧牙关回复说：“嗯。”

“佐佳，”N227 说，“你真的一个人也可以吗？”

“嗯，”佐佳回复，“因为有哥哥在。”

“可是哥哥明明已经不在了呀。”

“是的，”佐佳说，“但是我还是感觉他一直都在啊。假如再见面的话，一定要告诉他，我现在已经长大了，变得像哥哥一样坚强，变得有很多可靠的朋友。而且还有 N227。”

良久，N227 都没有回复任何话。

你所能够成长的空间

01

爸爸妈妈在佐佳生日的前一个月办理了离婚手续，因为妈妈要出国学习，佐佳选择跟随爸爸生活。妈妈一直以来都梦想成为一名服装设计师，但是因为结婚生子、工作养家，硬生生从事不相关的工作好几年，现今离婚恢复单身，正好下定决心出国学习。佐佳为妈妈的气魄感到错愕，而爸爸却似乎很支持的样子，他对佐佳说："以后有什么困难尽管告诉爸爸，爸爸会尽量帮你解决的。妈妈要去学习了，爸爸也得努力工作不输给她才行！"

这对夫妇的工作狂情结着实令人担心，佐佳点头说好，爸爸突然想起一件事："说起来，佐佳你下个月就要过生日了吧？"

"是啊。"佐佳打不起精神。以往的生日都是和哥哥与美枝一起过的，去年生日的时候，除了蛋糕以外哥哥还给她发了一条祝福的短信，虽然现在那条信息也已经跟随着坏掉的手机消失了。哥哥在短信里说："佐佳，生日快乐。哥哥永远是你最坚强的后盾。"而现在这是第一次那两个人都不在的生日。

“你在新学校不是交了一些好朋友吗？正好苏阿姨要休假，你就把朋友们都叫到家里来聚会吧！”爸爸轻松地提议道，“那一天爸爸可以陪你，但是你希望的话我也可以多在办公室忙一会儿。”

“不不不，爸爸在家也可以。”佐佳当然不希望给爸爸留下自己排斥他的印象，本身这一家的亲子关系就已经足够不寻常了，她还是想好好和爸爸建立关系的。结果没想到爸爸非常爽朗地笑着说：“我真的无所谓哦！你同学来的时候假如家里有大人在的话总会有点奇怪的，那天我可以加班到七点钟左右再回来，然后正好我们父女俩再一起吃点甜点聊聊天，在那之前你和同学们一起玩，不是很好吗？”

爸爸真是大方……佐佳想了想，觉得这个提议也不错，于是点点头有点害羞地说：“那就这样吧。”

“N227，那个，我快要生日了哦！”晚上佐佳洗过澡以后躺在床上无所事事，最后还是掏出手机给 N227 发去了一条短信。N227 似乎并不惊讶，风轻云淡地回信说：“嗯嗯，想要什么礼物？”

“你还能给我礼物？！”佐佳忍不住想笑，“我要一套漫画书可以吗？”

“啊，我真的不知道要怎么办到。”N227 意外地十分较真，“有没有其他想要同时我又可以做到的？”

佐佳其实并没有真的想要在 N227 这里收到礼物，说实话她也没有什么特别想要的东西。平时爸爸妈妈会给她很多零花钱，假如是可以买到的东西她都随随便便就能拥有，要说真的想要什么，她当然只想要哥哥从死掉的世界里回来。她知道那是不可能的，于是最后只回答说：“我开玩笑的，你不用送东西给我啦。”

手机安静了好一阵子，N227 似乎没有再发短信过来的意思。佐佳心情忽然郁闷起来。

结果生日的时候佐佳真的收到了书，虽然并非来自 N227。她生日的前一个礼拜她就把聚会的事情告诉了千瑛和杉耶，虽然说是聚会，其实就是放学以后一起聚到佐佳家里吃吃蛋糕看看动画片，为此佐佳特地提前买好了好看的动画片的碟片。千瑛和杉耶本身在放学不去游戏厅以后就苦恼着不知道去哪里玩比较好，现今有这样的机会，两个小女生齐齐兴奋起来对佐佳说："我们一定会去的！"

转学以来庆佑给佐佳的帮助的确不少，假如生日聚会不请他也未免太过分了，其实已经不再因为当初在后山上偶遇的恶魔庆佑而感到害怕，可是不知道为什么，面对庆佑佐佳总还是有点不好意思。佐佳生日前几天的时候，她鼓起勇气打算告诉庆佑，结果一下课庆佑身边就围满了各路同学，有的来问数学题目，有的单纯闲聊，佐佳向来不喜欢凑热闹，加上和班上的同学又没有熟络到那种程度，最后还是闷闷不乐地叹着气坐回去。回去座位的时候，前座的孝烈突然转过头来表情微妙地说："喂，你每天坐在这么挤的位置上不觉得难受吗？"

对象是孝烈的话，佐佳不由得也变得大大咧咧起来："废话，换成你快挤死了你舒服吗？"

"哦，那你不早说。"孝烈倒也不生气，就这么回答着转回去，然后不动声色地把椅子往前面挪了挪。佐佳也毫不客气地随之把桌子往前移动，然后空间就更加宽敞起来。她好不容易松了一口气，随口问道："孝烈，过几天是我生日，要来我家玩吗？"

“啊，哪天啊？”孝烈漫不经心地问。

佐佳告知了日期。“假如那天有空的话。”孝烈稍微考虑了一下以后随意地点头回答，“不过你不邀请庆佑去吗？”

“……你居然还关心庆佑？”佐佳莫名地有点好奇，“说起来你和庆佑关系很好吗？”

听到这个问题，孝烈侧过身子来望向被同学们团团围住的庆佑，“啊，我和他从幼儿园开始就认识了，他爸爸和我爸爸是同事。”

“欸？！”佐佳突然就有了兴趣，“跟我说说呗！”

话说到这里，上课铃声就响了起来，因此孝烈也只好转过身去。佐佳忍不住在心里惋惜，明明是绝好的了解庆佑那奇怪的行径以及家人的机会。

当佐佳和孝烈两个人抓紧时间恢复上课状态的时候，他们都没有察觉到旁边的庆佑不动声色地带着淡漠的神情若有所思地看了他们一眼。佐佳困扰着到底要怎么邀请庆佑，烦恼了好久直到下课都没能想出到底怎么说出口，她在气馁之余发去短信给 N227 说：“怎么办，我一个人不知道要怎么邀请庆佑啦！”

隔着屏幕佐佳都能猜想到 N227 那副完全不在乎宛如流氓一般随随便便的样子。N227 回答:“直接告诉他不就好了,话说这到底有什么好不知道的啦？”

“什么和什么啦，我只是觉得他这个人太危险了而已。”

“一个人害怕的话就叫你的好朋友陪你嘛，不是已经有可以好好说话一起打发时间的小女生了吗？”

佐佳这才反应过来，上课的时候传了一张小纸条到千瑛那边去问可不可以放学等一下陪她一起邀请庆佑。

接到佐佳小纸条的千瑛在看到庆佑名字的第一刻便愣住了，胸腔里有海浪在激动喧嚣地拍打海岸。她的第一个想法是自己和庆佑又有机会一起玩了，但是接下来的第二个想法则是佐佳居然已经和庆佑关系好到生日也可以一起过了。佐佳才转学过来没多久，而千瑛和庆佑不仅同学了这么久，而且在此之前还同桌过，居然都没有成为这样要好的朋友。挫败感忽然从心底涌来，千瑛差点被压倒而崩溃下去。但是最后仅存的理智还是在五味杂陈中占据她头脑的主要地位，她拿起笔在纸条下方写道："好啊。"

放学以后佐佳立刻起身跑到了千瑛的座位旁边，千瑛不知为何心情有些沉重，就连收拾书包的速度都慢了下来。佐佳一面抓着千瑛，一面又担心庆佑准备完就走掉，所以只好着急地催促千瑛。千瑛有点不高兴，于是故意闷声更加慢一些。佐佳小声叹气，拿出手机来无奈地左摁右摁打发时间。没过一会儿她再回头过去看自己座位那边，结果发现庆佑居然已经不在座位上了。

"千瑛！千瑛！糟了！庆佑好像已经走了！"佐佳赶忙摇晃千瑛的手臂。

"啊，是吗？"千瑛故作担心地抬起头，其实心里却莫名有几分欣喜。其实她也知道这种窃喜是不对的，可是却还是不由自主，因此也萌生了一些愧疚。

"啊，好可惜……"佐佳唉声叹气道。

两个小女生各自怀着自己的心思默不作声，这时佐佳背后却突然传来了男生的声音："佐佳，你在这里啊。"她们一齐回过头去，看见庆佑正带着温和从容的表情站在她们身后。庆佑的视线直直地投射在佐佳身上，佐佳歪着头看过去："庆佑，怎么了？"

"佐佳，不好意思，今天我偶然听到你在跟孝烈说生日聚会的事情，所以想问你一下，"这样说着，庆佑对着她露出堪称蛊惑魔法的友好微笑，虽然那对于已经见识过他另一面的佐佳来说并没有什么作用，"我可以去吗？"

"啪！"

三人中间突然发出一声巨响，原来是千瑛手中的文具盒突然掉在了地上。然而即便是这样清脆而突兀的一声巨响，也完全没有打断庆佑对于这个问题的专注，庆佑完全没有转移目光的打算，反而是佐佳开口疑惑地问千瑛："千瑛，你没事吗？"

"啊，我……我没事啦……"千瑛死死地盯着庆佑。

"没事就好。"佐佳倒是好像完全没有察觉到有什么不对，风轻云淡地确认完千瑛以后看向庆佑，"要去生日聚会的话没问题哦，其实正打算邀请你来着，我还没说出口，你就已经主动跟我提起来了。"

"啊，那不正好嘛。"庆佑笑眯眯地回答说，"因为你一直没跟我开口，我还以为你没打算请我了。早一点告诉我日期的话我也好跟我爸爸妈妈提前说好那天晚一点回去。"

想到庆佑的父母，佐佳也有些紧张，虽然庆佑露出一副好像完全没关系的样子，但是佐佳知道庆佑所表现出来的那一面是绝对没有相信的价值的。于是她还是认真地提醒他说："有特殊情况的话不来也完全没关系，我不会不开心的，蛋糕也可以隔天再带给你吃。"

"知道了。"庆佑说着轻松地摆摆手转过身率先走出教室。

佐佳压低声音叹了口气，随口抱怨说着“真是个怪人啊”，然后扭头望向千瑛问：“好了，看来不需要帮忙啦，不过还是谢谢。今天一起回去吗？我请你喝奶茶。”

那是佐佳第一次看见千瑛露出那种表情。在此之前，她一直觉得千瑛就是一个比较外向、平时有点叛逆心理但是其实人不坏的女孩子，但是这一刻千瑛垂下头收拾着书包时的神情却突然显露出几分悲伤。她忽然说：“佐佳，今天我想一个人回去。”

一个人走在回家的路上，佐佳心情非常低落，她拿出手机发短信给N227：“好烦啊。”

“怎么了？是不是发生了什么事？”

“没事，就只是千瑛心情不太好而已。”佐佳打起精神来，“N227 教我做今天的数学作业我心情就好了！”

烦恼全都可以抛之脑后，那都是别人的事，对于佐佳来说，这个偌大的星球上存在于自己圈子里的只有她素未谋面的 N227 一个人而已。但就是因为这种想法，她并没有意识到危机正在这种事不关己的平静海面下酝酿波动。

02

隔天下课以后佐佳、孝烈以及庆佑三个人一齐被叫进了老师办公室。老师照常严肃地板着脸看向那心怀鬼胎的三个小孩。佐佳是第一次被老师单独叫过去，心里的慌张不言自喻，她小心翼翼、偷偷摸摸地看了看站在两边的两位同学，左边的庆佑明显已经完全进入了自己的战备状态，展现客气但讨好的微笑，看起来完全是模范生的样子，而右边的孝烈则充满了淘气男孩特有的桀骜不驯，一副毫不在乎大大咧咧的样子。两个都是超危险人物，自己为什么会和他们一起被叫到办公室。佐佳这么想着艰难地咽了一口唾沫。

“快要毕业了，小学的毕业证书大家都应该要漂亮地拿到，庆佑一直以来不太需要老师操心，佐佳也还算不错，但是……”老师的目光阴沉沉望向最右边的小男生，“孝烈，你要多努力啊。”

“我……”孝烈从老师点到他名字那一刻开始就已经心情很坏，老师话音刚落他就想说什么，然而刚开口就被庆佑压了下去。庆佑打断孝烈的话，带着微笑对老师说：“好的，老师！孝烈知道了，以后我和佐佳一定会好好监督他的。”

“是的！老师！……欸？！为什么我也要？！”佐佳仓皇地做出反应，而另一边被强制表示乖巧听话的孝烈也感到非常难受：“凭什么啦！”

庆佑保持着原本的微笑压低眼睛，以俯视匍匐在地的小动物的恐怖笑容扫过他们两个人，强大的威压使人窒息，他们立刻重新端正态度恭恭敬敬答应了老师。

等到走出办公室，佐佳和庆佑两个人就像操心的父母双亲一般悲伤地看向了孝烈，孝烈尽量冷静地回瞪他们：“干吗啦！”

“从今天开始，”不知道是不是因为从小一起长大的缘故，庆佑面对孝烈毫不顾忌地露出了冷漠的表情，他凶巴巴地说，“你这家伙也好歹念念书吧！

我都被老师叫着帮你补过多少次了！偶尔也自己努力一点吧！至少别给我添麻烦啊！臭小子！”

“知道了，知道了。”孝烈低声下气点头，转脸又对佐佳解释，“突然看到这种人格的庆佑会很惊讶吧，请不要在意，恭喜你认识了真实的他。”

其实还好。佐佳倒也并不感到十分意外，此时此刻最紧要的任务是和庆佑站到统一战线来教训孝烈：“以后有什么不知道的就问我和庆佑，我会负责监督你上课不睡觉，也会检查你的作业的。”

“欸？！这么烦？！”

“不准抱怨！”扮演父母角色的庆佑和佐佳异口同声吼道。

回到教室以后他们才发现已经上课了，而且这一堂课是体育课，其他同学都已经换上运动鞋去楼下了。三个人只好懒懒散散地在空空荡荡的教室里换过运动装一起下楼。佐佳被夹在他们中间很是烦恼，突然开口问道：“孝烈对庆佑‘里人格’的那一面也非常了解呢。”

“与其说是‘里人格’，不如说是他本人吧，”孝烈说，“他那家伙平时就只是在装模作样，问题是大家还格外喜欢，结果就纵容他一直装下去了。反正我是不支持的。”

“你们能不能别当着本人的面议论本人的私事啊。”庆佑及时开口插嘴道。

“这怎么算是私事啊，你哪里有我不知道的私事啊？”孝烈大大咧咧地说道，“就连你最近收敛了没去后山闹事我都知道哦。”

三人突然一齐陷入沉默，最后佐佳问道：“孝烈你连这都知道啊。”

“什么？！转学生你也知道吗？”

“啊，偶然有一次遇见了。”

孝烈侧身打了一下庆佑：“你也太不小心了吧！”

“我怎么知道她晚上会突然出现在那里嘛？！”单独与这两个人在一起的庆佑完全不是以前那个庆佑，就连表情都丰富了起来。

“所以说别去了，想发泄情绪的时候也稍微依靠一下别人啊，我们都是你的朋友，不管什么事都可以和我们说，我们一定会努力想办法帮你的。”佐佳低着头絮絮叨叨像老太太一般说着话，孝烈突然猛地抬头看向她，像是完全没有想到她会说出这种话来。

三个人随意地漫步在偌大的校园里，一时间他们都没有说话。远处有人在踢着足球，球“霍”地飞高奔向远方，然后孝烈听见庆佑开口说道：“知道了。以后我会的。”

03

佐佳生日的那一天很快就到了。似乎已经没有那么想念哥哥，但还是经常忍不住哭鼻子。偶尔还是会做有哥哥的梦，有时候他穿着平常习惯穿的校服，替妹妹准备早餐和白天要用的课本，有时候他穿着动画片里超级英雄的服装，有点滑稽但是也很帅气，每当佐佳需要他的时候，他就会披着披风从天而降，像佐佳的守护天使一样。梦里他的怀抱温暖又宽厚，可是一旦梦境消失醒过来，哥哥就会消失。

庆佑送给佐佳的生日礼物是一些漂亮的卡片与他亲手画的画，孝烈给佐佳从娃娃机里抓来了一个佐佳属相的娃娃，杉耶买了一条手链当作生日礼物，最让佐佳喜欢的是千瑛的礼物。

佐佳生日那天，千瑛送给她一本画册。

“啊，这是那天……”佐佳满脸兴奋地看向千瑛。

“嗯！那天我看你在书店盯着这本书看了很久，所以想着你是不是喜欢呢，就买下来给你做生日礼物了。”千瑛露出会心的微笑。

“太感谢你了！”佐佳忍不住用力地抱住千瑛。

生日那天放学后，庆佑和孝烈早早地就收拾好了书包等在佐佳身边，千瑛也提前准备好了东西拉着杉耶小跑过来，看见庆佑以后千瑛立刻有点不好意思地问了个好。五个孩子一起散着步往佐佳家里走，走在路上平时其实联系并不频繁的五个人有些尴尬无语，还好万能的庆佑及时开口打破僵局：“说起来，孝烈你作业做完了吗？！”

“我天！你在说什么啊？！才刚刚放学呢！怎么可能就已经做完了？！”孝烈立刻激动起来，“明明现在这么好玩的时候，你却跟我说学习？！”

“是啊，你到底有没有好好学习啊？！我们可是要对你负责任的！”佐佳也凑上来加上一句话。

“快住嘴！”

看到他们这样打打闹闹，杉耶和千瑛也忍不住笑了起来，气氛顿时活跃起来，孩子们笑着往佐佳家里走去。到家以后，佐佳率先打开灯请大家进去，提前买好的蛋糕已经放在桌上，佐佳拿出 DVD 开始播放当时正在热播的动画片，然后拿出蛋糕刀来给大家切开分发。庆佑一坐下就开始盯着电视机看，新播的动画改编自他很喜欢的一个漫画，他期待了很久，但是在此之前因为妈妈的缘故他都没能看成，佐佳也是特地想到这一点才会选这张碟片的。孝烈熟练地坐到他身边打着哈欠一把搂住他："啊这个，没有最近我看的电视剧好看啊。"

千瑛全程注意力都投注在庆佑身上，而在她身边的杉耶自然不可能不察觉到这一点，于是主动发起话题："庆佑，你怎么在帮孝烈辅导啦？"

"也没有辅导啊，"庆佑的眼睛完全没有离开电视屏幕，"老师安排的，特地叫我和佐佳帮帮他。"

"哇，孝烈真厉害哦，"杉耶莫名其妙地煽风点火，"庆佑偶尔也帮帮我们呗。"

"可以啊，有问题来问我就好。"庆佑明显没有兴趣把注意力从动画片上移开。千瑛也有意无意靠近坐下，杉耶努着嘴巴示意孝烈走开一点。孝烈并不明白这是什么意思，莫名其妙地耸了耸肩起身去厨房帮佐佳准备蛋糕和茶。看见孝烈离开，杉耶也悄悄离开躲到一边偷偷观察。

千瑛有意无意地坐近一些开口："最近还好吗？"

"还好。"

"那个，我好久没去游戏厅了，毕竟也要考初中了。你打算考哪个初中啊？"

"啊，再说吧。"

"我打算考体育生了，假如有机会的话我想着到时候要是能在一个学校……"

事实上，这天庆佑的状态并不是很好。前一天和早晨为了今天放学后的聚会和父母争论了好一番，最后不欢而散，加上现在孝烈和佐佳两个对他知根知底的人都在，所以导致他整个人处于放松的状态，而且难得看到喜欢的动画片，他真的很想专注精神看动画片，却还一直被打断。在千瑛一次一次开口的时候，庆佑在长久的忍耐过后终于表现出了一丝面具的破裂。他侧过头冷冰冰地回答说："有空麻烦去帮佐佳准备一下蛋糕吧。"

千瑛明显是第一次见到这种样子的庆佑，吓得一时间说不出话来，她在心中反复地问自己庆佑是不是生气了。幸亏这个时候佐佳已经把蛋糕切好了，孝烈帮着她把东西盛出来。佐佳笑嘻嘻地把蛋糕分给大家，千瑛也立刻像是跳出困境一般逃出去吃蛋糕。佐佳看到庆佑还在沉迷动画片，于是贴心地把蛋糕送过去给他。杉耶有些愤愤不平地问道："他都不在意蛋糕了干吗还要给他送蛋糕啊？"

"他在看动画啊，是他喜欢的东西嘛。我特地给他买的光碟哦，看到他这么喜欢我真的很开心啦。"佐佳毫不在意地回答。

结果那天的日程就变成大家一起边吃蛋糕边聊天，庆佑吃着蛋糕看电视，直到把那个动画片看完才跳脱出来，表情像是做了一场异常甜美的梦。他对佐佳认真地说："太谢谢你了！对不起，今天明明是你生日，但是我只顾着看动画片了！"

"没关系啊！我生日就希望大家都能开开心心的嘛！"佐佳回答。

千瑛已经心情郁闷了好几天，本来今天想要借此机会和庆佑拉近关系，但是没有想到却一点都不顺利。看着对佐佳满满都是感谢的庆佑与因为让庆佑放松了一把所以也很开心的佐佳，千瑛心里更不是滋味，表情完全低沉下去。杉耶护友心切，猛地一下破坏了他们和谐的氛围："我说你啊！凭什么只跟佐佳道歉只感谢佐佳啊？！刚才千瑛跟你说话你那么凶干什么啊？！你也好好跟她道歉啊！”

庆佑完全没有料到会突然发生这种状况，惊讶地望着她又看向千瑛。他凝噎了好一会儿说：“呃，对不起？”

“杉耶，你也别这么凶嘛。庆佑又不是故意的。就当是我不好吧，其实我也没想到庆佑会这么入迷嘛。”佐佳干巴巴地笑着想要打圆场，结果立刻被千瑛阴沉的表情堵回去。千瑛冷冰冰僵硬的表情像是回到对佐佳满是恶意的时候：“佐佳，你可不可以先不要说话。”

“为什么不让佐佳说话啊？”孝烈抬头皱着眉加入谈话，“今天她生日，我们别让她不愉快了吧？”

庆佑只感觉头痛，刚刚明明看过动画片心情很好的：“是啊，别牵扯到佐佳了。”

“佐佳，佐佳，你们就知道佐佳！佐佳，他们一个个都那么偏袒你，那佐佳你到底邀请我们干什么？！和他们男生一起玩不就好了吗？！”千瑛终于忍无可忍，最终爆发成大吼。

佐佳的窘迫难以言喻，完全愣在原地做不出回应，她痴痴地看着所有人，未免都有些尴尬。

“什么啊，你们每天脑子里都在想什么啊？”孝烈的语气听起来依旧有几分不快，他显然很讨厌千瑛这种胡乱生气的个性，“佐佳，既然她们希望的话，下次就不要叫她们了。我和庆佑也足够做你的朋友了吧？”

“佐佳，你知道重色轻友这个词语吗？！”杉耶气势汹汹地冲佐佳说道，“这样吧，我和千瑛还有庆佑孝烈，只能选一边的话你选谁？”

佐佳完全不知道为什么好端端的生日聚会会演变成这样："欸？！为什么要选？！大家都是我的朋友啊？！"

"你们女生每天叽叽喳喳的到底想干什么啊？！真是够烦人的。"孝烈不耐烦地一把搂住佐佳的肩膀，下意识加大了力气，"佐佳，告诉她你会选我们，让这个烦人精闭嘴。"

"孝烈！"佐佳下意识赶紧从他的臂弯里抽身，"怎么能说别人是烦人精呢！而且我也是女生啊！"

"你在说谁是烦人精？！"千瑛说着伸出手就要去打孝烈，孝烈一抬手便挡住了，杉耶也不示弱，上前去要推庆佑，庆佑并不想被卷进去，只能灵敏地闪躲开来。

佐佳看着自己的朋友们分为男女阵营打成一团，头脑也浑浊起来。为什么她的生日会变成这样？嘈杂的声响与混乱的场面剧烈地冲击她的神经，佐佳感觉自己就像是突然从悬崖跌落，疾风与失重感将她的感官悉数吞没。

今天是她的生日，她本来应该和哥哥在一起才对。有时候美枝也会在，哥哥会去蛋糕店买好蛋糕，准备一桌子好吃的菜，然后他们坐在一起点燃蜡烛，非常幸福地许愿以后吹灭蜡烛。本来应该是这样的。

本来应该非常快乐才对啊。

"佐佳，生日快乐。哥哥永远是你最坚强的后盾。"哥哥永远是我最坚强的后盾。可是哥哥不在这里，哥哥在坟墓里面。哥哥他再也不会回来了。

“够了！”佐佳大声尖叫起来，“你们都给我住嘴！”

假如哥哥在这里就好了。哥哥，今年也要祝我生日快乐哦。佐佳一字一句地说下去：“够了，我不需要朋友了！请你们都走开吧！我不用你们给我过生日！我不需要你们，我只需要，我只要……”她已经说不下去了，眼泪大颗大颗地从眼眶中掉出来。我只需要我哥哥。这一句话已经说不出口了，她已经失去哥哥了，哥哥再也没有办法祝她生日快乐了。一个名字突然出现在脑海中，佐佳忽然想要手机。她拼命地翻身上的口袋想要找到手机，她要和N227说话，只要N227在这里，她就什么问题都不会有。

她忽然想起来手机在卧室里，于是拼命地跑回房间去猛地关上门。她现在什么都不想面对，她颤抖着摸到手机，看到的第一个提醒便是来自N227的短信。N227几个小时以前发来了短信：

“佐佳，今年也生日快乐，希望你永远都能健康快乐。”

看到那条短信，佐佳终于完全崩溃地号啕大哭起来。

哥哥过世以后的第一个生日，佐佳还是收到了她最想要的生日祝福。

04

趴在床上看到那个短信以后，佐佳痛哭着把脸埋进枕头里，不知不觉居然睡着了。等她醒过来，已经是半夜两三点钟了，她看过时间以后查看了一下收件箱，爸爸打过来好几个电话，她都没有能够接通，因此最后还是发来了短信。爸爸在短信里告诉她今天因为突然的工作所以没有办法回家了，让她好好休息,并且祝她生日快乐。佐佳走出卧室,庆佑他们当然都已经回去了，餐具和杯具都被洗干净收拾好。家里空空荡荡只有佐佳一个人，她又开始想哭了。她发短信给 N227 :“谢谢你。”

“怎么这么晚还醒着？！”N227 立刻就发了消息过来。

“刚刚才睡醒,”佐佳回复，“对不起，突然就想你了。”

N227 似乎被佐佳突然的话吓到，好一会儿才发短信过来 :“嗯，今天生日派对怎么样？和爸爸有好好吃饭吗？吃了些什么？有没有过一个开心的生日？”

佐佳盯着屏幕感觉眼眶又开始酸涩，她卖力地吸着鼻子想要忍住不哭，可是眼泪还是不争气地掉下来。她打了好几次字，可是都实在不知道发什么好。朋友不要她了，爸爸也只知道工作的事。她笨兮兮地抬手擦掉眼泪，然后慢吞吞地发短信给他说 :“只有你要我。”

“什么？”

佐佳感觉自己已经累到筋疲力尽，哪里都动不了了，她拼命地忍住悲伤努力地编辑了一段话发过去 :“你可不可以和我打电话？你不说话或者听不见也没关系，只是让我知道你在电话那头就好了。”

N227 犹豫了好一阵子，佐佳几乎以为 N227 是拒绝的意思了。然而就在她垂下手去闭上眼想要直接躺倒在地上时，屏幕忽然重新亮起来，她看见来电信息不断跳动，来电者的名字是“N227”。

佐佳花了好大的力气接通了电话，与原先N227的说辞不同，格外安静的夜里佐佳明显听到了听筒传来的呼吸声，一下一下，平稳又熟悉。还没有开口，她就已经哽咽起来。佐佳收拢哭腔小声地说：“要是你在我身边就好了……”

“只有你要我了。”

电话那头的人似乎打定了主意不开口说话，佐佳也并不生气，自顾自地就说了下去：“今天一点都不顺利，真的不是我开玩笑，就是真的一点也不顺利。其实只是为了让庆佑开心所以准备了他喜欢看的动画片，千瑛就像发神经一样总是不高兴。杉耶莫名其妙就跳脚骂我，还说要我选一边做朋友什么的，孝烈也是，一直跟我说要我不要和她们再在一起了。爸爸明明说好要一起吃晚饭的，结果最后还是说要加班。根本就没有人在意我！”

“我已经忍耐不下去了！真的，我已经，一点都忍耐不下去了！我真的已经做不到了。我只要我哥哥，我只想和我哥哥在一起！要是哥哥还在这里，只要哥哥在这里永远陪着我就好了。我想要我哥哥永远陪着我……”

“不可能的。”

就在佐佳打算用尽全力哭喊出来的时候，耳畔忽然响起一道温柔沉重的男中音。佐佳睁大了眼睛，惊讶得无以复加。电话中传来的明明是爸爸的声音。

“没有人能够陪你走到最后，哥哥已经没了，你一定要自己坚强起来。就算是一个人，也一定要努力走下去。因为……爸爸这样希望，哥哥也一定这样希望。”

“明天好好去上学吧，跟朋友们真诚地聊一聊，假如他们能够理解你，那么也就说明他们是可以做朋友的人。”

佐佳在十二岁那年失去了哥哥，然后在十三岁的生日时终于长大了。

05

天边绽放出第一束曙光的时候，佐佳从床上坐起来看向窗外。爸爸已经回来了，并且带来了送给她的生日礼物。佐佳一边吃着早饭一边打量她的新手机，崭新的通讯录还没有存下任何人的号码，她满意地先把爸爸妈妈的号码输了进去，心里计划着等到了学校再向庆佑他们要一下电话。

上学路上天气很好，佐佳走了一会儿便遇到了庆佑。看到佐佳以后他便主动和她打招呼："佐佳，你的眼睛怎么回事？昨天打搅你了不好意思。"

"啊，"佐佳立刻笑起来，因为晚上流泪太多，以至于她的眼睛完全肿了起来，"没关系的。"

"不好意思，昨天孝烈是不是吓到你了？别看他那么凶，其实人很好的啦……"庆佑立刻开始替孝烈解释起来，没想到孝烈本人却突然从路边走了过来，一把拉住佐佳高声说道："转学生！我昨天有一道数学题怎么都做不出来，等到学校你教教我啊。昨天你家里的杯子可都是我洗的，记得谢谢我哦。"

佐佳被孝烈拉着袖子，其实不太舒服，但是却不想甩开，她笑眯眯地说："知道了啦！我哥哥辅导了我好久，所以我很擅长数学的哦。昨天你在我家发脾气我还没找你算账，你还敢向我邀功啦？"

等到教室，新的一天又吵吵闹闹地开始了。千瑛和杉耶一起走进教室时佐佳下意识看了过去，但是千瑛只是往这边瞥了一眼，立刻逃一般跑回了位置。杉耶故意绕到佐佳座位旁边来，把一个手机挂饰和一张纸条拍到佐佳桌上，丢下两个字说："赔礼！"

佐佳抬起头，看见杉耶有点因为害羞所以慌张的表情："欸？"

"昨天，不是故意那样对你的，对不起。"杉耶结结巴巴地说，"两边都选，也可以哦。"

佐佳忍不住笑起来，打开纸条一看，上面写着一段歪歪扭扭的文字。是千瑛的字："蛋糕很好吃。生日快乐。"

课间十分钟，佐佳伸了一个懒腰看向四周。孝烈打着瞌睡问："怎么不玩手机了？"

"以后都不带手机来上学了，不过还是拜托你们给我你们的号码吧，我会发短信给你们的。"佐佳笑着说下去，"其实今天想跟你们说说我哥哥的事。"

理江与阿山

01

总有一天你会后悔的。

百叶窗拉开的室内宽敞明亮，身着正装的女生斜着身子坐在办公椅上打瞌睡，身体不停向下倾斜然后整个人摔倒下去。理江忽然从梦中掉落出来，刚才的噩梦中莫名其妙追击她的句子还在耳边回荡。她揉着太阳穴坐回原位，拿起已经被投诉短信填满的手机低声叹气。烦恼的心情引来燥热，理江起身打电话和麻烦艺人交涉。强调好几遍这次演出的重要性，终于在实在很难搞懂对方究竟有没有听进去的回答之中结束通话。

她起身穿上外套，从抽屉里取出娱乐公司制作人的名片，补喷好气味刺鼻的香水然后推门走出去。

来电就是这时突然袭来，理江几乎没有多想就接通。电话那头声音的音调好似机器人："您好，请问是赵理江小姐吗？"

"我是，"她一边没精打采地应答着一边抬手整理衣服，"请问您是哪位？"

"这边是警方。是这样的，"对方风轻云淡地说出令人无比震惊的话，"何子山回来了。"

有那么一瞬间，理江完全没有能够明白对方在说什么。

她不由自主地停下脚步，拿着电话的手臂酸痛却没有反应，整个身体变成石雕被扔进浩瀚的大海。她停滞在那里，直到耳边轰然炸开一道熟悉的叹息。模糊的记忆里有男生过分灿烂的笑脸像是缓慢显像的照片一般逐渐清晰。

理江说：“你说什么？”

“十年前从地铁里消失的那个何子山今天早晨在之前他失踪的那个车厢里找到了，目前神志清醒，身体状况良好。他的家人一直联系不上，您当时作为他的邻居也填写了联系方式。假如有时间的话可不可以请您过来一趟呢，我们的地址是……”

电话这端的理江恍恍惚惚记下对方的信息，道谢以后挂断电话，满腔绝望面对警察陈述所有阿山相关的情形至今还历历在目，理江咽下唾沫感觉胸腔中苦涩万分。他终于回来了。

到底要怎样面对他比较好。

02

十年前冬季的某一天，天气不错，阿山坐上回家的地铁。那一趟恰好只承载着一位乘客的列车在茫茫黑暗中驶过一如既往却又异常陌生的路线，抵达下一站时波澜不惊地打开车门，崭新的车厢中已经空无一人。初中男生离奇失踪的消息像蒲公英的种子飞遍世界，阿山消失了。

其实除此之外，那一天与平常并没有什么不同。日光泛黄静美，好像纱帐，阿山偶尔趴在课桌上犯困，有时会和前座的理江闲聊几句，那个时候每一天仿佛都会是这样，风平浪静，不需要考虑以后的事，悠闲永远不会抵达尽头。

那时是冬天。放学以后，理江和阿山一起从校园里出去。阿山斜背着双肩包，垂下头去打量刚擦过的球鞋。理江收拾完东西才匆匆忙忙从楼上跑下来，奋力奔跑着追逐前面摇晃的背影：“阿山！等等我嘛！”

“快点啦，鼻涕虫！不等你了哦！”阿山头也不回地喊道。

那时他们报名的选秀刚通过海选，已经在准备复试的曲目。早些年的时候理江患过鼻炎，整天老是在擤鼻子，因此阿山喜欢叫她“鼻涕虫”。两个人讨论无果，理江说：“其实我觉得我好像不太合适参加这种。”

“为什么？”

“我爸爸说我不适合参加选秀，女孩子就应该乖乖待在家里，”理江说这话的时候还有几分委屈，“等我成年了他会安排工作给我。”

“……随便你啦。”阿山说这句话的时候语气却意外的很温和，他抓着背包带垂下眼睛，笑意绵软又安逸，“不过我奉劝你一句，有什么想做的事情还是去做比较好，不然总有一天你会后悔的。”

理江看着阿山爽朗的神情，视线游离不定不停颤抖，她突然觉得有些忌妒阿山。忌妒他能那样清爽地微笑，忌妒他能够自然而然地说出自己所想的事，忌妒他好像永远不会改变。

她忽然站住脚再也没有办法和阿山并肩往前走，阿山拿着交通卡侧过身等待，忽然听见理江这样说道：“今天我就不和你一起回去了。”

有一瞬间，她有过动摇。空空荡荡的胸腔里响彻清晰的话语，她想，不管怎样，阿山都会是我最好的朋友吧，会的吧？重音在“吧”上。

阿山看着她，目光清冷正直得像是什么都不畏惧。他稍微思索了一下，然后轻松地点点头说：“好。”说完他便回过头去，就那样利索地转身进站，背影略微闪动然后混入人群之中消失不见。有那么一瞬间，理江想要抓住他的手。可是她还是犹豫了。他也没有等她。

那个场景在之后反复不断地出现在理江的梦里，阿山消失得轻巧又迅速，快得像是一阵风，轻柔得仿佛夜空中一闪而过的光点。没有人能够捉住他。

堵塞的十字路口中响起嘈杂的车笛，握紧方向盘的理江从回忆中挣脱出来。她抬头看向前方渺茫的绿灯，暗自提醒自己她已经不再是过去那个无数次回到车站门口寻找阿山的小女孩。

警方提供的地址在医院，理江在楼下徘徊好久，思索着要不要买探病的慰问品过去。最后她还是两手空空挤进满员的电梯，在几乎无人的楼层下去。走进指定病房时，理江感觉自己的每一步都濒临摔倒。说实话，她完全没有想到阿山还能够回来。在未曾道别就分开的这十年里，所有与他相关的人都已经经历了震惊悲痛绝望然后接受现实的感情奔波，然后以无法改变现实的软弱姿态跟随时间有序地消失在当时的空间里。

走进病房的时候并没有人理会理江，病房里所有人都在忙碌，医生在记录观察的结果，警员坐在床边询问相关的信息，还有一些人进进出出沉浸在各自的世界之中。理江侧身让了几次路才走进里面，窗外凄惨的日光过于白亮地映衬出一个灰白消瘦的人影。男生的身体孱弱过头，像是在旅途中耗尽了全部的气力，他的五官依旧精致清秀，可是线条却已经成长太多。他费了很大的力气转过头看向理江，明亮的目光似乎在分辨眼前的究竟是谁。

对视一瞬间，少年时期的笑声从遥远的过去奔走而来汇入耳道。理江确认那就是阿山。

忽然之间，鼻腔泛起过分的酸涩，眼泪不受控制地向上翻涌，成年的男生霍地变回十年前那个无所顾忌却又充满畏惧的初中生。理江艰难地想要叫他的名字，可是为了压抑失态却只能垂下头去。那么笨拙的画面，她咬紧牙关觉得有点丢脸。眼泪一直忍不住往下掉，她感觉鼻炎好像又复发了，却听见床上正在休息的男生发出与从前一般爽朗的嗓音："鼻涕虫……"

他看起来似乎很累。理江缓慢地往前行走，阿山缓慢地抬起头用发亮的双眼看向她。他露出无比熟悉的微笑,嘴唇翕动吐出打招呼的话:"好久不见。"

大概是因为当初没有好好道别，所以再见的时候才能这样若无其事地问好吧。理江咬碎难过咽下去，抬起眼睛艰难地点头。"阿山，"她哽咽，然后在他暖融融的目光中退化成为过去的鼻涕虫，"好久不见。"

03

警方勉强联系上阿山的父母已经是一个礼拜以后的事。在阿山失踪以后，他们相互责怪又自怨自艾，为了保险金官司不断，最后闹得不欢而散，不得不分道扬镳远离伤心之地。阿山的母亲远在国外临时赶回。父亲草草露脸，穿着发黄的衣衫，戴着媲美啤酒瓶底的眼镜，看起来过得并不顺利。已经年过半百的两位异常紧张地站在突然回来的男生身边，莫名恭敬地对待这个像是陌生人的亲生儿子。

理江完全没有想到调查结束以后的阿山会联系自己。那段时间她在娱乐公司的工作不太顺利，一如既往忙过用餐时间，她随便打电话叫来外卖。夜色太深助理们已经全部下班，她只好小心翼翼亲自去取餐。

走到楼下的时候隔着落地窗远远就看见高瘦的男生正在签收外卖，理江满腹狐疑靠近过去，看见熟悉又陌生的阿山拿着热腾腾的食物纸袋往这边走来。

上一次见面是在医院，当时阿山坐在病床上，看不出身形细节，如今借着月色，可以看出他也长高许多，完全是成年人的模样。

是理江从来没有想象过的模样。

阿山穿着款式简单的衬衫和洗得发白的牛仔裤往这边走，理江慌忙走过去拿出门禁卡开门。四目相对时，理江咽下唾沫感觉有几分尴尬。阿山好似并不这样觉得，第一眼看见她便爽快地笑起来。

不管变成怎样，阿山都会是我最好的朋友吧？

理江总觉得奇怪，问起要喝什么的时候，阿山的回答还是富有少年气息的可乐。他好像从来没有长大过，可是又确实长大了。

“调查结束了，不论是科学家还是警方都什么也没查出来。”谈起如此糟糕的事情，阿山居然还能够笑出声，“虽然我很想帮上忙，可是说真的，这十年来到底发生了什么我也不知道。至今我都完全没有真实感，虽然你们都说已经过了十年，而且我好像也的确长大了这么多岁，可是我真的完全没有这十年的记忆啊。我只是坐了一趟地铁而已。”

“……不过好歹现在回来了，”理江挣扎着说出总结的话，开口进入现实的正题，“你今天怎么会这个时候来找我？”

“结束调查以后就没有理由住院了，”阿山理直气壮地吃着理江点的外卖，“我爸爸妈妈都有了新的家庭，早就开始新的生活了，现在我插一脚进去不太好，实在没有地方可以去，所以我就来找你了。”

阿山家人的事，作为邻居的理江是稍微有些了解的。当初两位家长的确为了阿山失踪的事狠狠伤痛过好一阵子，可是世界不可能就这样因为一个人的消失而毁掉，他们离婚以后都还是开始了新的人生。理江习惯性地咬住嘴唇，思索的时候被忽然的念头惊到。他们会不会觉得要是阿山没回来就好了呢？

这样想的时候她不小心被自己呛到，咳嗽着抬起头，却看见阿山仿佛完全没有意识到一般保持着原本坦然的神情。过分沉迷于过去只会难以跳脱，理江突然庆幸自己也早就已经搬家，没有住在过去阿山家的隔壁。她最后鼓起勇气顺理成章作出决定：“那你先和我一起住吧。”

于是两个人一起离开公司回理江的公寓。已经错过末班车，理江只能带着阿山步行回去。漆黑的道路上已经空无一人，回去的时候阿山一直东张西望，说一些零散的话：“你已经大学毕业几年了？”

“两年。”理江心情复杂地回答，其实很希望阿山不要说下去。女生会比男生对于时间的迁移更加敏感。

“现在的美国总统是谁啊？真难以想象我现在已经二十四岁了啊。早知道会遇上这种事，当初就应该尽兴做所有事的。”阿山这样说的时候脸上还挂着笑，即便在抱怨，但表面上看起来好像完全不在意。理江咬着牙关不作回复，两个人就这样吵闹又寂静地走过空荡荡的街道。理江忽然回想起当初她和阿山一起参加选秀时的情形。当时他们青涩又害羞，在众目睽睽下跳很别扭的舞蹈，两个人不管怎么看都笨得好笑。得知通过海选以后，理江很严肃地对阿山说：“万一将来红了的话，我们就算雇佣杀手也一定要把海选时的录像带抢回来毁掉。”

“干吗毁掉？”阿山打着游戏机爽快地大笑，“以后看到的话也是不错的回忆吧！虽然的确很搞笑就是了。”

“我们是要做偶像组合的好吗？又不是搞笑！”当时穿着校服的理江趴在课桌上困倦地反驳道。

那个时候他们都才十四岁，可以拥有漂亮过头的梦想和笨拙努力的样子。可是现在回想起来，却一点都笑不出来。

他们顶着成年人的皮囊往前走，理江皱着眉头沉浸在缥缈的回忆之中。几步以后她忽然察觉到异常，回过头发现阿山站在一个路口没有移动，理江反过身折回去走到阿山旁边问：“怎么了？”

阿山停滞在那个地方望向路口里面，那里是一条平淡无奇的道路，路灯光束昏黄地跳动着，对于任何人来说都不会有什么特殊意义。他的目光像是沉寂的死水，许久过去突然泛起波纹。他说：“以前我们放学走过这条路，是吧？”

视野之内的景色的确在过去出现过，那时他们都还是初中生。理江艰难地点头回答：“嗯。”

04

借住的这段时间里，理江特地从衣柜里翻出父亲过去的衣服借给阿山穿，阿山也毫不客气地习惯她的生活，整个人好像本来就属于她的生活。偶尔坐在沙发上看电视的时候阿山会突然开口：“你怎么还没有男朋友？”

“因为工作很忙。”理江态度很差，表情变得特别坏。不论是过去还是现在，总是能够准确无误激怒理江这一点，阿山一点都没变。

“天啊，我猜是因为你品味太差，”阿山故意调侃，“你身上的香水好难闻啊。”

“去死吧！再吵就把你赶出去！”香水是为了工作不得不喷的，其实理江自己也觉得刺鼻，玩笑话脱口而出，完毕以后视线触及阿山霍然恐慌的表情才突然意识到自己刚才说了什么。

气氛突然尴尬起来，理江和阿山都不说话。良久，阿山更换电视频道，从动画片换成理江喜欢的偶像剧。理江斟酌着转移话题：“我安排你在我们公司工作吧？”

阿山看起来终于恢复正常，抱着手臂满是兴趣地微笑：“可是我初中都没有毕业……”

“这里是我父亲的公司，通过我的人脉的话，你可以来尝试做做助理。”理江故作爽快地说出这种话，却突然意识到有什么不对。当初父亲好像就是这样若无其事地向她发出毕业以后做助理的命令的。她忽然感到有些窘迫，幸好阿山似乎没有提起过去的意思，这让她不由松了一口气。

“谢谢你，”阿山扬起头，脸庞上闪动着没有半分阴霾的笑容，“真好啊。虽然爸爸变了，妈妈变了，整个世界基本都变了，但是理江没有变，真是太好了。”

理江忽然感觉喉咙堵塞，整个脸差点涨得通红，明明变化最多的是自己才对。她感觉自己羞愧得抬不起头来，想说对不起，可是能做的只有摆摆手装模作样地赶紧逃走。

理江和阿山通过选秀海选的时候，他们两个人放学以后一起在路上兴致盎然地聊了好久。那个时候他们对于未来充满了闪闪发亮的期待与蓬勃生长的幻想。但是理江兴高采烈地奔跑回家告诉父母这个好消息的时候，得到的却是父亲冷漠的表情。父亲冷冰冰地回复道：“阿山也许还有机会，不过你的话就算了吧。你一直拖累着阿山还不够吗？女孩子家的，不要总是做梦了，在外面瞎混有什么好处？毕业以后乖乖来爸爸的公司工作，一步一步努力做上去吧。”

还在念初中的女生仿佛一瞬间跌入冰窖，面对充满威严的父亲不知道该如何反驳，没有谁可以憎恨，只好痛恨自己软弱无力，躲在被窝里放声大哭。痛苦压弯少女的脊背，第二天上学她也偷偷趴在课桌上哭泣，痛苦得几乎窒息的时候，她忽然发现有人站在她身边发呆。是阿山。他悄无声息地出现在那里，好像什么都明白一般说：“别放弃。”

阿山最好了。只有阿山永远站在我这边。阿山永远都是我最好的朋友。

大概就是因为如此，即便再痛苦，理江也做好了不放弃的准备。

然而就在不久之后，阿山凭空消失，只留下孤零零的理江、无法实现的梦想、空无一人的地铁车厢以及毫无反应照旧运作的地球。

05

因为失踪的事，阿山接受了不少新闻媒体的采访。虽然说他的回应千篇一律是不记得，可是对待科学并无兴趣只热衷于凑热闹的围观群众还是对此事关心了好几个月。阿山睡在理江家客厅的沙发上，半夜理江拿着茶杯出来倒水的时候有时会盯着阿山的睡脸忍不住想，他真的不难过吗？

人生平白无故消失十年，他真的没有任何想法吗？

助理事务本身也没有那么容易熟悉，阿山花费了好几个月却还是跟不上公司大体的工作进度。身为推荐人的理江动不动就要听其他部门的同事向她告状，但她也只能旁敲侧击鼓励阿山继续努力。其实理江经常偷偷留意他的工作状况，本来以为阿山已经适应，没想到有一天坐在家里看电视，阿山刚洗过澡擦着头发出来，忽然看着电视机里的明星开口说道："说起来，我们以前是不是还想过要做艺人来着？"

现在才想起来真是辛苦你了。理江控制住自己内心尖叫崩溃的欲望，该来的还是来了，她缓慢地扭动脖颈不敢去看阿山的眼睛。世界上最令人讨厌的东西永远是过去的幻想与残酷的现实。她干巴巴地笑了两声，然后诚实地回答说："是啊。"

令人惊讶的是，阿山居然并没有把这个难堪的话题延伸下去，只是稍微沉吟了一会儿就转身躺倒在沙发上入睡了。理江随便换了几下台，最后也无聊地关掉电视回到卧室，躺倒在床上的时候，理江忽然感觉特别疲惫。

假如有另一个时空就好了。在那个时空里，拜托理江和阿山都成为大明星吧。

她这样想着入睡，大概是因为心事太过沉重，中途忽然痛苦地醒来。天色还沉浸在黑暗之中，她挣扎着打算继续睡的时候，忽然发现床头站着一道黑影。理江吓得几乎昏厥，定睛一看却发现是阿山。她气喘吁吁地捂着胸口不大高兴地质问道："你大半夜的不睡觉干吗？！吓死我了！"

"我睡不着嘛。"阿山挠着头发笑，眉眼间有几分温吞的苦恼。

虽然是异性，可是因为太过熟络，理江对阿山几乎没有防备。刚开始住到一起被同事提醒时也不是没有在意过，然而一看到阿山依旧停留在十年前的一些孩子气举动，她就立刻投降，心酸得想要放声大哭。到底为什么要这样对他们。

理江往床边挪动，拍拍床铺让他躺上来。阿山钻进被窝的时候身体冰凉，理江感觉心脏猛地收缩，疑问忽然脱口而出："你为什么总是话说一半？"

"什么？"阿山简略地反问。

"你应该其实很在意以前的事吧，"理江踌躇了一会儿，"今天有关以前我们都想做明星的事，你没有说下去。"

对方的回答意外的直白："你应该不希望我继续说下去吧？"

"虽然的确是这样啦，毕竟现在没有做成，所以有点尴尬，不过……"

"我现在只有你可以依靠了哦，"阿山忽然笑出声，黑暗中看不清他脸上的表情，"我已经弄丢十年了，现在正在和全世界脱节。除了你以外，已经没有人愿意收留我了。感觉就像一场赛跑，所有人都突然跑到我前面，根本看不见影子。只有你稍微愿意等我，还能留给我一个背影。不赶紧接受十年后的设定的话，我会连你都追不上的。"

"怎么会……"理江想说些安慰的话，可是所有语句忽然闷在喉咙里。

阿山接着说下去："那个，我现在已经在后悔了。假如要是能够回到十年前，一定要多练习唱歌跳舞，早一点参加选秀，尽快努力成为明星。那个时候有很多想和你一起做的事情。总之，有什么想说的话，一定要赶快说，有什么想做的事，必须及时去做，不然总有一天会后悔的。"

语毕他翻个身任由缄默迅速将他淹没。理江在一片漆黑中睁着眼睛，说不出话，也流不出眼泪，只好在那里沉默着回忆过去的事。

突然被扔到十年后的世界，还有可能追上其他人的步伐吗？

阿山乘坐未知的列车消失在十年前的时空以后，理江经历了人生中最难过的一段时间。警方和记者不断地盘问，她埋着头像是罪犯一般被掏光心里所有和阿山有关的事。有人猜测阿山被杀掉然后藏在了车厢不被人发现的角落里，理江为此调查那班地铁调查了一整年，可惜一无所获。后来她时常去地铁站门口等待，希望哪一天阿山会突然像是什么都没有发生过一样若无其事地从出口走出来，然后与她继续讨论还没有结果的选秀与未来。可是她所期望的事一件也没有发生，人来人往哪里都没有阿山的影子。他就像是根本不存在。理江被不同的人问过很多次有关阿山的事，她不厌其烦地重复何子山的名字。没有说出口的是她一直在想，假如要是那个时候握住阿山的手就好了。假如那个时候能够抓住他的手，那么或许阿山就不会消失，或者说他们可以一起消失。

她好后悔。

忘记多久以后，新闻不再出现阿山的照片与名字，他的父母成功分割财产断绝关系，相继搬家离开理江家的隔壁。学校解除紧张期照常上课，所有人好像都从失去阿山的阴影之中顺利地走出去了。理江站在原地用她孤独无助又有一点茫然的表情看着大家的背影消失在地平线，感觉就像是失去了一只手臂或是身体的其他一部分。她有时候甚至不能明白为什么其他人都能够顺利地继续生活。理江放慢脚步奔跑，时不时还要回过头去看身后有没有出现那个追逐的影子。

阿山，你一定要快点追上来才行哦。

我会等你的。

不管怎样，阿山都会是我最好的朋友。没有安置在“吧”上的重音。

在理江几乎也要妥协的时候，阿山终于回来了。二十四岁的他坐在仅承载着一名乘客的地铁车厢里打瞌睡，被发现时对于烟消云散的十年毫不知晓，好像他真的只在地铁里停留了十几分钟。可是只是那十几分钟，一切就都改变了，世界的残酷就已经衍生到了令人难以想象也无法接受的程度。

所有人都是陌生人，这个世界已经不是属于他的世界。

06

约见到阿山父亲的时候，理江正在处理自己不喜欢的香水。她终于对自己受不了的气味忍无可忍，最后决定趁着兴致高的时候把它们全部扔掉。已经年迈的男士敲门以后走进来坐下，局促地端着茶杯小声叹气。理江扔掉垃圾走回来尽量保持亲和的态度：“叔叔不用太紧张，只是因为我现在和阿山一起生活，所以想请您帮一些忙。”

“理江，”对方似乎对这次访谈已经有所推测与准备，他率先说道，“是这样的，我现在已经和新的太太有了孩子，并不方便再与阿山一起……”

“我没有要逼您和阿山一起生活的意思，”这话从理江嘴里说出来总觉得有几分奇怪，但是现在已经管不了那么多了，她感到焦灼，“我只是……”

对方好像太过紧张，再一次急忙地开口：“假如您希望我支付一些钱给您的话也不是不可以，只是我现在工作也很紧张，数目实在是不能……”

“不是的！”理江耐着性子重新打断对方的被害妄想，尽量严肃地说下去，“是这样的，阿山现在回来没多久，他对于十年后的这个世界不够熟悉，仅靠我一个人我觉得不够。阿姨在国外不方便，所以我希望您有空能够多来看看他，陪他聊聊天，让阿山尽快恢复过来。”

老人苍白的脸上显露出几分怀疑，良久终于放下茶杯稍微坐得更加坦率。他咳嗽两声尴尬地解释道:“实在太不幸了，阿山走以后一切实在变化太大了。我本来都以为他死了，我以为他再也不会回来了，但是没有想到他突然就回来了……”

理江下意识想逃跑，可是又想起这里是自己的办公室，只得握紧办公椅的扶手，抬头眯起眼睛勉强微笑。走神之中她忽然产生可怕的猜想，会不会阿山其实早就已经回来过呢。早在十年前，五年前，或者几个月前他就已经回来过，可是看到大家已经没有人愿意等待他，所以就害怕地回到那趟地铁里去了。理江的呼吸不由得急促起来，与此同时，她面前的大叔继续说下去。那位老人忽然说出这样的话："有时候我都想，要是阿山没有回来就好了。"

其实那句话也许并没有恶意，可是理江还是做出了剧烈的反应，这就是她最无法接受的那句话。她咬紧牙关倒吸一口凉气，为了掩盖住失态侧过脸去。可是就在扭头的一瞬间，他看见百叶窗外站立着眉清目秀的男生。听见那种话的阿山就那样笔直地站着，精巧的五官毫无生气。

理江立马起身跑出去，却发现阿山在一瞬间变回原本那副从未受过伤害的表情。阿山仍旧带着笑容，他爽朗地对她说："那边的工作麻烦你处理一下，还有就是前台有人找你。你的咖啡已经买回来了，放在外面的茶几上。"

"阿山，刚才那个，肯定大家都不是这样想的……"她慌张地想要辩解，却被对方沉静过头的神色灼伤。阿山的唇角上扬，那张笑脸上完全捕捉不到半分苦痛，明明已经遭受了被全世界丢下的捉弄。阿山就那样笑着说："嗯，我知道的。"

"……"

"别放弃。"笑意略微收敛，阿山忽然垂下眼睛这样说。他好像什么都知道，"对不起。"

"……"

"对不起，"阿山说，"就算莫名其妙突然消失、被很多人忘记过，然后现在不得不努力追逐大家，我也还是想回来。"

“阿山……”

“我一直这样拖累你，你也很难受吧。”阿山就这样带着爽朗的笑容风轻云淡地说下去，“其实我一直在拼命努力追赶你们，你们都变得那么快，那么突然，十年之前的我用尽全力好像都没有办法追上这个十年以后的世界了，你们都跑得太快了。”

理江的眼泪大颗大颗往下掉，她说：“我已经在等你了，我一直都在等你啊，阿山。”

“对不起，”阿山笑起来的时候，好像破碎的灯盏忽然复原发光，可是惨白的灯光显得凄厉又可怜，他眼睛里仿佛有闪动的泪水，“谢谢你等我，可是我好像……好像就算是这样也没办法……就算你这样等我了，我也追不上……对不起……”

07

阿山决定回去的那天天气不错，他和理江没有多说什么，就那样安静地一起前行。他看了一眼理江，理江也沉默着回望他。好一阵子以后，阿山从背包里摸出交通卡利索地进站。有那么一瞬间，理江忽然觉得阿山像是光点一般飘忽不定，一层细密的痒紧紧将她包裹。她下意识伸出手去，就在那个背影马上要混入人群中以前握住他的手。阿山猝不及防被拽住，从检票口猛地退出来。他一脸懵懂地回过头去用疑惑的目光注视理江。理江被那样清澈的目光盯着，顿时感觉脸颊发烫蔓延到耳后根，她侧过头随便捕捉搪塞的话：“好好道别再走啊。”

阿山愣了一下，然后扑哧一声笑出来。他说：“嗯，再见。”

手指扣着手指，手掌贴着手掌，这一次是真的已经握住他的手了。

然后要放开了。

“好，”理江移开目光，她不动声色地松开攥紧对方的手，“再见。”

阿山的笑意绵软又安逸，他转过身去低下头走进车站。这一次他没有再折返过来，背影略微闪动然后迅速地消失在了人群之中。理江挣扎了好久才鼓起勇气抬头张望，渺茫的远处有许多相似的背影缓慢而坚定地离她远去。在那之中一定有阿山。

莫比乌斯的表演

01

“请问演员生涯中您有什么绝不会背叛的原则吗？”

“不会真正入戏。”

02

听到那种锋利又直接的回答以后，举着录音笔的年轻女生稍微愣住，李灿忽然意识到自己的回复过于严肃，于是立即轻车熟路地换作轻松的笑脸。身后杂志的主编提醒她说重点采访对象是另外一位，催促着她不要在李灿身上再浪费多余的时间。年轻的女记者尴尬而抱歉地冲他笑笑，李灿并不大在意，略微俯身点头让她过去。

除了儿童演员以外，李灿是剧组最年轻的演员，工作经历相对其他前辈来说也单薄很多，这一次能够因为与主演同一个公司的缘故蹭到参加杂志拍摄采访的机会已经很是庆幸。在新戏里扮演的角色是脆弱和害怕寂寞的高中生，全剧台词寥寥无几，大多时候就是穿着学生制服在镜头里露出苦恼的表情。

工作结束已经是晚上十一点，剧组请客一起去吃了烤肉。李灿和前辈都喝得酩酊大醉，经纪人搀扶着醉得东倒西歪的男生们不知如何是好。李灿趴在路边把胃吐得一干二净，支撑着身体在经纪人为难以前主动开口说道："我自己回去就行。"

"不太好吧，你才成年多久啊……"另一边同样醉醺醺的场记开口。

"没关系啦，"李灿执意起身自己走路回去，"明天见，我先走了。"

夜风过于凉爽，一瞬间把原本被困倦和醉意填满的大脑清空。李灿打了个哈欠，抓紧身侧的包带在路灯下缓慢地往前走。搬来徒有四壁但交通方便的住处将近两年，回家的路已经走过好几千次，李灿哆嗦着抱怨好冷。好不容易走上楼从口袋中翻出钥匙开门，进去以后踢掉鞋子立刻躺倒在之前没有收起的床铺上。

本来以为能够很快入睡，没想到回到家里以后却意外的精神起来。李灿打了个哈欠顺手从旁边堆满剧本的桌板上找出遥控器来打开电视，懒得去开灯，因此黑黑的房间里只有电视荧幕发着微微的光。深夜电视台也要休息，翻来翻去没有什么有意思的内容，李灿撑着头侧卧在床铺上，空空荡荡的房间里只有他一个人蜷缩在那里。已经吐空的身体开始受到饥饿入侵，连续三十多个小时的工作害得他浑身肌肉酸痛，他忽然忍不住去想妈妈现在在做什么，明明已经是从事演艺工作几年的社会人，却不由自主地在这种时候像个高中生一样脆弱。他霍地回忆起白天拍摄时的戏份，他扮演着高中生对镜头认真地说："好寂寞啊。"

睡意慢慢覆盖身体，他迷迷糊糊快要睡着了，记忆在无意识中四处乱窜，有一段过于陈旧的影像蓦然在昏沉的脑海里播放。穿着高中校服的混血男生对他说："记住，千万不要真正入戏啊。"

又想起高中来了……李灿迷迷糊糊地翻了个身把有关乔真的记忆压下去。

03

说还没有腻烦给人做配角是假的。李灿醒来时手机里已经堆满了经纪人发来的信息，清一色是在询问他昨晚到底有没有安全到家。并无歉意地打着哈欠回复说刚起床，李灿支撑着身子起来走到洗手台边对着镜子打量自己的脸有没有因为前段时间的操劳或是昨天晚上的异常坏掉。大概是年轻的缘故，他皮肤一直还算不错，李灿叼着牙刷走到客厅日程表边开始检查工作。今天还是去剧组，没有意外的话今天杀青，明天就开始拍摄儿童节目的广告了。

独居的优点就是可以随心所欲，他一边把手伸进衣服下摆里抓挠着一边把电视打开。早间新闻太过枯燥，体育台正在转播昨晚的足球比赛，他漫不经心地换着台，有电视节目正在播放最近热播的电视剧。这部电视剧正好与前段时间李灿的工作时间重合，因此他也没能及时了解太多，只听同剧组的剧务每天都在感慨男主角有多么帅气。李灿稍微凝滞，停留在那个频道的最后几秒钟镜头突然切换给男主角。本来打算换台的手忽然停下，李灿错愕地看向屏幕，里面僵硬地念着台词的混血男生相貌过于熟悉，以至于李灿顿时呆住。

好久以后，他艰难地吐出两个字："……乔真？"

不可能是他。

理智与声带重新启用的时候他如此下了结论。李灿再一次仔细打量屏幕里的男主角，再怎么说他对于拍摄与实物也有几分了解，认真一看的话其实好像这个人与乔真也有很多不同。上一次见到乔真已经是高中时候的事了，距现在已经过去好几年，他对乔真长相的记忆也有些模糊了，何况混血的人大多都有些相似。李灿拿出手机用网络搜索，最后在看见男主角扮演者名字的那一刻终于松了一口气。不是乔真。可能只是隔着屏幕乍一看像而已，他如此对自己说。

换衣服下楼骑脚踏车去剧组，穿过蹲守在外面的粉丝时他忍不住想到，还真是没有人认得出他来啊。李灿这么想着走进去跟场务打过招呼，化妆师招手让他过去化妆。坐下以后前辈也正在一边化妆一边和导演聊收视率的问题。李灿觉得自己尴尬，化过妆便草草起身出去闲逛。正在发呆的时候，突然有女生开口叫他的名字，李灿回神看过去，发现对方正是前几天杂志采访的女实习记者。李灿微微鞠躬打过招呼就打算侧身离开，结果却意外地被对方抓住手臂，女生客气地收回手说："我是特地来看你的。"

"欸？"李灿略微惊讶。

"那天采访以后，我把你演过的电视剧和电影全部翻出来看过了，今天听说你在我家附近的剧组参加拍摄，我就偷偷混进来了。"女生抬起的脸上充满着甜美的笑容。

感觉像粉丝一样……李灿咽了一口唾沫，恭敬而又感激地给对方鞠了一躬。女生倒是不排斥，从便携包里翻出慰问的点心和饮料递给他。李灿收下以后道过谢，女生没有再入侵一步的想法，只是借口说还有工作先行离开。

送对方离开以后，李灿心情很好，一边拿着点心往摄影棚走一边忍不住哼起歌来。

杀青时收到的花被李灿带回了家，他把枯萎的剪掉留下完好的花枝，然后把它们插到水瓶里。之后的广告拍摄也进行得很顺利，李灿因为比较忙所以没有时间收看电视剧，只经由上司之口以及自己工作量的增加勉强感觉到那部电视剧的成功。之前做过他们剧组专访的杂志也销量很好，李灿从公司大楼出来去便利店的时候有在杂志货架上看到，于是就买了一本往外走。走到门口的时候居然遇见了爸爸。

爸爸过来出差，休息时间去买饮料，也没有想到就这么碰巧遇见了李灿。两个人说了几句话，李灿问爸爸会不会在这边过夜，不然可以住到他那里，结果爸爸已经叫好回去的计程车，因此父子一起彻夜畅聊的计划也只得泡汤。父亲其实不太支持李灿去做演员，当初高中时他参加试镜还经常被父亲说是胡闹。按照他的看法，演员总是在拿自己的意识开玩笑，一不小心就会太入戏演到走火入魔。李灿觉得自己的演技和天分根本达不到这种程度，何况这种事都是万分之一的概率，怎么可能刚好轮上他。

陪父亲走了一段路送他回工作的地方。运气不错，他们在路上遇见了几个认出李灿的女孩子，欣喜若狂拿出笔记本请李灿签名。虽然表面上镇定自若，但是能在爸爸面前直接展示自己的进步，李灿心情还是不错的。临别时爸爸干干地笑了两声，随口说道：“感觉你还是和以前一样，是个孩子。”

听到爸爸的话，李灿稍微愣了一下，但还是很快挥手道别。转身时他却忍不住怀疑自己到底有没有成长。

回去的路上天空忽然下起细雨，李灿跑到巴士站躲雨时心情不算太好。等待巴士的过程中他随手从包里抽出杂志来翻阅，他直接翻到剧组的部分，自己的内容果然少得可怜，占主要板块的基本上是前辈一个人。有关自己的介绍依旧规整，展示出来采访他的问题只有几个。

“如果没有成为演员的话，你现在会做什么？”

“大概会高考落榜，然后去家里的饭店帮忙，每天骑着脚踏车送外卖。”

感觉真是无趣透顶，假如给他更多机会，他还是有自信吸引一些粉丝的。李灿这样想着打起精神继续翻下去，前辈的回答总是又臭又长，他索性跳过。巴士还没有来，李灿没精打采地把杂志翻来覆去看其他内容，女模特的春季搭配，美容产品的推荐，还有各种偶像团体的写真。视线触及混血男生在灯光下露出的冷漠表情时，李灿下意识犹豫了。他看着那张与过去的友人八分相似的面孔，一不小心跌落回忆之中。

“先是奔跑，然后气喘吁吁地站住脚，看向我的时候表情要显得悲伤一点，不要不小心笑出来，”记忆中的男生靠在储物柜边翻阅临时剧本，有几分大大咧咧地给他念上面的指示，“最后对着我说‘我喜欢你’。不要笑，因为找不到女生跟你搭戏啊，所以只好我来了。”

04

“请问谁是对您演员生涯影响最大的人？”

“……我的一个高中同学。”

05

及时到站的巴士把李灿拉出恍惚，他慌慌张张跟随人群登上巴士，坐下以后忍不住拿起杂志继续读下去。那一期杂志有关于这个来自美国名叫George的新人演员的采访。

“喜欢的食物？”

“地瓜。”

看到第一个问题的答案，李灿就被自己的口水呛到了。他扶着前座的椅背剧烈地咳嗽了一阵子抬起头继续看下去，这个外貌高端酷似迪卡普里奥的男孩子似乎有一颗十分亲民的心，之后的回答也基本上都是诸如此类，隔着文字，李灿也能够感受得到笔者无奈的心情。最后的一个问题在整个访谈中格外显眼。

“您的演技在这部电视剧中成为诸多观众十分不满的一点，您对此有什么看法吗？”

“对不起，我的演技的确不怎么好。说实话一开始我也没有特别想参加电视剧的表演，误打误撞成为男主角也只想尽量认真地做到最后。我很难做到完全入戏，以后会继续努力的。”

06

李灿第一次参加试镜是在高中。当时他的生活还普通得不值一提，每天早晨吃过家里餐厅前一天剩下来的食材做的早餐就骑脚踏车去学校，匆匆忙忙交过作业以后和同学们打完招呼就趴下睡觉。等到放学，他又再一次收拾书包骑着脚踏车在盘旋着鸟雀的黄昏中回家。那时他的好朋友很多，其中乔真是最特别的一个。

乔真是中美混血，转学过来的时候吸引了不少人的目光。他的表情总是寡淡又冷漠，许多人好奇但是不敢接近。那个礼拜轮到李灿值周，老师安排他多关心乔真。平时与李灿要好的付江在背地嘲笑了李灿好久，但最后也因为李灿和乔真成了好朋友。搭话一两次以后，李灿意识到乔真本人完全不如他的外表高贵冷傲，相反是一个亲切和蔼的家伙。

一起在校园里闲逛的时候，乔真把手插在制服口袋里四处张望。李灿忽然问道："转学过来紧张吗？"

"还好。"乔真大方地回答，"反正在哪里都不怎么擅长念书。"

听到这种回答，李灿忍不住笑起来，然后又利索地用力拍了拍他的肩膀："不要这么说嘛！努力就好啦！我相信你可以的！功课就算了，其他地方有什么困难都可以找我，我一定会尽力帮你的！"

"嗯，谢啦。"乔真说着侧过身望向他，眼睛里闪着明朗的光，"你真是个不错的人啊。"

两个人成为朋友半年以后，有一天午休李灿和乔真并排在窗边向外张望，远处温暖的春风与钟声暗自生长着，李灿突然开口说道："好想当演员啊。"

"为什么不去试试啊？"乔真咬着可乐吸管问道。

"我长得太一般了，而且我爸也不太喜欢这一行。"

"这和长相没关系啦，你一定可以成为优秀的演员的。"乔真当即顶着他精致的皮囊回复，爽朗天真的样子气得李灿差点和他绝交。

没有想到一周以后，乔真突然拿着一份试镜的通知和附带的剧本递给李灿，风轻云淡若无其事地说："我帮你报名了，这是试镜证明，到时候你带着这张东西去参加试镜。因为需要一个女生和你搭戏，我们可以去问问谁愿意帮忙，实在不行的话我可以反串，到时候我陪你去也可以。"

"等……等一下？！你怎么这么有行动力？！"李灿大吃一惊，惊慌失措地低头读了一遍通知又抬头看向他。

"因为你这人总是喜欢压抑着自己啦，没有人帮你的话也未免太可怜了。"说这话的时候乔真的神情完全没有任何变化。

李灿急忙否认说："什么压抑自己啦？！搞得我好像很不坦率一样。"

"你不是A型血吗？"乔真坐下以后抬手撑着脸微笑着望向李灿，"就是很不坦率啊。"

李灿不由自主露出委屈的表情想要说些什么，可是一时间却没有什么底气。可是乔真自己也是A型血啊，他这么想着转过头去钻研剧本。

结果那一场试镜真是乔真陪李灿去的，场面又笨又好笑。李灿演的角色奔跑以后气喘吁吁地停下脚步对着乔真扮演的角色说"我喜欢你"。乔真其实也并不想演女生，但出于对朋友的仗义，他还是决定陪李灿去试镜。排练的时候，他还突然开口对李灿说："记住，千万不要真正入戏啊。"

"面对你怎么可能入戏啊？"李灿煞有介事地反驳道。

虽然表现得满不在乎，但其实李灿已经非常认真地去准备了。试镜那天坐在走廊上候场时，李灿紧张得一直发抖，乔真坐在他身边给他一遍一遍重复表演的内容。他凑到李灿的耳边说："你喜欢我，你很喜欢我。你会一直都喜欢着我。"结果正式表演的时候李灿没有出任何意外，反而是乔真却在李灿说完"我喜欢你"这句台词以后突然卡住，然后忘记了接下来的内容。

那场试镜以后，李灿开始主动找了很多试镜的机会，他很快就被录用去演各种配角，高中毕业以后放弃升学签了公司的合约，他越来越忙，与乔真见面的机会也越来越少。等到反应过来，他们已经很久没有联络了。

07

"请问您相信血型吗？"

"不相信。虽然以前有人和我说过我是 A 型血所以怎样怎样的，但是说实话，我觉得那些都绝对和血型没关系。"

08

那个月末，之前杀青收到的花已经完全枯萎。李灿其实很舍不得，但最后还是把花收起来扔掉。没过多久，他饰演男二号的电影一炮而红，斩获了不少国际奖项，顺带着粉丝增多。被接连不断的工作电话吵醒的下午，他第一次意识到自己取得了阶段性的胜利。公司给他联络了新的工作，其中一个是在当红电视剧里客串几分钟。事先看到日程表的时候，李灿立刻意识到那部电视剧的主演又是那个和乔真长得相像的混血男演员 George。

出演的早晨他提前到场和剧组见面，经纪人赠送了提前准备好的慰问品。两边都在忙碌，他去化过妆便坐在剧组的椅子上打盹。连续工作几十个小时以后的梦境香甜沉重，醒来时他看见远处灯光辉煌浩荡，已经有人在拍摄。李灿想揉眼睛，但顾及妆容，最后还是只从身上掏出卫生纸小心翼翼地清理着翻阅手头借来的剧本。身边不知何时已经坐着其他人，李灿本来以为是经纪人，抬头想请他帮忙，望过去却发现是别人。

邻座坐着安静漠然的混血青年，身上厚重的外套盖住里面表演的服饰，男生注视着远处正在拍摄的人们，神情冷淡到好像事不关己。

李灿吓得差点从椅子上摔下去，头脑中迅速搜寻着对方的名字。是 George。他尝试着低声问好："你好？"

"啊，"George 回过身来，李灿的那句问候好像砸破平静湖面的石块，他脸上立刻绽露出波纹一般温和亲切的微笑，"你好。"

好像不是什么难相处的人。

两个人年纪相仿，又都是时兴的演员，还没轮到他们的镜头，因此两个人就此闲聊起来。说上话以后，李灿发现自己与对方有差不多的兴趣爱好，然后关于游戏也有很多谈得来的地方，于是索性留了联系方式。给号码署名的时候，李灿忍不住问了一句："George，你有中文名字吗？"

"没有的。"George 毫不犹豫地回答。

心中忽然有什么东西跌落下去。李灿满是笑容的脸短暂地陷入灰暗，几秒钟以后，他又重新微笑起来："以前我有一个朋友，和你长得很像。"

"噢，"George 认真地点点头，随口问道，"他现在在哪？"

李灿停顿了一会儿，好久以后，他接着说下去："他已经不在了。"

09

去过一次乔真的家。当时李灿第一次试镜失败，心情郁闷无比。乔真似乎有些自责，毕竟自己的失误的确给那场考验造成了一定的影响，加上作为朋友也关心他，抱着给李灿改善心情的目的对他开口："去我家玩吧。"

李灿莫名其妙，但还是敌不过乔真率真热情的邀请。他木讷地点头答应。

那一天乔真的母亲出门上班，李灿早晨坐公交车去乔真家，带着预备好的游戏光碟和一些零食。本来以为为了迎接客人乔真应该早就起床收拾家里了，没有想到敲了半天的门，赤裸着上身穿着睡裤睡眼惺忪的乔真才开门带他进去。

以前乔真说过对演戏之类的完全不感兴趣，然而家中的墙壁上却处处用精美的相框装帧着同一位外国女演员的海报。李灿漫无目的地四处张望，在乔真回头时无意中摆出了着迷的表情，乔真问："怎么了？"

"没有，"李灿平静地回复，"我也喜欢这个女演员。"

"是吗？"乔真的语调没有半分改变，他若有所思地点点头，转过去的时候风轻云淡地说道，"她是我妈妈。"

李灿猛地愣住，这才意识到初次见到乔真时产生的强烈既视感是怎么一回事。

两个人并排坐到沙发上，乔真已经找出一件T恤慢吞吞地穿上。大概是因为自己有成为演员的理想的缘故，李灿不由得开口问乔真：“你为什么没有去做演员？”

“什么？”乔真问道。

“不是很多明星都这样吗？他们把长得比较好看的小孩，通过自己的人脉送进演艺圈。何况你妈妈还是这种等级的明星。”

听到李灿夸张的描述，乔真忍不住笑出声来。他说：“嗯，我不太喜欢表演，也不擅长。而且我不喜欢我妈妈。”

“为什么？”李灿问道，他的胸腔里跳动着一颗真诚的心脏。

“因为……”说这句话的时候，乔真仰头看向天花板上在明亮的日光中毫无作用的吊灯，“她在演戏的时候太过入戏，爱上了我爸爸以外的男人。”

回忆到这里戛然而止，之后的事，李灿已经记不清了。只记得他们俩就那样无所事事了一整天，吃的是外卖送的比萨，翻来覆去玩的电子游戏也没有什么趣味。生活苦闷，他们都打不起精神。

临走的时候，乔真送他到门口。李灿推开围栏门朝外走去，心情并没有变得轻松，但勉强还算平复下来。乔真突然说：“你一定可以成为优秀的演员。”李灿吓了一跳，慌张地回过头，却看到乔真傻乎乎地笑着说：“加油。”

10

“您有喜欢的演员吗？”

“没有。”

11

客串的戏份，轮到李灿拍摄的时候，天空忽然下起冰雹。原本的拍摄全部被迫暂停，李灿白来一趟，经纪人和导演正在商量这一幕是否还要继续，但因为接下来还有行程，李灿只好告辞先走。

走的时候，他有意无意在人群中寻找 George。George 坐在原处，似乎什么反应都没有。

除此之外，李灿接到的另一个重要工作是一场有打戏的电影。为此李灿提前几个月就开始了练习，相关的课程也要去上。如今头上有了光环，公司也舍得为他花钱，希望在他身上的投入都能得到相应的回报。

所有见到李灿的武术指导老师无一不说他太瘦了，李灿一个个去鞠躬并郑重承诺说自己会努力。他天生消瘦，不管吃多少都不太会长胖，何况他知道自己的长相不适合长胖。这么想着，他只能更加努力学习。某一天在上课，突然有人来找他，出门一看，居然又是那位女实习记者。对方激动的脸颊被晒得通红，兴奋地把手中的慰问品交给他问道：“现在方便说话吗？”

“嗯，”李灿微笑着收下，“在课间。”

“最近真的很努力呢，上次电视剧的戏份没有补拍吧？”女生像是姐姐一般侧身靠在走廊墙壁上轻松地问。

“临时出了意外，应该是……可能下一次拍吧。”李灿本来自然而然要把下一次的拍摄计划和盘托出，但忽然意识到毕竟也无法确认来者纯良，何况就算对方以普通粉丝的身份来看望自己，他也不应该把不知道能不能说的行程告诉对方。

女生毕竟也是圈内人，立即会意摆摆手说：“没关系，你的公开行程会公布在公司官网上，我通过那个了解就可以。”

“啊，好的。”李灿有点难为情地点点头，远处的时钟显示接近开课的时间，他开口提出要先回去一下。

女生点头，然后在李灿转身时突然问：“你有谈恋爱吗？”

李灿愣了一下，他侧过头，窘迫感如乌云压到头顶。他困难地摇了摇头，心情突然变得很差。

深夜才到家，第二天上午有三个钟头休息。李灿刷过牙打算好好睡一觉，脑海中却回荡着有关女实习记者的那句话，翻来覆去怎么都睡不着。说出来也许没有人会相信，高中的时候，李灿的异性缘并不怎么样。

其实不是他不好，大概是因为身处太阳身边，所以光芒差不多都被夺去。乔真太过漂亮了，大家更加注意的总会是他。不管是聚会还是在女生们的谈论中，乔真总会是一个恒星一般的存在，大家觉得他外貌和性格都很好，不知不觉中，李灿才发现自己已经陷入了一个尴尬的境地。

无聊地度过几年高中生活，在最后一年成为考生时，李灿终于被一个隔壁班的女生表白。大概是阴影给他的影响太大，被告白时李灿居然还问了这种愚蠢的问题："你比喜欢乔真更喜欢我吗？"

女生一脸莫名其妙，然后坚定地回答："比起乔真同学那种闪闪发光的，我更喜欢李灿同学的不动声色。"

不动声色，李灿很喜欢这种形容，加之胜过乔真的欣喜冲昏头脑，他没太考虑自己是否喜欢对方，直接爽快地答应了交往。第二天他去找乔真，有意无意提起自己已经交了女朋友的事情。乔真淡淡地抬头，有些惊讶地回答："噢，那你放弃成为演员了？"

"恋爱和成为演员有什么关系？"李灿百思不得其解。

"想当演员的话还有大把的事情要学，谈恋爱那么浪费精力会影响学习的。"说着乔真径自起身离开，比起平常的热情温和，他的态度不知为何有些冷淡。

即便如此，李灿依然没有察觉到。他认真地陷入反思，恍然觉得好像乔真说的有几分道理。可是已经开始交往，随便甩开对方也未免太过分。怀抱着这种负罪感，李灿开始更加努力地投入练习表演和参加试镜的循环工作中，有的时候即使在和女朋友一起共进一周一次的双人晚餐，他也在认真地看着与表演有关的书，或者跟着录像带模仿演技，引得女友大为不满。他们在大街上吵架，女生大呼小叫，李灿只是蹙眉重复着"我也没办法"或者"你要理解我啊"的蠢话。

面对这种情况，他没有经验。

女生说着说着开始哭泣，掩住妆容花掉的脸说："明明我那么喜欢你！可是你却只知道演戏！是不是当初说喜欢我也是演戏啊！”

李灿头痛地抓乱头发，最后九十度鞠躬道歉说：“对不起，分手吧。”

女生点头答应，然后大哭着离开。李灿站在街上，“结束了”的感觉这才模模糊糊地涌上心头，他忽然也很想哭。就在这个时候，手机响起，屏幕上显示乔真的名字。李灿吸着鼻子接起来，听见听筒和身后传来一模一样的二重音。乔真说：“要不要一起去吃拉面？”

李灿拿着电话转过身，看见身后站立着面容爽朗的混血少年。乔真在人来人往的大街上握着手机向他投去目光。李灿挂断电话，揉了揉鼻子走过去说：“去啊。”

昏沉的回忆害得人怪想哭的。

比预定闹钟提早醒来的李灿伸了个懒腰，换上衣服随便涂了一点化妆水出门去吃拉面。没有看电视里的新闻，所以用手机浏览来代替。他一边看着信息一边往前走，忽然有人拦住自己，抬头的时候看到两个陌生的年轻男女，穿着高中生的制服一脸兴奋地问道：“请问是李灿先生吗？”

“啊，”李灿匆忙局促地点头，“我是。”

“真的是你！好厉害啊！”学生情侣相视一笑开心地拿出手机，“我们真的很喜欢您演的电影，请问可以和您合影吗？”

居然已经有可以认出自己的粉丝了。喜悦像是海浪猝不及防迎面拍上来，李灿露出会心的笑容点头：“可以啊。”

合影了好几张以后，李灿有预感这会是不错的一天。他吹着口哨小跳着去往熟悉的拉面店，走进店门大声点单。生意很好，他找到一个空的双人座位坐下。因为工作忙碌已经几周没有来过，等待的过程中他忍不住仰头环顾四周看店里装潢的改变。身后的推拉门忽然响起，有人走进来，用刻意沙哑的嗓音点了和李灿一样的拉面。对方似乎迟疑了一会儿，最后还是走向店内唯一的空座。那个座位位于李灿对面。

他坐下的时候，李灿稍微有被吓到。对面的顾客戴着鸭舌帽和口罩，完全看不出长相。落座后他才开始脱掉伪装，摘掉帽子以后掉落出刚补染没多久的金发，口罩褪去，最后显现出来的是完全欧罗巴风格的面孔。李灿目瞪口呆地开口："乔……George？！"

"啊！"George抬起头，看到是李灿的时候也忍不住僵住，"李灿？！"

拉面店老板走上来把放着两碗招牌拉面的托盘压到桌上，面带笑意地说："我们家可是明星餐厅哦。"

居然在这种地方遇到。

George和李灿尴尬地对视了一会儿，最后寒暄着开始吃面。美味的拉面成功治愈人心，吃完最后的面条又喝了一口汤的李灿满怀感动地抬头自言自语道："果然是这个汤啊！"

"是啊，"George的双眼也因为拉面的光辉而闪闪发亮，"这种猪骨才有的味道恰到好处，加上一点配菜也很棒。"

"没错，面条的筋道也很令人吃惊。"

"对对对，而且一定要趁热吃。这种滚烫的感觉最适合这碗招牌拉面了！"

"我家是经营餐厅的，"李灿开心地朝他伸出手，"George你也很懂嘛？！"

George一把握住他的手说："我有很认真地研究过啊。这家店也是我在杂志上看到精挑细选才来的。"

李灿的笑容慢慢淡下去，他忽然有点恍惚。这家店是高中的时候乔真带他来的。那个时候李灿总觉得没什么比得上自己家餐厅的饭菜，于是乔真就在杂志上翻找比对了很久，自己试吃过以后才确定这家店。最后他们一起来的时候，两个孩子都被好吃的拉面感动到了。

直到好几年以后，乔真发给李灿的信息里，还有提到过："假如能再一起去吃一次拉面就好了。"

直到 George 用力抓住李灿的肩膀，他才勉强从失神中反应过来。李灿带着笑问道："不好意思，你刚才说什么？"

"什么啊，你没有在听啊。"George 大方地发笑，然后重复说了一遍，"我说上次没能一起拍摄，真的很可惜。"

想起冰雹骤降的那一天，李灿也点头："是啊，补拍的时候再见吧。"

"嗯，说起来，"George 若无其事地把餐具收拾好，"之前你是不是说我很像你一个朋友，你说他不在了，是什么意思？"

李灿呆滞地看着 George，仿佛听不懂他在说什么。

"他不在了吗？"

"嗯，"他注视着 George 的眼睛，仿佛不受控制地开始说话的时候，李灿感觉自己好像进入了什么循环，他说："他去世了。"

12

他可能是最后一个知道乔真病了的人。

住院的很长一段时间里，乔真经常发信息给李灿。但是李灿很忙，而且那时他还并不知道乔真生病的事。有时候他会回复他，有时候他只是在疲惫的时候盯着那些爽朗轻松的文字，一遍一遍回忆故友的脸。那是第一个对他说“你一定可以成为优秀的演员”的人。

对不起，生活太沉重了，我又不想在你面前表现太过脆弱和灰暗的一面。结果我们就错过了。

在参演的一部电影杀青的当天，庆功宴改在导演的私人宅邸举行，李灿坐在窗户里面看着飘零的雨发呆，酒精不动声色地冲昏头脑，其实没打算喝太多，但为了应酬他还是一杯一杯灌下去。他变得很想睡，又感觉十分疲惫，忽然想起年前演的高中生角色。他忽然觉得那个角色仿佛就是自己的缩影，总是太过年少，身体里却承载着与年纪不符的沉重，因此不说话，只能不间断地露出悲哀的表情。

他变得很想哭。

因为天气的原因，那天晚上没有月亮。等雨停以后，李灿与经纪人打过招呼便跌跌撞撞独自回家，他是喝太多酒会呕吐的类型，在导演家的盥洗室曾不顾面子地催吐过，出来以后却还是头晕目眩。走了几步差不多快到家的花坛边，他迷迷糊糊看见女生站在花坛边撑着伞在等人的样子。

李灿没辨认出是谁，摁着太阳穴往家走，女生忽然叫住他。李灿回过头，勉强才认出是实习记者小姐。他精神状态很差，昏昏沉沉地点头感觉有点轻浮地说：“你好。”

之后的记忆是零散的，为此他后来告诫过自己很多次饮酒误事。李灿勉强记得女生突然撞进自己怀里，他本来下意识想推开，却莫名没有力气。男性的本能涌上来，他犹豫了好久，最后还是抬起手轻柔地拍拍她的背。

李灿只觉得自己已经很累了，不管是什么不合理的事，他想，就先这样吧。

然后他们不知道怎么就已经进了李灿的家里，男生一如既往地进屋直接躺下，女生洗了毛巾来给他擦脸。李灿紧闭着眼睛，感觉灯光刺眼过头，但是声带却干涩得使他无法开口说话。他躺平在地上，感觉胸口忽然一阵温热，眼睛勉强地睁开一条缝，原来是女生把脸贴到他胸前。

他忽然想到高中的时候。那个时候他们一起逃课，付江起身去买零食，他和乔真直接躺倒在教学楼后面的围墙边。风很温和，阴影下的温度也刚好适宜，李灿伸着懒腰躺倒，乔真忽然毫不顾忌地直接躺到他身上。男生的头压在李灿胸口，他一方面觉得沉重，另一方面又完完全全被那张因混血而格外分明的面孔掏空注意力。身下的草是柔软的，乔真翻了一个身，惬意的微笑在脸上绽开，他侧着头把耳朵抵在比自己年幼一岁的男生的胸口，眼神飘忽着打量李灿笔直的下颚线。乔真忽然说：“我是不是很重？”

“废话。”李灿撑着草坪起身，乔真整个人也不由得滑下去。

听到回答以后乔真爽朗地笑起来，他的笑容比阳光还要烫：“难怪你心跳这么快。”

葬礼的时候，李灿穿着黑色的西装去参加。会场隐隐地喧闹着，李灿走上前去瞻仰遗体的时候见到了乔真最后一面。他躺在平整的棺木里，神情一如既往的淡然，李灿垂下眼睛没有落泪，哀戚的目光温柔地舔舐每一寸记忆。

他想，为什么会这样呢。

明明还好端端地在过去微笑着的人，为什么会变成现在这样没有温度也不能说笑的样子呢。

被酒精麻痹的神经蔓延到遥远的记忆中，合拢眼皮的李灿忽然开始在幻梦中抽泣。胸口的人似乎因诧异而停下动作，李灿如同孩子一般脱下盔甲哭泣。他在呜咽中吐诉称呼："乔真……"

13

"请给喜欢您的人说一句话吧。"

"我一定会努力成为优秀的演员。"

14

醒来的时候，房间里的加湿器嗡鸣着正在运作，身边有令人心安的鼾声。李灿揉着隐隐作痛的头支起身体四处张望，看清身边的人的面孔时，李灿不由得错愕。乔真就躺在他身边枕着手臂安睡。李灿花了好几秒钟才反应过来，这不是那个陪伴他度过高中生活带他走上演员之路的乔真，而是现今电视里受到火热追捧的混血模特兼演员 George。

"你怎么会在这里？"李灿自言自语地说。

记忆中明明搀扶着他进来的是女生，结果此刻穿着整齐侧卧在地面上的分明是 George。李灿不动声色地打了个哈欠，与其忙着揣测自己有没有被卷进乱七八糟的事件，不如先躺下来再与宿醉对峙一会儿。他重新滑下去躺好，侧身注视着那张与乔真一模一样的脸庞，不由得又想起那个人死掉时的模样。他低声叹气。

也许乔真没有死，他只是睡着了。就像眼前的 George 一样。

李灿下意识伸出手去抵住 George 的鼻尖，温热的呼吸微微蹭到指尖。李灿想，你果然没有死。

像是循环反复的命运一般，你还是回到我身边了。

被触碰的 George 皱起眉，像是感应到什么一般突然醒来。李灿慌忙抽回手去，George 坐起身来揉着眼睛转动肩膀，他打了一个哈欠说道："啊，一下子就睡到天亮了……"

"你怎么在这里？" 李灿起身去刷牙。

George 答非所问地侧过身把电视打开，电视机里正在播放无聊的娱乐新闻，他不知道看到什么窸窸窣窣笑起来："你家真的好小。"

"工资不高嘛，" 李灿含着泡沫回答，"所以说到底为什么你在这里啊？"

"你的女助理打电话给我说你醉倒了，结果我就过来了，说起来之前也没见到你有女助理啊。"

"什么女助理……" 李灿分明只有一位同时负责了好几个演员的经纪人与一位年纪不小的男助理，他反应了好久，才大概猜测出是那位实习女记者。醉得厉害也罢，所以说为什么要叫一个他只不过见过两面的男艺人过来。George 对着电视发笑的傻样看起来也不像是在说谎，李灿只好作罢。他问："你过来的时候遇到那个女……助理了吗？"

"嗯，遇到了。还说了好一会儿话呢，也给她签了名拍了照，你助理真热情。”George 始终盯着电视，“我过来的时候你已经醉得不行了，而且还一直在哭呢。”

李灿愣住，然后侧过头去狐疑地问：“我在哭吗？”

“嗯，”George 别过脸朝着他笑起来，“看到我以后还一直抓着我不放叫‘乔真’。”

李灿猛地回过头，牙刷掉到地面上。他呆滞地望着 George，脸颊逐渐变得滚烫，不知为何突然口吃起来。他结结巴巴支吾了好一阵子，然后说：“我……我认错人了而已。”

“是你那个已经去世的朋友吧。”George 说着抬起手撑住下巴，他懒散地问道。

李灿迟疑了一会儿，最后还是没有否认：“嗯。”

“有点羡慕啊。”只有两个人所在的房间里，George 这样说。

15

好寂寞啊。

毫无缘由的话语无法控制地钻进大脑，李灿猛地从思绪中惊醒。回过神来的时候自己穿着正儿八经的昂贵西装，单薄的头发整齐地梳上去露出饱满的额头，他眉眼纤细地抱着手臂站在墙角看着那些经常能在屏幕那一端看到的面孔们谈笑往来，十分陌生。几天前他接到通告说要来参加这种名为品牌发布会实则是名流们交流感情和生意的聚会，其实不管是这种饭局还是电影节颁奖，他都不是很喜欢。虽然也不是说不喜欢精致漂亮的礼服，只是李灿总觉得那些不属于他，他还是穿着简单的T恤和牛仔裤坐在家里一边吃拉面一边看电视比较好。

前几天从公寓邮箱中翻出了高中同学聚会的邀请卡，他原来的手机已经废弃好久，难怪同学要用这种方式来联络他。其实高中毕业已经有几年了，之前也参加过同学聚会，自然和这种商业聚会不一样。但是他总是喝几杯就离开，因为看到他的时候大家总要有意无意提起乔真。

“他真可惜。”他们总是带着惋惜又悲伤的神色这么说，继而很快脱离这种短浅的难过进入新的愉快中去。

只有李灿一个人在原地挣扎不止循环不停。

之前有确认过这一场品牌聚会George不会来参加。被摄影师抓住拍照的时候，李灿其实也知道自己并不会有什么出镜率。他还算不上什么知名演员，尤其是在现场那么多名人的比较下。拿着高脚杯站在一边思索着到底要不要去参加同学聚会的时候，会场中忽然响起一阵喧哗。所有人的视线都投向门口，李灿也往那边望去，然后就看见异常美丽的北美白人女性优雅地走进来。

在看到她的那一刻，李灿有一瞬间的呆滞。她确实美得不可方物，在知情以后，她在李灿眼里也更像乔真了。

那是李灿第一次在现实中见到乔真的母亲。毕竟是著名的演员，她来国内的次数也不多，尤其是与前夫离婚后。这一次她来出席有交情的私人晚会也没有提前打招呼。其他人都为之兴奋疯狂的时候，李灿闷声喝了一口红酒。干涩刺激味蕾，他略微蹙眉，手臂就在这时突然被挽住。

他已经习惯这种突如其来的骚扰，现在不用侧过头都能猜到是谁："你也在这里？"

女实习记者今天也穿着高档的晚礼服，精美的妆容在昏暗的灯光中显得更加诱人，她轻巧地笑笑，眉目寂寞地说："这是我爸爸的品牌哦。"

李灿吓了一跳，才知道原来对方家境如此富裕。他耸耸肩："不好意思，我全家人都只是普通经营餐馆的，所以没认出你是名媛。对不起。"

"没关系，"女生露出甜美的微笑，指着远处的外国女演员问，"你看起来好像不是很激动。"

"嗯。"联想到之前的事，李灿觉得没有多大的必要说明自己和她特殊的关系，于是也就没有多话。没想到女生却热心地拉住李灿径直趁着大家都去索要签名的空当冲上前去。

李灿猝不及防被拉着往人群中央挤，顾不上奢侈的皮鞋和西装会不会被弄坏，他下意识想要阻止，可是一切都已经来不及。他们已经直接冲到了皮肤白皙鼻梁高耸的异国美人跟前。女实习记者大概真的是一位千金大小姐，毕竟周围的人即便看到她如此鲁莽的行径也没有半分责怪的意思。女生抓着李灿微笑着用英语向那位说："您好！这位是我的朋友，他也是一个演员，前段时间演的电影也在美国上映了，不知道您认不认识他呢？"

他只是配角中的配角，这种自取其辱的问题平常李灿根本不会问出口，但是身边的同伴已经开口说出来了，李灿也只好尴尬地别过头去假装没有在听。

外国女演员挑眉打量了李灿一会儿，随后用中文吐出出人意料的回答："我有看过他的表演，很不错。他一定会成为优秀的演员。"

时隔多年的熟悉的话，慵懒的假日早晨混血男生望着墙壁上的海报风轻云淡说出“我不喜欢我妈妈”时淡然缄默的神色还历历在目。李灿愣住，然后垂下头在女演员转身之际开口：“好几年前，您儿子也这么说过。”

女演员明显一怔，回过身来望着李灿停滞下来。良久，女性用中文问道：“你是李灿吧。”

“……”李灿霍地抬起头，完全没有料到对方会如此轻而易举地说出自己的名字，“我是。”

她忽然微笑起来，嘴角上翘眉眼微微泛光的时候几乎与乔真一模一样。那位母亲落寞又温柔地说：“乔真临走前一直提起你。”

“什么？”李灿一下子仿佛没有听清楚，错愕地问道。

“最后的日子里，他好不容易原谅了我。但我工作很忙，也只能偶尔去看望他。演员就是这样，不停地演绎别人的人生，自己的却不得不疏忽。”女人说，“每一次去见他，他总是会说起你。”

李灿的双眼空空洞洞，他听见自己说：“他说我什么？”

“他说你总是喜欢压抑自己，很努力地演戏，让他很挂念。”女人缓慢地绽开一个静默的微笑。

晚会结束之后，李灿没有和经纪人一起乘车回去。不管是经纪人还是助理，收到女实习记者的名片以后都不由得对着李灿挤眉弄眼，故意留给他们二人空间然后就离开了。经纪人抓拍到了好几张李灿和国际女演员交谈的照片，似乎很满意的样子，准备回去就发通稿。一晚上李灿都是一副失魂落魄的样子，他独自出门，一直反复回味着刚才乔真的母亲所说的那些话。

他一次都没有去医院探望过乔真。后来李灿想起来还后悔过很多次，虽然乔真一次都没有和他提过自己住院的消息，但是其实假如李灿稍微细心一点，随便问哪位同学就能知道这件事。

大家都说最后去看乔真的时候，他总是很虚弱但却还是很乐观的样子。“乔真好像看了你演的所有的戏呢，”有人还这样告诉李灿，“就算是只有几秒钟的龙套也会翻来覆去地看。”又有人说:“没有这么夸张啦,他化疗很多次，看电视的机会也不多。”

李灿回忆着这些一步一步走回家，女实习记者一直在身边说着话，可是他一句都没有听进去。到家门口的时候，李灿转过身对她说：“回去吧。”

“不邀请我去你家坐坐吗？”女生露出明朗的微笑，“好歹我也是你的粉丝。”

空气中萧瑟得只剩下无声又冰凉的风。

稀薄的夜色中，沉默好久的李灿忽然抬起头，他面色如水一般平静地说：“你不是我的粉丝吧。”

“欸？”

“你是George的粉丝吧。”李灿毫不留情地说道，“我打听过了，George的经纪公司没有谁不知道你。他们都很防备你。今天得知你的家世后我也大概明白了为什么他们又不能对你采取强硬手段。那天在剧组和我偶遇的时候你其实只是去探班George，结果遇到我，就打了招呼。我听说了，只要和George有合作的艺人，能够套近乎的事情你都会去做。当时我和George聊得很开心也交换了联系方式，于是你就缠上我了。喝醉那一晚也是，假如我真的需要人照顾，通知我的助理才对吧。可是你却打电话给了George。我和他的关系其实没有你想象中好，假如为了他不得不委屈自己来缠着我的话，我劝你还是放弃吧。”

“……”女生像是完全被说中，呆呆地望着李灿一动不动。李灿表情仍旧冷静镇定，他往后退了几步，然后转过身就要上楼。女生突然大声说道："你就这样毫无缘由地怀疑我吗？！"

李灿压下眼睛，他轻声说："比起他的闪闪发亮会喜欢我这样不动声色的人，这世界上应该不多吧。"

他决定去同学会。

16

"真的没有喜欢的演员吗？"

"……"

17

瞒着经纪人回了一趟老家。好长一段时间没有见到爸爸，陪着他喝了一次酒，然后一起聊了一些生活和工作上的事。去参加同学聚会其实对于李灿来说是一件很令他紧张的事。和同学们很久没有联络，听说他会去的事都在同学中间引起了不小的骚动，毕竟如今他也是同学之中比较出名的。

公司出钱给买的奢侈品西装拿去干洗过了，但李灿还是穿着一身比较自在的衣服去了同学聚会的餐厅。他到的比较迟，进去的时候同学们基本上已经到齐了，正在其乐融融地喝酒聊天。他一走进去，大家一齐把目光投射到他身上，没有任何作为间歇的沉默，有人立即兴高采烈地迎上来说 :“是李灿啊！”大家也都欢呼起来，热情地把他领进去坐下。李灿定睛一看，才发觉那个叫自己名字的人是当初的朋友之一付江，他赶紧把座位调换过去，坐到付江身边才稍微安心一些。

“付江，你们来了多久了？”他压低声音问给自己添菜的付江。

前几次同学聚会已经相互了解过生活情况，付江如今在律师事务所上班，平时回老家的次数也比较少。付江专心地夹着菜说 :“没多久，你怎么突然又想来了？”

“我也没说我不想来啊。”李灿不满地撇撇嘴。

“每年都要早退的是你吧，”付江看了他一眼，他的笑容融化了这么久以来的隔阂，“你是不想看到会让你想起乔真的人吧。”

“什么啊！”李灿故意推搡了一下他，拿起酒杯掩饰失态。其实他心里想的是，就算不见你们也不可能不想起他来吧。

三杯两盏下肚，夜色愈发深起来。李灿忽然想到什么，摇晃着酒杯问已经有几分醉意的付江 :“付江，你知道 George 吗？”

“那是什么？”付江回过头看向他，“你的新女朋友？”

“不是！大哥，这是一个男人的外文名啊！他是一个演员！最近电视里有的，一个混血，你看过的吧？！”

平时也喜欢看电视剧的付江思索了好久，最后恍然大悟地说 :“我知道你说的是哪个人了！他怎么了？”

“你觉不觉得他长得很像乔真？”

付江又费了好大的力气去对比他们的长相，最后他说：“还好吧。”

“什么啊！明明一模一样！”

“世界上怎么可能会有一模一样的人呢？”付江说。

说的也是，李灿悻悻地盯着酒杯。

热闹了好一阵子，大家准备一起去唱歌的地方。李灿基本上没了兴趣，跟随着大家走出餐厅时想找个借口先走，结果意外看到了一个熟悉的面孔。女性也回过头来看着他，然后并不尴尬地叫他的名字，坦然的表情令人很心安：“李灿！好久不见！”

是过去交往过的女生，李灿也笑起来：“是啊，你最近过得好吗？”

“我可是过得比你好哦！”说着，女生轻松地举起手来，无名指上戴着象征已婚的戒指，她的笑容顺利地让李灿放松了戒备。

李灿笑着说：“祝福你啊！怎么没邀请我去婚礼？”

“那段时间你刚换手机，不是联系不到你嘛！”

“对不起对不起，礼金以后补上。”

两个人都是豁达的个性，说了几句以后索性边走边聊，慢慢地步子放慢走到队伍最后。问起生活状况，李灿倒是直接说还在专注工作。女生兴致满满地问道：“说起来我有一个很喜欢的演员，你知道 George 吗？”

“啊？”居然正好说到点子上，李灿迅速回应说，“我和他认识的。”

“那真是太好啦，下一次能不能带张他的签名给我呢？我很喜欢他。”女生随口请求道。

李灿迟疑了一下，忽然又想起当初女生说的比起乔真更喜欢他的话。究竟你喜欢谁呢。这样想着，李灿不由得一顿。对方还在继续，回过神以后，李灿故作清爽地回答："当然没问题啦。"

气氛就在这个问题以后变得冷清下来。恢复精神的李灿拍了拍前面的付江请求他帮忙请假，然后就打算道别离开。女生突然问起一个新的话题："说起来，见不到乔真了真可惜啊，明明是那么有趣的人。"

李灿迟疑，接着不动声色地简单回复："是啊。"

"说起来，他真的很让人捉摸不透呢。"女生眉开眼笑地说下去，"那个时候我和你分手了。有一天他突然问我说，'你和李灿到哪一步了'。我觉得很害羞，也没想到他居然会问那种事。"

李灿愣住，脱离所有人以后独自站在路灯下。他也不明白乔真是什么意思。乔真总是什么都想到了，但是他只会说他觉得应该说的话。好几年前，在李灿第一次踏上成为演员的道路时，乔真陪他一起去参加试镜。他对李灿说了一遍又一遍的道理，等到走上台去，李灿按照剧本对他说出那句台词的时候，他却反倒沉默了。

几年以后，已经成为演员的李灿接受杂志的采访，在第二次询问有没有喜欢的演员得到回复以后，女记者边笑边说："李灿先生真喜欢压抑自己啊。"

"什么压抑自己啦，"李灿摆手难为情地回答，"搞得好像我很不坦率一样……"似曾相识的话语再一次脱口而出时，他不由得愣住，混血少年关切又坦率的神情刺痛了他的心脏。

18

混乱而突然的天气过后，延迟的戏再一次开拍了。再和 George 见面的时候，他们默契地各自客气地问好，仿佛并不熟络。

客串的戏份里，李灿需要做的就是一段奔跑，然后气喘吁吁地望向 George。他的部分里没有台词，但是镜头会给他切好几个特写。轮到他和 George 上场的时候，他们都朝彼此露出了一个鼓励的微笑。李灿脱掉外套上前，听导演说了几条注意事项以后走到位置上。George 正在他对面调整着呼吸入戏。他漂亮的面容在视野中熠熠生辉。

像是莫比乌斯轮回反复，他们永远在同一面的命运行走，李灿再一次遇见了乔真。

开机以后，李灿立刻奔跑起来，他一遍一遍告诉着自己别入戏，脑海中却突如其来地响起一句话，男生的嗓音微微沙哑，却温柔得好像是救赎。

“你喜欢我，你很喜欢我。你会一直都喜欢着我。”

奔跑停止，李灿气喘吁吁地站起身来看向对面的 George。他站在那里，本应该麻木的表情无论如何也坚持不下去，他咬紧牙关垂下眼睛，哀凄像是融化的冰川发出清脆的哭泣。

李灿抬起头看向遥不可及的那一边，一字一句艰难地说出好几年前的台词：“我喜欢你。”

模糊而精湛的表演中，天空与地面落入长久凝重的沉寂。记忆的那一端始终没有传来回应，忽然有眼泪掉下来。